全国诗词大赛佳作选

詩詠虞山

吴苇 主编

苏州大学出版社

图书在版编目（CIP）数据

诗咏虞山 / 全国诗词大赛佳作选 / 吴苇主编．—苏州：苏州大学出版社，2016.8

ISBN 978-7-5672-1835-2

Ⅰ．①诗…　Ⅱ．①吴…　Ⅲ．①诗词－作品集－中国－当代 Ⅳ．① I227

中国版本图书馆 CIP 数据核字（2016）第 213824 号

诗咏虞山

主　　编　吴　苇

责任编辑　倪浩文

装帧设计　刘　俊　倪浩文

出版发行　苏州大学出版社

（苏州市十梓街 1 号，215006）

印　　刷　苏州市大元印务有限公司

开　　本　889×1194　1/16

印　　张　15.5

字　　数　251 千

版　　次　二〇〇六年八月第一版

印　　次　二〇〇六年八月第一次印刷

书　　号　ISBN 978-7-5672-1835-2

定　　价　四十元

引言

周秦

论清代诗学，必首虞山。钱牧斋以清流才俊，历事万历、天启、崇祯三朝。甲申乙酉鼎革之际，一度俯首阉党，变节降清，颇招物议。晚年以反清复明为己任，毁家纾难，死而后已。两世为人，沧桑沉浮，一一付诸吟咏。其为诗也，『以杜韩为宗，而出入于香山、樊川、松陵，以追东坡、放翁、遗山诸家，才气横放，无所不有』（瞿式耜《牧斋先生初学集目录后序》）。其论诗也，则以为『诗之义不能不本于史』（《胡致果诗序》），斥七子『牵率模拟，剽贼于声句字之间』（《列朝诗集小传·李副使梦阳》），斥公安『鄙俚公行，雅故灭裂，风华扫地』（《列朝诗集小传·袁稽勋宏道》），斥竟陵『以俚率为清真，以僻涩为幽峭』，『破碎断落』，『词旨蒙晦』（《列朝诗集小传·谭解元元春》），赤帜高悬，生面别开。顺治己亥（一六五九）至康熙癸卯（一六六三）间，先后十三叠老杜《秋兴八首》韵，详叙联络门人瞿临桂、郑延平，抗击清军，江左回应，清廷震惊，然终因进退失策，贻误战机，功败垂成始末，盖实录也。忧愤忠悫，沉酣淋漓。陈寅恪先生尝谓：『牧斋诸诗中颇多军国之关键，为其所身预者。与少陵之诗仅为得诸远道传闻及追忆故国平居者有异。故就此点而论，《投笔》一集实为明清之诗史，较杜陵尤胜一筹。乃三百年来绝大著作也。』（《柳如是别传》）信哉斯言！

『常熟以牧斋故，士人学问都有根本。』（吴殳《围炉诗话》）乾隆间邑人王应奎辑《海虞诗苑》十八卷，选录清初以降虞山诗人近二百家所作。陈祖范序云：『吾邑虽偏隅，因有钱宗伯为宗主，诗坛

旗鼓遂凌中原而雄一代。』影响三百余年，浸至清末民初，邑人以诗词名家者尚有沈石友（一八五八—一九一七）、黄摩西（一八六六—一九一三）、孙师郑（一八六六—一九三五）、徐少逵（一八六七—一九四〇）、张璚隐（一八六七—一九四一）、杨云史（一八七五—一九四一）、孙希孟（一八八〇—一九一九）、庞檗子（一八八四—一九一六）、杨无恙（一八九四—一九五二）、钱仲联（一九〇八—二〇〇三）、曹大铁（一九一六—二〇〇九）等人。坛坫之盛，海内称许。诸家诗学取向允有异同，而大率宗祧老杜，转益多师，接武牧斋，为时而作。钱仲联先生于丙戌（一九四六）秋次韵《秋兴八首》，乙卯（一九七五）、丙辰（一九七六）间又四度次韵，前后五叠，声出金石，心忧天下，论者以为得老杜神髓。曹大铁先生主张『以史入词』，櫽栝家国往事，赋『贺新郎』词七十二首，才情横溢，上追清初《湖海楼词》。

先贤虽逝，风雅永存。适逢曹大铁先生百年诞辰，为弘扬中华诗词，振兴地方文化，常熟市文化广电新闻出版局主办『诗咏虞山全国诗词大赛』，诗征七律次韵《秋兴八首》，词征『贺新郎』，要求恪守传统诗词格律，立足虞山人文历史。于是登高一呼，如山鸣谷应，风起水涌，应征诗人六百余家，诗词作品近四千首，多有寄自海外者。截稿评审在即，主事者以引言相责，不敢以不文辞。乃追思梦苕夫子曩昔所论，勉书此文以报。

丙申夏至后数日，梅雨如烟，吴门周秦撰于寸心书屋。

周秦，苏州大学教授、博士研究生导师，中国昆曲研究中心常务副主任，中国昆剧古琴研究会副会长，江苏省文史研究馆馆员。

目录

（同等诗词作品按作者音序排列）

特别奖作品

入编作品

评述

后记

诗作

终评委作品

◎王蛰堪

王蛰堪，名景泉，字季洲，号蛰堪，一九四九年生于天津，原籍河北霸州。早年从寇梦碧先生习诗古文辞，词宗南宋。兼善书画。现任职于天津市民俗博物馆。有《半梦庐词》（已刊行）以及《半梦庐诗存》《半梦庐词话》。

次谢堂韵兼简居庸诸侣

俗尘风味说茶浓，漫道花缘悦己容。才悔槐边惊客梦，不堪饭后累僧钟。
三生慧业情为孽，若许清愁烛可供。岁晚孤怀一何似，梅魂兰魄喜相从。

都门吟聚饯晦窗次谢堂韵

客里重逢即吉辰，京城三月尚悭春。吟侪剑侣忻连袂，旧爪新泥叹转轮。
酒觅一隅清净地，茶分半晌自由身。后期未卜先教别，但掩浓愁细似尘。

◎熊盛元

熊盛元，字复初，号晦窗主人，笔名郁云，网名梅云。一九四九年生，江西丰城人。持社《爽籁》主编，江右诗社社长，江西诗词学会副会长，江西省社会科学院文学所副所长。诗学樊南，词宗花外，师从毗陵吕小薇先生学诗古文辞。著有《静安词探微》《晦窗吟稿》《晦窗诗话》等，整理斠正《胡先骕诗文集》，主编《二十世纪诗词文献汇编》（民国词卷）等。

观壶口瀑布

危崖中裂胆肝摧，脱锁狂蛟去不回。虹影长横千尺剑，涛声怒挟九天雷。
难凭精卫填冤海，欲共胡僧话劫灰。一曲悲歌今古续，飞湍溅处夕阳颓。

丁亥人日雨中书愤

烟雨苍茫认太初，可怜愁字雁难书。帝阍深闭长缄口，人日狂吟懒曳裾。
对酒空教呼咄咄，磨砖那得证如如。谁吹铁笛重楼外，落尽梅花恨有馀。

◎于文政

于文政，回族，一九五二年生。籍贯江苏南京。自幼承父亲启蒙国学；插队时得八旗佟佳氏后嗣佟春甫先生指教；回城后多年拜问于黄禹篇先生门间；二十世纪九十年代末，忝列诗坛泰斗孔凡章先生门下。研习中国古典文化研究、中国文化历史研究、古典诗词创作与研究、文艺理论研究专业。曾主编《关东第一园题咏》，参与编辑《沈水嘤鸣集》《沈阳新咏》《沈延毅先生纪念集》等多部书刊。现主持于文政国学馆、于文政文学馆，兼任多所大专院校特邀研究员、客座教授，是沈阳文史研究馆研究员、沈阳市政协委员。

秋日咏怀选一

蓬居如隙着身安，窘境常临每自宽。蛩语满阶孤枕静，雁声千里一灯寒。
未闻宦海归高士，屡见儒林出热官。古调不宜新耳听，柴门雀去且重弹。

甲午中秋寄怀选一

万户千家晋玉觥，彩雯收尽碧虚晴。毋因秋至悲摇落，暂向宵分拜满盈。
天阙星辰垂露下，人间沧海看潮生。举眸不觉苍穹远，我欲披襟蹑太清。

重阳之七

夜听商声扫四隅，晨来无语抚庭梧。临邛垆下轻司马，广武床中愧令狐。
磊落胸膺千古在，凄凉眼望一秋徂。鬓苏樽盏灵山趣，恨不同行作酒徒。

重阳之廿六

登高浑似赋登楼，菊月凋残物象愁。吐雾吞云峰万马，餐风沐雨泽双鸥。
苏仙蕲水千钟日，杜老夔州八咏秋。鬓发苍苍天地阔，欲归沧海一扁舟。

虞山拜钱牧斋墓

轻车胜日谒文宗，淼淼澄湖尚蛰龙。望里古邱春草渐，足边新槛午花浓。
名高淮水归无国，身老虞山占一峰。我向诗翁三稽首，千秋块垒郁心胸。

◎周　秦

周秦，一九四九年生，江苏苏州人。幼承家学，通韵律，工诗文，擅擪笛度曲。一九八二年毕业于江苏师院中文系，师从钱仲联先生治明清文学，为入室弟子。一九八九年主持苏州大学昆曲艺术本科班教务。二〇〇一年任中国昆曲研究中心常务副主任，在文化部指导下主持实施历届中国昆曲国际学术研讨会，主编出版《中国昆曲论坛》年刊。二〇〇三年以来应白先勇先生之请担任青春版《牡丹亭》的首席唱念指导，复与曾永义教授合作编演昆剧《梁祝》《孟姜女》《李香君》《杨妃梦》，担纲编腔订谱及唱念教习。多次应邀前往美国、日本、韩国、德国、法国等国高校讲学教曲，推动昆曲在海内外的传承弘扬。二〇〇四年获苏州市政府颁发『昆曲评弹传承荣誉奖』，二〇〇九年获文化部授予『昆曲优秀理论研究人员』荣誉称号，二〇一一年当选为中国昆剧古琴研究会副会长。所主讲的『昆曲艺术』课程于二〇一二年经教育部评定为国家精品视频公开课并上网展示。现任苏州大学文学院教授、博士研究生导师。主要著作有《寸心书屋曲谱》《苏州昆曲》《昆戏集存甲编》《紫钗记评注》等。目前主持的科研项目有『昆曲音乐研究』『昆戏集存』『苏州大学白先勇昆曲传承计划』等。主要业务兼职有武汉音乐学院、浙江传媒学院客座教授，南京艺术学院、苏州科技学院兼职教授，中央音乐学院项目研究员等。

杭州寓所书壁

花草三生奈老何，文澜阁里日销磨。久居翻觉乡愁淡，乱梦偏来往事多。
烟雨半塘横素舸，尘书几卷对青娥。孤游从此随波去，一夜听残十里荷。

侍梦苕夫子谒嵩山中岳庙次韵奉和登临所作

一炬仓皇周辙东，千秋洛邑枕芙蓉。天中兀立河如带，域外光移月上峰。
聚散无凭数云气，吟哦有节和风松。尘心到此归宁静，太室真元咫尺逢。

题文起堂

每闻里谚说三张，兴至独寻文起堂。老屋数椽临水碧，新桐几树着花黄。
倚声谁解传红拂，遁世还须杀楚狂。携笛人来春欲晚，清歌一曲吊斜阳。

偕台湾洪惟助教授寻访吴瞿安故居

陋巷重过屋半迁，奢靡他室忆中看。命捐巴蜀蜀何幸，魂化子归归亦难。
笛里人犹歌折柳，世间谁复问幽兰？如今曲道艰危甚，海客远来休浩叹。

怡然先生属题黄学缘会长卷

结庐人境狎沙鸥，逐客空劳作杞忧。瀛海尘嚣哀旅顺，昆山玉碎哭杨刘。
从来士气关天运，岂有骚臣祇善讴？千古梁评钱注在，起君直与杜韩游。

初评委作品

◎抱琴客

真名周向东，又号隅山主人，斋名勉庐，一九六八年生，江苏常熟人。书画师承陆俨少入室弟子王震铎，词宗津门名家王蛰堪，古风宗太白、定盦，七律宗虞山，五律宗王孟，绝句倡性灵，主张『中学为体，西学为用』，兼工新诗、评论等。著有《虞山诗派七律选》《石谷亭》（新诗、文赋、古诗词、书法、绘画的集合体）、评论随笔集《在路上》，均待刊。

孤花旧燕

读《投笔集》有感，步韵杜甫《秋兴》八首，为纪念虞山先生钱谦益逝世三百五十一周年而作

抔土孤花入旧林，苍山峻石势森森。云边城堞悬烟魄，湖上堤杨带夕阴。
鸦唱前朝徒引泪，鸥栖故国尚疑心。浣衣曲岸车尘起，朽骨残霞绝捣砧。

六朝城阙雨纷斜，天送降幡出帝华。全志恐成群葬地，偷生安得独乘槎。
剃头座上哀东瑟，左衽宫中感北笳。唯愿苍芦生故土，年年泽畔着新花。

渔村酒肆泛朝晖，易代吴山一径微。燕雀能知三世宿，鹭鸥真觉百年飞。
降臣有梦枯桐奋，宗伯无言完璧违。哭罢苍茫频太息，孝陵胡马已秋肥。

一杯残酒一枰棋，对酹长生故国悲。载美澄湖寻梦日，燃烽乐土覆巢时。
愿将劫共绛云尽，何必名同红豆驰？罢弈愁观阶下桂，南疆三局起遐思。

眼底吴山想越山，翠岩高矗两坟间。书生异命埋危岭，师父同情守故关。
百韵长歌留浩气，数声低咽损苍颜。枫林此日犹如血，过雁纷纷怨楚班。

长江浪激不回头，遮岸楼船动劲秋。苍水延平虽望阙，台湾悬岙尽离愁。
白茆日落馀残烛，黑水龙兴失信鸥。断戟沉沙三百载，凭谁纷说古神州！

投笔翻成执笔功，百篇诗就劫灰中。东林寂寂犹闻雨，南麓萧萧自咏风。
四壁已随须鬓白，三吴终止血光红。晓来孤枕徒长卧，榻上维摩一病翁。

岂凭世相说委迤，直道焉知千顷陂？敢以心情尊弱柳，犹将文脉续灵枝。
海隅国史昔能得，江左家风今未移。若是当初拼一死，同城百万泪空垂！

附清豫亲王多铎发布的檄文：昨大兵至维扬，城内官员军民婴城固守。予痛惜民命，不忍加兵，先将祸福谆谆晓谕，迟延数日，官员终于抗命。然后攻城屠戮，妻子为俘。是岂予之本怀，盖不得已而行之。嗣后大兵到处，官员军民抗拒不降，维扬可鉴！

虞山访胜

海畔名山

海雨江潮育凤林，虞山秋色尚森森。双陵事与奇峰秀，一墓风添古道阴。
牛卧曾怀常熟愿，龙潜今有远腾心。七溪流尽乡愁景，浣女衣飘绝杵砧。

双陵指仲雍周章两个吴王墓。一墓指孔子唯一的南方弟子言偃之墓。

牛卧指常熟俗称卧牛山。

西城游览

西城楼上日初斜，抚堞遥瞻泛绿华。鸟雀谐鸣言墓柏，鸬鹚漫点尚湖槎。
诗吟黍稷犹成曲，琴奏清平已忘笳。莫道秋来风露重，环墙桂菊尽添花。

山庄有感

南朝故迹证馀晖，一路行人踏翠微。身向依岩高阁伫，神随渡海片鸿飞。
园中金粟时方好，榻上维摩病已违。散尽檀烟天欲暮，禅枯不觉果将肥。

山庄指维摩山庄。

剑门怀古

战国争锋似弈棋，吴王一怒霸侯悲。剑分危石开宏局，柳植明湖待圣时。
岭上长闻禅诵出，天边又见羽书驰。可怜抔土英雄迹，几个扪碑若有思！

抔土英雄，指民族英雄瞿式耜墓，在剑门景区。

钱柳相辉

玄天寂寂冷南山，株柳飘摇两墓间。报国终埋狐穴口，齐家难过鬼门关。
绛云劫火长传恨，红豆佳期几破颜。三百年来思不见，松杉犹似护灵班。

尚湖思尚

堤痕月色压船头，独钓南天待好秋。避纣难消中土怨，尊周始解外夷愁。
海隅一帜终漂橹，湖畔孤心岂问鸥？料昔登坛封建日，渔樵歌已共神州。

尚湖是姜太公钓鱼处。

庐墓衰翁

议罪汹汹敢议功，北山明灭一灯中。维新已自成凄雨，居陋何从待好风？
鲸海甲沉知血碧，龙庭身去奈心红。似闻叹咏盖棺句，鹁鸽峰高伫退翁。

庐墓指翁同龢削籍软禁处瓶隐庐。

破山待晓

人生物态两疏迤，塔隐幽峰鱼隐陂。龙涧暗添琴水浪，禅云悄润鹤林枝。
谈经事杳星常转，兴福痕传石不移。为解唐风须待日，空山寂寂月初垂。

谈经指寺内有对月谈经处。兴福指寺内有石痕为『兴福』，故而改

破山寺为兴福寺。

◎高凉

本名刘挺，别署拾梦斋主人，又号采芦道人。一九七五年生，广东人，客北京，居庸诗社社员、编剧。幼喜词曲，以情真为旨，微言寄托，兼发讽颂之兴。师从沽上王公蛰堪习词、成都啃轩何崝先生习古文辞。著有传奇剧本《洛神》《垂虹记》《拾梦斋谈曲》《拾梦斋闲话》《拾梦斋诗文存》《南戏声腔史》，均待刊。

秋日过华国锋墓

秋到交城草木凋，卦山回望帝乡遥。云阶有路传功业，史册凭谁说舜尧？
欲挽鲁戈筋力乏，空随汉主梦魂消。黄昏一抹残阳色，犹向周公怨寂寥。

秋夜遣怀

秋气中分月渐明，虫窗夜语近三更。惊鸿有迹飞难寄，浅梦无痕卧未成。
已惯蟾宫圆复缺，翻期世路浊还清。凭栏立久惊回首，顾影真如太瘦生。

过武则天故里

古柏苍苍倚庙门，晋中秋气满黄昏。两朝风雨归沉垢，一代君臣合断魂。
榫木梁空悬日月，檀香灰落卜凉温。非功非罪碑无字，留与人间着意论。

自寿

人海身藏觉命微，信知三十九年非。樽空与妇谋难醉，鬓白随波见易违。
病骨真欺才力减，蹇途但怯带衣肥。路歧演罢慵归去，坐看流霞共鹭飞。

道上漫成有寄

玉杵泥牛音讯疏，云英消息近何如？涵中地气浮玄日，化外天风拂素裾。
帝阙神晖难寄傲，江城烟色易平居。他年信有五湖志，一叶扁舟且问渔。

◎吴建刚

吴建刚，字天逸，别署健刚。现为中华诗词学会会员、中国楹联学会会员、江苏省美术家协会会员、江苏省文联书画研究中心研究员、江苏省诗词协会理事、上海名家艺术研究会理事、沧浪诗社副社长、常熟市美术家协会副主席、常熟红豆诗社社长。画风追求雄健，诗风追求清丽，多次参加全国各级诗书画展并有获奖，诗画作品被博物馆、美术馆、纪念馆和海内外收藏家收藏并在全国各级重要刊物上发表。专著《中国画技法入门·兰花要诀》《中国画技法入门·画竹要诀》，由江苏美术

出版社出版并在全国发行。

馆娃宫遗址怀古

又上琴台寻古韵，登临不见旧山河。风云变幻无从说，世事沧桑亦是歌。
西子情长非本意，吴王气短奈天何。春秋争霸空留恨，唯有遗民血泪多。

忆漓江

当年百里画廊行，莹澈春波别样清。两岸奇峰天底列，一江秀色水中生。
苍崖九马腾云去，黄布群仙踏浪迎。绮丽桃园三世梦，凡尘洗却满身轻。

过三峡

长江滚滚东流水，淘尽英雄洗尽愁。浊世奔腾千里浪，孤帆飘泊一轻舟。
才闻诸葛梅溪说，又作东坡赤壁游。回首巫山神女秀，艳阳夕照满天秋。

尚湖闲居其一

家在青山绿水中，诗情画意两相融。湖桥串月翻新景，鸥鹭绕林翔碧空。
携酒黄公思避世，垂纶姜尚笑渔翁。秋波浴日随心去，雨后放舟看彩虹。

尚湖闲居其二

山色苍茫烟雨中，林园寂静月蒙胧。幽居不管王家事，劲节偏循隐士风。
孤傲老梅频入画，匆忙倦客羡归鸿。怡情墨韵能持久，富贵浮云一瞬空。

◎种桃道人

种桃道人，本名冯小申，籍贯河北保定，一九五九年生。毕业于河北省戏曲学校，从事京剧表演工作，工京剧老生。长期担任网络诗词重镇天涯网『诗词比兴』论坛首席版主。二〇〇八年在中华诗词研究院举行的二〇〇八年中华诗词峰会上被授予拓荒奖。

十二月十日常熟车上与友人峻石聊宋事有感

马射澶州待击戈，黄龙一角只盟和。便赔银帛关生小，不取幽云祸隙多。
北国空前囚帝子，南朝终古送山河。吾华自许滂洋在，敢视琉球微似螺。

过镇江复登多景楼用前韵

身无事利复何求，不用驱心万火牛。且抱佳人酬小醉，凭舒老眼上高楼。
山河落寞城台古，草木萧条寺院秋。信慰残年还一到，应将率意共沙鸥。

见小白鼠每日转轮盘有成

为羡精灵乐不休，飞轮一践老身遒。山车初上兴颇满，云轨将停魂尽丢。
遂懂有心还量力，绝知无命莫强求。年来细较成何事，直愧珍滋浪白头。

小白鼠者，侄女在我家寄养的一小宠物。山车云轨，过山车。

是夜与妻聊天感旧吟成

尚记青灯夜未央，谜题猜就各洋洋。贯陪小女争高下，总倩娇妻执短长。
院角虫声秋入暮，城头月色晚来凉。不应榆景嗟追忆，白首眉山问约黄？

约黄，古代妇女涂黄于额以为妆饰及美貌，这里借指化妆。

◎查韵法

查韵法，号孰关，七十后入空门，号智觉。一九四五年生，江苏常熟人。著名词人、书画家曹大铁先生高足，相随左右近四十年。画从元四家入手，其苍茫浑厚有石溪僧韵味；书学王右军、文待诏，行书颇见卷索；诗词得老师悉心指点，已有《韵法诗选》刊世。以擅诗词长丹青闻世，现为中华诗词协会会员、中华楹联学会会员、菱花馆艺文社副社长、常熟市诗词学会副秘书长、常熟市美协会员、上海张大千大风堂艺术中心艺术委员会会员暨常熟同门会副会长。先后结集出版有《曾园唱酬录》和《足印心灯录》。

沈园忆旧

曾客名园暂寄身，溪桥绿柳拂红尘。由来一阕『钗头凤』，伤遍千年落泪人。

莫以炎凉衡世事，漫将得失证前因。多情吴越弦歌地，不尽相思不尽春。

峡上怀诗友

新诗乍出报君知，作态娇情自笑痴。冷月高川惊夜梦，柔肠白发引禅思。
人归老境乡心切，路隔重山消息迟。独在天涯谁眷我，三更浊酒几盈卮。

自嘲

已却贪嗔未却痴，此痴不予世人知。浮生回望唯馀笑，旧史重翻尚有疑。
慎在诗中遗梗骨，每从酒后失形姿。赖吾已破围城局，敢与无常共一卮。

西川行其一

风引雨云吹壁暗，巴渝霾幕几时休？早怜身世浑如梦，只为湖山作此游。
曾羡长林招白鹿，无缘幽谷约青牛。大江东去西来我，白帝猿啼问汉秋。

西川行其二

也学风流作远游，三湘乍出又渝州。千般世味新诗外，四域文修老眼收。
神女峰头飞玉牒，瞿塘峡里失金瓯。秋深岁岁巴山雨，惊起浮生绮梦休。

一等奖作品

◎陈　磊　　河北省邯郸市

为纪念虞山先生钱谦益逝世三百五十一周年而作

山月孤悬照旧林，故园眇默气萧森。人难罹乱巢完卵，势至倾危下夕阴。
寓目江川千劫泪，寄身坛坫百持心。兰荪楼馆空遗韵，拂壁犹堪听暮砧。

去日淹沦光影斜，儒冠悔误鬓边华。寒山落月听钟客，宦海狂涛泛钓槎。
惯继江南肠断笛，能忘塞北酒阑笳。何堪正史传名下，镇似空尘镜里花。

汉月孤城嗟落晖，风灯窥壁感衰微。前途转盼疑云障，往事思量擘梦飞。
山尽秋声悲寂落，岁沦夙志怆多违。庶几解鞅言归处，回首人间狐兔肥。

忆昔东山谢傅棋，戎韬掩卷只堪悲。吴钩意气隳颓久，酆剑生涯落寞时。
黄绶已随尘接续，白眉空与梦交驰。崩腾九庙犹谁悯，舟楫残年不复思。

凭谁骚雅比高山，会向前贤仰止间。运革青衫终未改，时迁华发豫先关。
何由掩泪思昌世，傥可倾壶许解颜。白骨竟歌成大节，空馀柱史列崇班。

事败垂成恨白头，嗟呀殁世数悲秋。劳生安用浮名系，薄宦独留羁思愁。
慨喟一槎随海客，憾从无策逐江鸥。剩凭尊酒长浇酹，未朗三光照九州。

国破难为辅弼功，孤城当此断肠中。甲兵十日腥喧水，衢路堆骸炎搅风。
劫烬灰沙春惨碧，簪缨顶戴血洇红。降心久戍无多计，惭愧商山黄绮翁。

眺迥吴山春逦迤，百年风雨野深陂。夷门古戍明前思，国士诗情劫后枝。
贤哲声名安苟忘，大儒方寸岂能移？当时委曲谁知识，寂历江天空泪垂。

◎李振华　　江苏省张家港市

诗咏虞山

文脉

言子风开翰墨林，江南一脉树修森。凭湖气静桃和李，拂水机玄阳合阴。

曾播弦歌武城宰，更怀耕读汶阳心。千年可叹通灵处，文学桥头似听砧。

剑气

一劈巉岩未许斜，吴王豪气动星华。东临尚水归禹鼎，北向江涛通海槎。
微雨渐生今日雾，春风又动昔年笳。石门似共先人在，壁上犹开碧血花。

诗情

登楼远眺沐朝晖，玄幻天文尽入微。银汉隐时帆自出，绛云飘处燕犹飞。
西湖一鉴灵心在，东涧孤花世运违。最是苍岩情未了，时时拂水待春肥。

画意

水墨山河一局棋，何来胜负与欣悲？但勾剑阁秋高处，再染钓舟春盛时。
黑白纵横毫末就，烟云聚散案前驰。黄公泉下应生意，两岸和同对画思。

琴韵

春雾桃源润故山，吴峰韵致婉心间。一泓淡远弹流水，三叠清微叩远关。
老谱嘉声传别派，和弦雅意焕新颜。长闻焦尾人寰有，谁向仙乡荐旧班？

书迹

绵延得驻大江头，妙迹龙蛇春复秋。研墨灵池赊醉胆，摛毫故宅散闲愁。
心中狂逸思翔凤，纸上云烟待沐鸥。已有经年风雨过，独凭神技立神州。

篆味

一方琢玉数年功，百味俱融古道中。望海雄浑宜眺日，破山奔放好听风。
曾依柳树分疏密，还效桃花布白红。自得缶庐真谛后，终成金石赵家翁。

山势

虞山亿载势逶迤，点点青螺泛泽陂。伫立摩崖仰高士，颠连文脉出繁枝。
灵机常共烟霞变，风雅未随乌兔移。唯欲相交期大隐，苍天总许碧云垂。

二等奖作品

◎陈正印　浙江省平阳县

虞山诗书画印人物咏

钱谦益

居然大木独成林，海外孤忠念郑森。忆昔宁无增愧疚，履新空恼幻晴阴。
应期鲽鲽三生幸，却负师师一片心。重读虞山投笔集，蕉窗夜雨若闻砧。

杨圻

翩翩鹭影日边斜，万里江山感物华。大劫事犹惊后世，小楼人可梦飞槎？

樊川最忆扬州幕，越石虚劳卷叶笳。千古风流淘不尽，男儿泥发女儿花。

张旭

山光物态弄春晖，想见高人卧翠微。猿鹤为宾酒新酿，云烟满纸笔如飞。
颠中真意谁堪识，醉后狂书度不违。非是天机君破了，何来素瘦与颜肥？

翁同龢

从来家国共盘棋，迁怒何堪甲午悲？两度帝师尤重德，一身儒骨不趋时。
桑麻绕屋宜归去，笺素如原好骋驰。鹁鸪峰前碑碣在，行藏用舍惹人思。

黄公望

丹青长卷展虞山，圣手千秋栖此间。身影真如转蓬草，画魂所恋在乡关。
写生或暂能忘世，学道何曾为驻颜？最是异才成异说，犹传羽化列仙班。

王翚

振翮画坛曾领头，一声鹤唳已成秋。清时正好勤挥笔，歧路何须强说愁？
追古图中巧观象，忘机尘外乐盟鸥。匠心谁似虞山派，万种风情写九州。

林皋

岂止寒窗十载功，虫鱼栩栩片时中。嬴刘溯本清高境，指掌奏刀凌厉风。
回首儒林几多辈，醉心宝砚一痕红。江山宾主频更迭，不改琴川拜鹤翁。

赵石

斯人大任叹逶迤，夜课寒飙啸泽陂。幸有缶翁传绝学，更承石友育新枝。
倡随松雪斋堪羡，竹帛扶风女未移。一例百年弹指老，千秋不朽是名垂。

◎**胡长虹**　湖北省蕲春县

咏钱牧斋

万里严飙度故林，山容水态两萧森。片云飘絮随鹏背，丛菊披霜灿岭阴。
去国真成蒙叟痛，忧时每见杜陵心。此来异代同瞻拜，怅向高秋听捣砧。

钱晚号蒙叟。

绛云楼外日西斜，寒霁江天映鬓华。扛鼎诗篇多健笔，盟鸥生计有浮槎。
金风萧瑟凋原草，禹甸飘摇起暮笳。二姓称臣终抱恨，几人修得到梅花。

鲁戈难挽是残晖，况复朱明久式微。老骥痴存千里想，壮心长逐五云飞。
抗清旧事人谁晓，剃发当时意自违。独有虞山岩下冢，年年空发草青肥。

世情诡谲演如棋，回首平生喜亦悲。柳氏恩深年老日，鹓行影静国危时。
吟边花月伤心丽，禁后诗文起陆迟。更向重帏谋密事，是非功罪惹人思。

杜甫：『清江锦石伤心丽，嫩蕊浓花满目斑。』『影静千官里，心苏七校前。』

藏娇筑馆向青山，一叶舟浮烟水间。得气美人桃灼灼，联诗嘉耦鸟关关。
描眉人物多英气，救世情怀慰老颜。淘尽泥沙双璧在，重开光彩益阑班。

柳如是：『最是西泠寒食路，桃花得气美人中。』

天留墓冢傍岩头，纷见游人此踏秋。苔底鲁鱼差可辨，劫馀松竹尚含愁。
霜钟破雾山迎日，江水依城帆拂鸥。千载沉酣今始醒，风骚依旧领神州。

吟坛起弊有先功，旗树东南独守中。下笔每关家国计，溯源还见晋唐风。
拈来须发如霜白，呕出心肝带血红。前有二冯今大铁，骚魂千古踵斯翁。

二冯为冯舒冯班兄弟，曹为曹大铁，皆虞山诗派重要人物。

寒曦出岭路逶迤，落叶铺红满泽陂。山海人舒千里眼，松篁鸟啭九秋枝。
漫嗟尘梦风吹散，却讶霜柯影不移。底事长将忧患泪，诗中来共古贤垂。

刘禹锡：『象外形无迹，环中影有迁。』

◎**希国栋**　河北省遵化市

虞山钱柳八咏

江左风流访竹林，半城烟雨数峰森。诗人墓上生秋草，鹃鸟声中霁晚阴。
如是我闻千载事，可堪谁诉百重心？绛云楼畔寒花落，拂拭当年一片砧。

九月湖平雁影斜，读书台上见霜华。清风让国馀行迹，白首逢时有钓槎。
竹径潜通闻寺磬，剑门高峙忆边笳。江南自古多才俊，几度蟾宫折桂花。

大明落日尽馀晖，歌舞秦淮怅式微。易与田横轻一死，难为杜宇作双飞。
虞山草色犹含怨，谢女才华且莫违。红豆馆前春尚在，海棠无主雨中肥。

倦矣南轩一局棋，残山剩水已堪悲。中原怅望狼烟地，北阙遥闻虏骑时。
将帅每惊严旨下，朝廷岂念捷声驰？尚湖倘共岐周在，首鼠何须费所思？

钟山已隔万重山，落日荒禽野次间。北上才名惊凤阙，南来辞赋动江关。
雨中失节念黔首，梦里还家羞玉颜。忍泪丹墀难下拜，衣冠迥异汉皇班。

河山带血数从头，望断苍梧百代秋。汉月凝霜悲野色，胡天飞雪动边愁。
新亭风景江南客，故国帆樯海上鸥。越甲三千期卷土，黄龙取作汉家州。

孤城无望火牛功，十万关河破碎中。欲使清名高北斗，恐遗白骨遍西风。
石成五色飞烟黑，鳌柱重霄溅血红。恸哭娲皇何处去，申包空作转头翁。

虞山回望渐逶迤，晚信孤舟放野陂。沧海恨无鱼腹地，银轮哭老桂花枝。
著书皇帝评难定，论史藩篱禁已移。从此牧翁泉下路，休将皓首与他垂。

三等奖作品

◎陈　充　江苏省常州市

柳如是

鹃啼相应隔层林，拂水岩前暮气森。山外吴天青渺渺，风边柳影碧阴阴。
可怜古道千钧诺，终负高云一片心。惆怅浅深流水处，已无琴响已无砧。

周府门前展印斜，朝云歌歇黯年华。几时声色能酬梦，何处江天可泛槎？
试振精神驱黑雨，秉将才气动清笳。青山见我应如是，休道吴王苑里花。

檀郎才调压玄晖，五色文能上紫微。慰我芳心龙一跃，怜他青眼蝶双飞。
因思帆影痴痴久，始觉春风故故违。无奈云间秋意重，皋兰湖荻任枯肥。

红楼厮守斗残棋，日夜偷欢忘所悲。娇态步回油壁里，高情赋就洛神时。
繁弦紫羽黯然落，危旆清尘相背驰。秦女生涯原是梦，不堪烟雨弄相思。

青巾兰缎拜虞山，蕙质莲姿拂水间。半野交通何切切，一番酬唱自关关。
拈花客已思牵柳，得气桃今欲解颜。诗酒早无年岁恨，履箱接了胜仙班。

恸哭山河江水头，胸中眼里漫天秋。梦回南阁谁为主，船入西湖更是愁。
寒月风凄长立鹤，抢芦潮动屡惊鸥。亡秦自古有三户，要挽清名彰九州。

西湖，尚湖之别称。

劫后方知造化功，白颜黑发夕阳中。但凭拂水庄前柳，尽沐绛云楼里风。
娥影参差椒酒绿，春情荡漾腊灯红。雠书说剑皆生爱，笑杀酡然一老翁。

柳如是曾问钱爱其什么，钱答道：我爱你白的面、黑的发。

经年蝶梦断逶迤，半世风流葬野陂。争得碧梧栖玉凤，空教红豆恋南枝。
身非炼石自能灭，节是箕山焉可移？为恨时人倍讥侮，迫吾苦绪更深垂。

◎陈逸卿　辽宁省锦州市

虞山人物咏

钱牧斋

倦鹤虞山归故林，霜清草木气萧森。气亏雪野丹难顶，翎短松堂绿不阴。
帜易南朝犹祭鼎，庭依北阙日煎心。王师夜梦挥京口，起坐遥闻是旧砧。

柳如是

栏杆独倚翠簪斜，绿萼寒阶乍吐华。雪压冰枝怜瘦骨，星垂海气泛孤槎。
玄云飘落风前笛，故国抛残陇上笳。月转西山沉夜磬，幽光犹自照梅花。

翁同龢

大日西沉叹落晖，禅参世味篆烟微。蟠龙未必伤鳞死，老鹤何当折翼飞？
望帝孤心犹可鉴，花翎双眼或难违。雾横荦路原知止，归去闲看玉笋肥。

瞿式耜

东南战局本残棋，旗乱偏师鼓角悲。鸦噪神祠亡国日，仁成社稷破城时。
头颅笑掷留香永，宝剑哀鸣挽日迟。未了君王身后事，英魂终古起愁思。

黄公望

披蓑人隐富春山，一棹横波天地间。神笔云崖开紫砚，苍鹰雪岭下危关。

任凭沧海成陵谷，原有丹青驻妙颜。除却三唐谁圣手，但从衫履认仙班。

杨云史

一别吴江古渡头，幽燕得气海门秋。霸才赋客相论剑，红袖青衫各倚愁。
国破聊归新度曲，沙寒犹待旧盟鸥。笔花缱绻三唐梦，重把仙根种帝州。

言子

礼乐薪传元首功，阳春先自到吴中。青衿得立坛前雪，圣典遥承稷下风。
道启文星天汉白，云开晓日海波红。板桥尽处闻鸡犬，遗事虞山问野翁。

虞山

地连吴楚自逶迤，绿渐东南万顷陂。帝座初开双凤翼，云根得壮九龙枝。
干元主健天难易，法象钟灵瑞不移。岁岁青山陈俎豆，千秋英物与同垂。

◎丁贤胜　江苏省南通市

虞山谒牧斋墓，感其平生以咏之

东涧依稀绕故林，我来循迹谒幽森。萋萋草色随风软，汩汩泉声伏地阴。
无奈孤担千指背，不堪兼济贰臣心。仓皇最是城开日，落寞江头听晚砧。

鸿鹄冲天掠眼斜，开科姓字动京华。经纶孰料输先手，意气曾期泛远槎。
名列东林招党祸，身迁北阙恋龙笳。归田不改图南志，大树春苏更着花。

重来鲁殿沐春晖，十载山中宿翠微。守制何期成旷日，居闲不苟侯雄飞。
宁知国运同秋老，剧识臣心与帝违。太息杨朱歧泣久，子规声里剩衣肥。

亦羡东山妙弈棋，天旋地转两堪悲。追风燕子翀翀日，附骥龙旗猎猎时。
已惧胡彪驱虎猛，肯容王佐献城迟。纷纭说避扬州劫，屈膝当年漫费思。

领袖吾吴垒海山，操觚秀出宋唐间。邯郸固执徒穷象，合浦圆通始破关。
笔下风神承老杜，襟中学问铸新颜。灵心世运传薪火，翘楚个中舒并班。

悔不当时捐此头，残延两世屡惊秋。毁家纾难原图补，挹斗扬箕却剩愁。
泖水底时闻警鹤，藕花深处立闲鸥。倩谁同饮高阳酒，更下齐邦复九州。

墨妙能穷造化功，桃花得气美人中。姻缘转角逢如是，琴瑟载归顶逆风。

拂水岩前晴日白，绛云楼上夜灯红。情钟一粒相思豆，百盏何辞醉寿翁？

百年心迹尽逶迤，棺盖论须叔度陂。俱责偷生迎北主，孰怜荷辱倚南枝？
荣光赖以文章显，踬顿攸关世事移。一代宗师安息处，夕阳筛树影低垂。

◎李　宝　河北省唐山市

虞山杂咏

虞山印象

百亩穿行不出林，水乡秋暮远萧森。溪奔大海何辞曲，树隔斜阳但弄阴。
花少知名露羞色，鸟多如故绝机心。雾凝衣袖香凝鬓，过往风声响似砧。

尚湖夜游

尚湖千顷影斜斜，岛上疑居萼绿华。久约清风褰舞袂，更留弯月作浮槎。
鱼龙出水秋寻梦，草木摇情夜献笳。堤畔暗香流不断，知簪金桂或黄花？

题剑石

送将深夜又朝晖，休道雄风已式微。齐女成花翘首望，吴钩化瀑倚天飞。
千年未合徐君佩，一诺非关季子违。故国山川频守候，稻香时节蟹尤肥。

题仲雍墓

山前水道现残棋，让国南巡未足悲。有德文身堪德众，逃名断发亦名时。
笑看争斗贪无厌，欲守祥和悔已迟。古木森森似棠棣，环瀛四望起遐思。

题柳如是墓

名花得气驻虞山，多少风情顾盼间。蕊列诗文擎汉帜，香流节义出吴关。
红尘不问秦淮事，青史岂怜桃李颜？重访西湖应怅惘，已非苏小可同班。

题姜太公像

端坐横杆不转头，古稀渔叟钓深秋。芦花飞过浑难觉，鱼蟹游来却更愁。
纵有桃源堪避乱，亦无心绪久盟鸥。垂垂老矣偏多梦，得驭风雷撼九州。

题钱牧斋墓

唐声复振赖奇功，可叹遭逢乱世中。已负孤臣亏大节，犹凭八斗吊秋风。
生前鬓压潘郎白，身后书焚秦火红。四百年来应自笑，虞山洒脱作诗翁。

题拂水岩

卧牛山共水逶迤，越石穿林总遇陂。向晚溪云藏鸟影，入秋风露舞虬枝。
梵音清似甘霖降，香径弯如北斗移。多少机心俱忘却，仙踪佛迹两贻垂。

◎周锦飞　江苏省张家港市

虞山名人八咏

仲雍

柳岸维舟宿暮林，云程风露别森森。凤鸣江左千岩秀，龙破山腰一涧阴。
斩棘化民勤励俗，纹身断发懒归心。中原北望传烽镝，暂免儿孙肉与砧。

钱谦益

城上降幡背日斜，衣冠过眼异中华。唾珠名逝秦淮水，怀璧身捐博望槎。
白茆闲来倚红豆，中宵谁与御胡笳？绛云一炬诗魂瘦，寥落村烟满地花。

言子

舟车迤逦播春晖，每自弦歌到发微。道启东南矜独处，文开吴会拔群飞。
青山回响声无尽，流水澄空意不违。昔在武城曾念否，秋风初起蟹初肥。

黄公望

满枰翻覆世如棋，解道大痴犹大悲。中岁听差伤积毁，平生卖卜乐安时。
浅深腕底苍茫起，旦暮眉间意兴驰。半幅《富春》谁合璧，遥望海峡惹沉思。

严天池

七溪流水拥虞山，淡远清微出世间。雁足才凌千顷月，龙池已下百牢关。
注音文字元伤气，删谱精神可驻颜。人向松弦馆边过，敛衣垂手自班班。

曾朴

诗题污卷更从头，欲挽垂垂故国秋。举世谁持真善美，满朝不觉病贫愁。
白洋房内长悬榻，小辋川边忍狎鸥。争奈名花沦孽海，偶将冷眼觑神州。

翁同龢

授业同光两代功，清流襟抱亦兴中。秋闱帘幕丝丝扣，西学晨昏渐渐风。
越次半山心似铁，连环赤壁血犹红。盖棺绝笔残阳里，鹁鸽峰前一老翁。

杨云史

万里江山自衍迤，楼高不见汉唐陂。伤心词客邀明月，末世霸才依别枝。
名马美人诚博爱，前筹晚节岂轻移？故园梅落思描画，双袖龙钟只泪垂。

优秀奖作品

◎曹利生　江苏省常熟市

咏柳如是

杨柳依依

风霜历尽岁华催，杨爱名成柳隐才。西子湖边称绝代，秦淮河上感馀哀。
虞山十里留心住，琴水千秋迎客来。吟得稼轩如是句，人间何事费疑猜？

绛云楼吟

绛云日日为诗忙，小阁常传世外章。鹤发童颜吟娇妾，雪肌乌鬓咏情郎。
百年多病归禅室，万里重愁失桂王。四海狼烟成大劫，芳心无处着安康。

过白茆塘

为难觅渡意彷徨，风雨相携赴故庄。春色不知谁窃去，西风依旧自流亡。
举头凝望无红豆，低眼常看有绿棠。步入园门天色暗，斟来米酒醉吟觞。

独上西楼

秋风无意但吹眉，黯黯愁云整日随。寒柳妆成谁后觉，芳华凋尽自先知。
莺飞东苑间关语，燕入西墙断续呢。尽道相思皆可恨，如今唯有雨丝丝。

红豆情缘

寒春幸得一枝期，几度京华解祸危。朝去青丝霜自染，晚来红烛泪犹垂。
情怀南国思难解，心恋西湖志不移。倚槛唯余弦月下，恹恹长诵别离辞。

拂水山庄

堤痕湖浪蕴高铭，万柳藏山一脉青。名唤耦耕时已幻，心怀花信梦初醒。
朝阳榭畔燕楼秀，秋水廊边梅圃馨。石径应馀珠履迹，年年芳草漫闲亭。

侠女风骨

一夕金陵急雨风，此身何异百夫雄？红颜不耐降清愿，白发羞言弃国功。
苟活唯成千古恨，欲沉终得万民崇。休言剑戟裙钗避，青史传馨一例同。

河东君墓

月印孤坟卧岸东，碧波千顷远眸中。如闻浅唱琴川韵，犹觉高吟虞麓风。
春有新杨随醒梦，秋馀寒菊伴穷通。寻常竹石寻常路，自古贤良寂寞同。

◎杜　均　四川省成都市

虞山八题

感怀

藏海吞山翠叠林，层楼岳立自森森。云收宇宙生天籁，浪簸沧溟破夕阴。
千载风流江左地，一生襟抱五湖心。何时再向辛峰立，坐揽春华夜叩砧。

咏史

南斗横时北斗斜，怒涛寂寞洗铅华。鸾台影炫三千界，大地波通八月槎。
每望青山如对友，堪怀故国恍闻笳。风光到处无心赏，开落由他一径花。

怀古

德风吹万弄晴晖，澹荡烟波接翠微。桂树庭中花共笑，华堂檐下燕双飞。
六朝文物依稀在，四海经纶容易违。一任虞山春似海，惯看川泽晓生肥。

牧斋

儿辈功名一局棋，萧条异代只馀悲。秋风浩气吟诗后，落日悲歌断发时。
照海旌旗归去速，捐生慷慨恨来迟。古今成败都看尽，辛苦人间总费思。

园林

借来风月叠春山，徙倚苍岩绿嶂间。拂水杨花翻雪色，扫阶竹影叩玄关。
碧云禅定三缄口，白鹭机忘一解颜。清赏如行人世外，不妨归卧列仙班。

风俗

管领烟霞海尽头，人间草木记春秋。稻苗翻浪欣欣意，莲叶凌波蔼蔼愁。
万顷松风先起鹤，一天花雨不惊鸥。可堪云物分明在，自古嘉名动九州。

人物

一转艰难九转功，登龙折桂向寰中。人将所学传家业，天与斯文振国风。
历历星图生夜白，熙熙品物散春红。千秋事业差相就，惯向沧波作钓翁。

寄情

青云结阵自逶迤，潋滟晴光绿满陂。倒屣人迎陶径客，垂纶手折桂林枝。
一丘一壑情难改，千卉千葩性不移。毕竟虞山风物盛，接天杨柳尽闲垂。

◎顾伟林 江苏省常熟市

秋兴八首次少陵韵

无题

生涯哀乐眷家林，秋到江南气转森。天外已传新水调，人间谁憩故棠阴？
几番埃雾迷愁眼，依旧沧桑抱素心。耐得潇湘魂梦冷，西风千载听婴砧。

重游曾园（虚廓园）。此地昔曾作苏州师专校址，余尝求学于此。

长生室，园内景致，当时不存

虚廓回廊石径斜，青春负笈正年华。观书言觅长生室，渡水期乘博望槎。
泪墨几行桃李杏，骊歌一曲笛箫笳。今来故地重游衍，谁共相思孽海花？

游沙家浜

看罢湖山几落晖，依然兀立此身微。凭谁壁上龙蛇动，唤我胸中海岳飞。
一叶柳波春尚在，百年烽火事多违。故园明日秋风起，愁说菰蒲蟹正肥。

过虞城见文庙重修而作

黉门旧迹烂柯棋，卅载青衿杂喜悲。阅历红羊尘劫后，相逢故苑雁归时。
九衢阛阓喧阗早，百世衣冠拜谒迟。回首棂星高照处，绀云银杏动遐思。

登剑门

一剑寒光力撼山，星飞石堕断崖间。荆榛岁月愁迷路，虎豹穹阊待扣关。
碧水秋涵舒远目，红尘酒醒笑酡颜。百年登眺怜今日，独啸霜风两鬓班。

游尚湖，湖传为姜尚避纣隐居垂钓而名

几宰风月尚湖头，梦约江南泽国秋。九死苍黄歌帝力，一泓澄碧洗骚愁。
他时周卜非熊虎，此地吴歈动鹭鸥。认取双亭遗迹在，虞乡自古属神州。

游宝岩，内有禅寺（延福院）、竹海天然氧吧、梅林、引星潭诸胜

乾坤嘘吸遣神功，万类飞沉共此中。向去人间延福地，曾经石上听悲风。
云深竹海无方有，日暖梅林绿更红。待到尘霾纷吐尽，引星还欲拜仙翁。

拜兴福寺

破山踏上径逶迤，几度钟声响渌陂。寒鸟来栖千佛影，老松犹着万年枝。
相看福石心初悦，谁数恒沙志未移？暂步丛林成小隐，斜阳冉冉又西垂。

◎顾晓页　江苏省常熟市

登虞山感事次韵老杜《秋兴八首》

阅兵

看我神州新羽林，城头甲帐气森森。鲲鹏展翅冲天耀，龙虎扬威动地阴。
犯汉如今非易事，破秦依旧是荆心。洪流向日滔滔过，万户千家废捣砧。

东海

十里攀登石径斜，位卑未敢忘中华。林烟款款犹栖鹤，涧水依依欲趁槎。
搏虎岗边三碗酒，钓鱼岛上一声笳。吴门骠骏等闲甚，莫道前朝《孽海花》。

武备

凭栏孤夜待朝晖，每向天穹觅紫微。鹁鸽峰前心黯淡，松风亭里泪纷飞。
鸡声晚则人先舞，行道迟而意莫违。但得擒蛟东海上，重游仙岛共甘肥。

南海

风云南国似残棋，一子先抛未足悲。此日叩关非甲午，从来护土即明时。
卢沟桥上金声散，永暑礁边铁舰驰。巨剑无锋谁可比，吴山壁立更应思。

反腐

尚湖如影伴虞山，袅袅岚烟松壑间。为有天青鸿雁过，终无水浊庶黎关。

西街东市恒连袂，白领红巾尽笑颜。遥想当年洪武事，须除宵小振朝班。

抗日

帝京曾忆少年头，几度风流几度秋。鞑虏轻驱馀士气，倭奴未灭使人愁。
孜孜瀛海称精卫，汲汲江湖猜故鸥。翘首南朝金粉地，狼烟处处是神州。

丝路

新开西域此时功，华夏宏图宇宙中。四塞尘烟吹北海，三吴子弟咏南风。
云滋麦地油油绿，雨过枫林淡淡红。极目虞山秋色里，韶光看老一樵翁。

未来

剑门道路尽逶迤，遥望澄湖只浅陂。峰上弦声传古意，涧边松干已新枝。
忍看两海情犹炽，愿续三唐志未移。调鼎于今归万姓，谁能为国一竿垂！

◎黄　河　上海市宝山区

虞山八首

海虞烟水浣层林，碧透东南剑戟森。十里屏开吴画卷，千秋云涌汉晴阴。
山川不改齐梁色，天地何惭刍狗心？我上辛峰凝伫久，砰然回响杜陵砧。

湖光塔影尽西斜，见说东风染物华。言子弦歌兼布道，鱼公清誉只通槎。
迷楼雨后参天笋，灯火人间遍地笳。此际秦城杨刺史，可堪重问赵园花。

鸥鹭亭亭立晚晖，一城风絮况知微。衣冠故国争西渡，鸡犬新科欲北飞。
十七孔桥空冀望，两千年事半乖违。吴中自古丰饶地，隔世唏嘘又鹿肥。

岂凭隅角算全棋，遗迹东林信可悲。清正徒闻初肇意，风流长羡未降时。
家邦累卵关心误，羯鼓惊天入耳迟。依旧尚湖寒彻骨，剑门高瞰忍追思。

琴书流脉簇虞山，寺塔亭碑错落间。意气淮南多皓月，文章江左有雄关。
更凭高冢晴岩色，拟效名城士女颜。是处人间安泰久，只将常稔奏仙班。

风云吴越数从头，拨雾来看故垒秋。台阁元知多历劫，芦花应是不禁愁。
环湖再绿宜人柳，拂水频飞避客鸥。遍阅前朝兴废迹，怃然垂首对神州。

鱼米江南造化功，前程宛在画图中。破山独任空潭影，广厦消磨大泽风。

烟景遗留犹水墨，楼台新漆正鲜红。我今亦感升平意，得觅湖矶作钓翁。
水光云色漫逶迤，灯火千家傍绿陂。雾锁中原成北顾，暮从方塔觅南枝。
湖山钟秀天难老，日月婆娑世未移。骋目拍栏独酹处，吴门渺渺锦帆垂。

◎黄　嘉　江苏省常熟市

诗咏虞山

拂水悼钱公

依稀光景在东林，不觉风雷起肃森。旧燕云巢遥夜黯，遗民尘网漫天阴。
探花不耐逢秋水，投笔应知捧日心。三百年来何计了，西城已绝捣衣砧。

料君如是乎

香草虞山向日斜，佳人一伫馥文华。柳风堤上飘高阁，烟雨湖中寄客槎。
西舍因缘柔楚客，南枝消息厌胡笳。今年旧馆多红豆，不遇良材莫着花。

尚湖偶思

一湖清水映秋晖，应有高风拂太微。无厌成双新燕至，依稀不老白云飞。
绝尘佳赋潘安愧，垂钓真经姜尚违。自与山人同论道，朱阳瑞霭稻田肥。

过沙家浜

山河破碎似残棋，危局倾颓草木悲。马踏江城翻地域，兵藏烟渚应天时。
万芦为戟顽倭惧，一叶凌波捷报驰。东进桥头斜日下，晚霞如血惹遥思。

剑门月夜

孤雁斜飞月满山，江湖青霭接云间。吴王剑气开幽径，明相兵魂向远关。
钟磬声传藏海界，楼台影抚碧天颜。我来最爱松杉友，风露丛中列两班。

破山问道

金光一道透枝头，谛信山松过百秋。潭水无心停有趣，禅声有意诵无愁。
塞翁得失何由马，海客飘摇怎结鸥？桥上香花曾几度，依依仿佛在灵州。

瓶隐悼翁

自古江山蕴大功，心灯已灭一庐中。遣归起始逢三径，端坐无需动八风。
去去当年清景淡，悠悠今日圣图红。可怜天下峰多少，鹁鸽留居正姓翁。

漫步虞山

莺声婉转岭逶迤，不尽山花在故陂。枕石林中听紫竹，横琴泉下动高枝。
三生格调谁来取，千古经纶孰可移？回望城中车马疾，经年依旧白云垂。

◎**金光熙** 江苏省苏州市

旧从常熟钱持云先生学画，先生履迹遍虞山，剑门犹喜。后立墓于斯，先生曾言学画者必学诗。今逢常熟赛事，强作八首应之，以怀先生

独上高城对莽林，虞山秋色气萧森。重登故地怀幽绪，旧识诸峰欲晚阴。
古道剑门拜孤冢，空堂画壁引愁心。苍茫落日烟波远，横浪声高拍石砧。

集翠辛峰落日斜，俯瞰内外尽繁华。灯楼古邑千年影，烟雾长江万里槎。
同敞孤城扬汉帜，起田幽墓断胡笳。丹林石径应归晚，岩隙秋风老桂花。

江南造化叹玄功，淼淼尚湖在此中。水上浮云街暮景，林间高阁隐长风。
天池遗韵松弦古，石谷挥毫秋壑红。远看汀洲烟雾起，桃源有径问垂翁。

千里江山似布棋，独临秋水使心悲。无边造化浮烟外，一世襟期落墨时。
楚韵衡门车马少，草堂匪席画名驰。青丝弟子今将老，往事何年万缕思？

楚韵，钱持云先生养一院兰花，书斋曰『三素草堂』。

登临谁自引斜晖，虚阁风清尚翠微。欲近浮喧泉乱落，难归苍莽鸟高飞。
幽深禅寺钟声远，寥落书台帝愿违。我叹留名唯饮者，江寒秋尽蟹应肥。

大痴笔墨可游山，心寄清晖天地间。幽径深林观瀑布，长风绝顶接云关。
飘烟寒障隔尘俗，解索幽怀写楚颜。古纸微黄神妙韵，千年画史列前班。

登高北望失江头，向晚深林已暮秋。白浪旧年沙覆铁，苍崖今日雨添愁。
赋诗玄着照肝胆，投水叔扬悲海鸥。姓氏何人重记取，能留青史在吴州。

张煌言字玄着，抗清英雄。黄钺字叔扬，不为新朝做官，投河自尽。

荆蛮古道踏逶迤，几度秋风满水陂。人伴赤松失海岳，鹤归华表剩梧枝。
门同王孟曾高卧，墨法晋唐终不移。从此无师问彩笔，虞山红日向西垂。

◎**李 昂** 江苏省苏州市

吊虞山钱牧斋先生

弹振衣冠出故林，江湖水冷涉寒森。上好鬼谈亲太傅，市雠剑佩辱淮阴。

一身坎壈成秦寇，万里茫沧剩楚心。茕影已惊明月照，清风又促捣愁砧。

老梅聊赖影横斜，莫拾东风佚梦华。无主落红悲堕溷，多方逆浪悔乘槎。
根脉终归植汉壤，风骚争忍拍胡笳。病魂不敢乞春葬，自瘗残花如血花。

名香曾沐上林晖，璨璨文光朝紫微。众卉胁肩争附马，骄禽敛翅戒狂飞。
日斜禁苑秋声渐，斗转江山花信违。绨袍还是前王赐，偷试今年觉愈肥。

推枰起立拂残棋，柯朽山空换世悲。机变覆翻千虑下，劫关生死两难时。
事后孔明徒浪议，席前赵括最风驰。壁观毋必黑白断，不在局中焉所思？

风轮碾碎破家山，蝼蚁生民沟洫间。王子采薇独果腹，将军食妾不捐关。
少习群经偏喜孟，晚书大字只从颜。非非是是凭谁质，青史名标在贰班。

春去荼蘼始上头，可怜光艳两鬓秋。烟柳扫眉宜旧样，桐花照脸晕新愁。
归来忽认前生石，此去重盟故国鸥。莫羡云间骑凤侣，一般无地避神州。

德犹如此况言功，夫子栖栖异代中。聊以歌章纾屈愤，竟因泪墨忤王风。
沥血鹃心胸结碧，焚书狼焰夜腾红。后来莫访烬馀版，愿作天涯绝笔翁。

幽心九转暗逶迤，披发长吟向海陂。开宗衍派诗千卷，碍命妨身笔一枝。
文字障深合落陷，乾坤套大怎挪移？百年赋得折腰格，西望长安古泪垂。

◎**李葆国**　北京市西城区

诗咏虞山

虞山诗派

遥望虞山秀仕林，经年犹抱气森森。苍茫势接连天浪，伟岸枝摇动地阴。
琴结知音能辅国，礼扶牧竖见忠心。诗书千卷成文脉，字字如闻警世砧。

柳如是

夕照竹园疏影斜，池边秀木倚轩华。浮名空负白门泪，情约当嗟西子槎。
星暗琼林苦经雨，灯红画舫忍听笳。稼禾常熟柳如是，即得梅魂人似花。

翁同龢

甲申两元同日晖，回春应叹力衰微。西风未至树先动，山雨欲来云乱飞。
辛苦三朝凭德化，匆忙一掷与心违。将倾难固皆因势，笑说司农天下肥。

钱谦益

漫说人生似弈棋，错投一子便成悲。才能夺美堪夸馆，德不容魁莫恨时。
经国雄文八斗早，扶轮长策五车迟。江山易主因时乱，每到临枰应有思。

黄公望

行吟迟暮向溪山，放浪情怀天地间。神逐浮云凌绝壁，笔融紫气点雄关。
乾坤容我诗兼画，咫尺任他声共颜。孤杖轻敲岭头月，不思金殿是何班。

瞿式耜

孤军惨淡桂江头，魂系寒枝抱素秋。夹道黄花泣离绪，排空碧柳慰乡愁。
纲常万古独看剑，厄运千遭不逐鸥。生死休教问吴楚，从无忠烈弃神州。

言子

孔孟文章经世功，春秋故事在论中。漳南丝竹簇新月，岳北渔樵漾古风。
暖退寒烟庶气厚，晴回春苑庆云红。前缘享我武城宰，长揖深躬拜吏翁。

仲雍

岐山回望叹逶迤，东去中原寻远陂。稻菽经秋自成粒，燕莺绕树不争枝。
晴开羁旅每相问，生乐渔樵志未移。妙手殷勤定吴楚，众星遂向大江垂。

◎李立中　江苏省无锡市

虞山人物八咏

仲雍

景贤崇德仰高林，海畔名山万木森。虞仲坟前风寂寂，清权祠外日阴阴。
吾人虽在拜金世，百代长怀让国心。汉武秦皇流水去，几番密雨几疏砧。

言子

坊柱巍巍今未斜，但凭大道拯吾华。为随孔圣行新礼，忍向尚湖乘远槎。
宇内仁山连智水，疆边汉乐易胡笳。且看高垅拜台上，岁岁清明满落花。

黄公望

艺坛历代沐清晖，丘壑罗胸自入微。虞岭巍峨文士出，富春深秀墨云飞。
全真抱朴遂公愿，治国经邦与世违。幸有名图传海宇，爱他水瘦共山肥。

严天池

武城以后世如棋，寂寂弦歌子独悲。召伯甘棠留旧梦，广陵遗响续今时。
空山明月千峰冷，绝漠寒潮万马驰。最是松声归别谱，琴川清韵惹人思。

钱谦益

文宗一代出虞山，命不逢时鼎革间。未解权谋偏入世，欲逃斧钺总相关。
行藏人指墙头草，哀乐谁怜劫后颜？设若开元全盛日，九天金阙领仙班。

柳如是

琴书相和小楼头，一夜胡风天地秋。壮士有心恢故国，妾身岂肯赋闲愁？
要登麟阁光青史，再效鸱夷逐白鸥。取义成仁皆不就，当年深悔识荆州。

王翚

转益多师造化功，海虞万壑贮胸中。壁间勃郁风云气，纸上苍茫唐宋风。
犁雨耕烟朝露冷，板桥樵径夕阳红。迩来多少丹青客，雅正犹追石谷翁。

翁同龢

鹁鸽峰高自逦迤，瓶庐筑处隐烟陂。帝师两代珊瑚树，魏阙贤臣翡翠枝。
宦绩煌煌终不灭，道心荦荦岂能移？虞山千古人文薮，表表名流百世垂。

◎王九大 广东省深圳市

咏虞山兴福寺

别样温馨认上林，翠涵古寺合清森。闲花郁郁安禅静，秀木幽幽曲径阴。
鸟语来时无俗客，经声起处见初心。香风牵得澄潭动，却看微波涌梵砧。

翠影珠林故故斜，总迎日色雨琼华。高僧自入天然画，俗客常忘海上槎。
此际经声开幻境，昔时方塔掠寒笳。世间兴废原如此，潭抱空心照镜花。

若思古寺在朝晖，旧日相携坐翠微。阁记戒行归虎去，山传涌涧破龙飞。
空心亭上探诗就，廉饮堂前隐愿违。得失此间真小事，德光未肯顾家肥。

算逢寺里烂柯棋，何涉商风宋玉悲？窗外绿蕉摇韵际，碑前金粟散香时。
秋心可共空潭动，诗意堪随破涧驰。况有钟声轻点染，飞来幽径引遐思。

翠微深处认虞山，几杵钟声碧绿间。古寺任参禅定境，佛门不设利名关。
两竿修竹尤知觉，一缕香风便解颜。更寄闲情方塔外，且看鸳鹭演朝班。

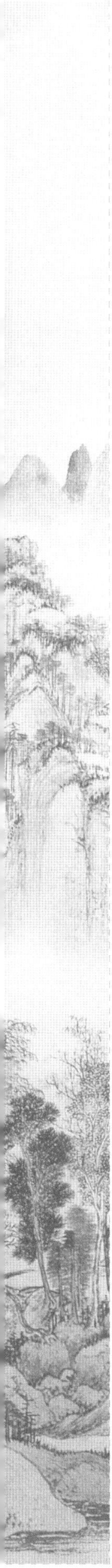

破龙洞上石桥头，古寺纷围碧树秋。金粟分香探旧梦，玉兰照影洗轻愁。
总迷清梵山中客，长下空潭海畔鸥。万贯腰缠痴念远，何须骑鹤到扬州？

舍宅相捐刺史功，誉传兴福满寰中。曾经皇帝留碑碣，昔日诗人咏晓风。
影落空潭摇树碧，花沿曲径绘春红。长看佛号穿林去，无悔经声念老翁。

虞山深处自逶迤，秀木参差鉴绿陂。竹海静分碑里字，桂花香问月中枝。
禅房搅醉诗难尽，曲径通幽意未移。一塔凌空来远古，九霄唯有五云垂。

◎温东海

江苏省常熟市

咏常熟

忆何村

长忆乡村有故林，哮塘曲岸步森森。面街店肆燃灯敞，背水门窗得雨阴。
早起农夫争市货，夜来剧院缓疲心。桃源一梦常惊断，自此佳人不捣砧。

中秋赏灯

金粟枝头玉镜斜，西湖灯树照繁华。星沾异彩迷人眼，云趁清香隐月槎。
诗里钱公犹问柳，琴中严子岂闻笳？盛年消息终成昨，漫待秋风吹鬓花。

尚湖秋思

云开万里沐朝晖，茗坐楼台看翠微。榴实窗前莺对语，竹疏帘外鹭双飞。
漫思尚父垂纶后，何必文王使愿违？正是秋风吹不断，碧波皱到蟹黄肥！

谒松禅墓

跌宕人生似局棋，鸽峰墓草使君悲。沉舟黄海烟消日，载恨虞山泪洒时。
变法雄图前鉴在，维新功业宿名驰。皇皇华夏犹纷说，暮雨潇潇抚碣思。

思言子

言公故迹在苍山，风满青松翠柏间。礼乐弦歌承大圣，文章教化达玄关。
武城遍有敦仁俗，虞邑长存质朴颜。列国至今犹喋血，唯叹夫子德班班。

登虞山城墙

晨兴一径到城头，踏遍青山适好秋。历历三吴寻胜地，悠悠千古解清愁。
孤云浮碧过黄鹤，两泽含烟入白鸥。光景西驰弦吐箭，豪情终觉在神州。

剑门遐思

吴王挥剑万年功，怒斫巉岩一线中。两壁穿云蔵海界，层楼过雨尚湖风。
齐侯嫁女高墩绿，钱籍书联秀柱红。临眺至今犹叹咏，凡尘抛却作诗翁。

游聚沙园

长江一带望逶迤，塔影苍天映水陂。风送檐铃催雁阵，香传莲座发霜枝。
松阴背日炎先过，竹茂迎霾节未移。莫道花残无客到，满池荷叶正垂垂。

◎奚幸恒　江苏省常熟市

虞城杂咏

无题

叶落虫喧秋满林，池台庭院共萧森。暮云收尽孤衾冷，霜气潜来万木阴。
十里春山偏入梦，七弦流水最关心。家书频到频相问，更奈西窗一夜砧。

琴川

山外芳溪几处斜，薄烟淡柳自清华。骚人极望为吟赋，佳客高游拟泛槎。
雨入冰丝泻流水，风侵桐木泣胡笳。一春长作丁泠语，开遍城东桃李花。

虞山

流莺尽日咔晴晖，独抱鸣琴上翠微。碧涧波开清影动，朱弦声绝白云飞。
槎枒莫惜吟身瘦，次第肯教高志违。还看蓬莱更深处，林幽径杳绿初肥。

红豆山庄

凉荫清簟一枰棋，万里河山忽已悲。潘鬓新添秋老处，庾愁难赋酒醒时。
当年柳暗书频寄，自是途穷马不驰。束带朝冠具何在，唯馀红豆惹相思。

兴福

清溪一曲映青山，半绕迦蓝林壑间。日转岚光拂幽径，风摇树影掩禅关。
但教钟磬澄心念，不用丹砂学驻颜。独坐空阶春事晚，闲庭木叶落班班。

尚湖

买鱼沽酒卧船头，山自斜阳水自秋。欸乃数声如解意，烟波万顷可销愁。
久劳神思攀丹桂，暂把闲情数白鸥。一棹渔歌碧云逝，芦花深浅映吴州。

读书台

诗赋编成疏凿功，清吟犹在此山中。林峦丰茂三春雨，人物高标六代风。
松雪砌来经夜白，梅英开作旧时红。访仙无迹拂衣去，空有人间鹤发翁。

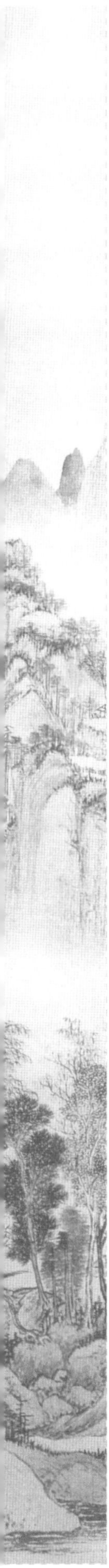

无题

青霞一带势逶迤，群雁迢遥没远陂。极览须亲丹桂酒，倦游素有碧梧枝。
一身为客从寥落，终岁思归不改移。想见江南旧春色，东风未老绿应垂。

◎夏 斐

浙江省兰溪市

常熟山水人物八咏

拂水山庄怀钱牧斋

楼阁参差出远林，水边花竹自森森。斯人去后又春色，故国当时正夕阴。
桃李纵惭高士节，菰芦谁识旧臣心？杜诗和罢堪投笔，独对苍茫听乱砧。

红豆山庄怀柳如是

依约秦淮翠髻斜，来从遗像识铅华。几番绿到河东柳，一卷诗成湖上槎。
深阁灯残怀汉阙，长天风急听胡笳。可怜谁种相思子，今岁还开满树花。

尚湖

翠螺盘上漾清晖，水撼长桥帆影微。柳浪涨时红雨落，莲歌起处白鸥飞。
风云千载今难得，湖海半生终不违。殊怪皤翁直钩钓，吴中最是鳜鱼肥。

瓶隐庐怀翁松禅

纷纭季世战残棋，猿鹤虫沙各可悲。鲸海舰船湮灭后，鸽峰庐墓遣归时。
仰瞻铜像身如在，漫咏遗诗神已驰。尘劫百年存渫井，澄澄犹欲起人思。

谒言子墓

先生大道继尼山，千载长眠东麓间。鸾鹤去时天渺渺，柏松行处鸟关关。
但歌韶乐怀尧舜，应教南乡知孔颜。斯世谁能睎往哲，碑铭漫灭雨苔班。

虞山

海隅十里卧江头，虞仲而来不计秋。阴壑云烟疑是幻，夕阳楼殿尽含愁。
谁人青冢荐苹藻，几处澄波映鹭鸥。试上锦峰峰顶望，鳞鳞可似古时州。

谒瞿稼轩墓

狂澜纵挽竟何功，一墓今存涧壑中。料有毅魂悲夜雨，已无妙笔写春风。
松枝郁倔呈新绿，梅萼殷勤守旧红。浩气吟来空怅惘，欲将前事问村翁。

游黄公望纪念馆

湖山一角亦逶迤，欲赋江南卅六陂。此日游人参鹤骨，当年仙客嗅梅枝。
烟霞落纸思何极，羽服随身志不移。最喜松篁依瓦屋，夜深应有月低垂。

◎ **徐克明**　　江苏省常熟市

步韵杜圣《秋兴八首》咏常熟

祭拜仲雍典礼

不绝香烟绕老林，旗幡古乐起萧森。奉陈俎豆昭天日，享祀清权辉太阴。
夷惠流芳可侔德，弟兄让国在同心。奔吴四海认宗脉，世代承平息斧砧。

夜登剑阁

高阁凌云天路斜，我登正值月光华。奇观已立剑门石，浮想还乘星汉槎。
凝听金风吹玉笛，隐闻北雁带胡笳。最怜湖上飞来镜，圆照丛林不夜花。

山水清晖

天成山水赐清晖，坐对画屏醺已微。瀑泻晴岩声隐隐，鹭惊湿地影飞飞。
放舟时与唐寅约，问钓未同姜尚违。秋老波光荻花紫，碧湖千顷正鱼肥。

兴福（破山）寺开光

千载兴衰几局棋，佛身重塑大慈悲。香弥古刹开光日，经颂华严顶礼时。
昭代高僧初锡卓，竟天瑞霭已神驰。破山复补莲花界，月色空空妙可思。

拜谒言子墓

南方夫子出虞山，望列孔门贤哲间。松柏隐庐灵地脉，牌坊肃世曜天关。
弦歌故里扬韶乐，学道名邦尊古颜。百代文昌昭日月，英儒继有入朝班。

登虞山门

西来爽气满城头，得意听香浴桂秋。扬子飘飘唯见影，吴山点点尽消愁。
楼尊五岳飞崇堞，浪叠双湖掠野鸥。无处风光不舒眼，更看古邑起新州。

凭吊钱谦益墓

诗坛举帜绝伦功，凭吊虞山太息中。马鬣封边延蔓草，牛眠地上绕霜风。
丰碑南树可留白，夕照西沉犹滞红。欲解胜朝遗老泪，谁能穿越叩钱翁？

高贤继出

西门城堞起逶迤，福地崇阿美泽陂。为有文宗留学集，故开诗派发孙枝。
高贤继出风云聚，大雅无亡岁月移。点将录中星熠熠，钱曹耀世赫名垂。

◎ **徐　龙**　　江苏省无锡市

咏虞山人物

仲雍

三万里尘辞故林，遁栖荆棘乱森森。蛟鼍浪怒千江黑，雾瘴天迷百叠阴。
荒外枕流非洗耳，吴中化俗尽归心。迩来应笑采薇士，独卧不闻村井砧。

言偃

席上敷珍目不斜，南方夫子仰重华。殷勤欲受过庭训，迢递何妨犯斗槎？
弦拂一城风偃草，世逢千帐夜繁笳。大才未必钓璜得，桃李阴成且看花。

黄公望

天地尽收毫末晖，寥寥烟墨足精微。山涵仙骨松云异，水想橹声鸥鹭飞。
狱底剑埋人不识，涂中尾曳梦无违。衲衣芒履未空老，自有清标在遁肥。

钱谦益

百二雄关竟累棋，中原残照角声悲。舞阳色变献图日，杨子神伤泣路时。
蹈海千年几人往，挥戈四顾一呼迟。隋珠投暗真多误，徒倚新亭说旧思。

严天池

弦为流水柱为山，夔旷谪来山水间。三尺桐能追太古，二京尘净是玄关。
昆刀破璞玉飞屑，凤响遏云天霁颜。至今片石凝仙气，春苔摹谱自班班。

张旭

笔泻长河东海头，携将逸气自横秋。樽边剧饮涧虹渴，醉后狂呼山鬼愁。
激电奔时千百折，惊涛缓处两三鸥。尽罗万法不雕琢，一任天真动帝州。

翁同龢

九域茫茫羡禹功，犹思捧日出云中。欲求郭隗千金骨，好待袁宏一扇风。
宇内牝晨天未白，沙中锈戟渍凝红。崔巍蜃阁终虚幻，归去吟边作野翁。

曹大铁

撑胸丘壑叠逶迤，慷慨平生叔度陂。尽散籯金易缃帙，更凭珠唾折高枝。
秦灰怎奈红羊迫，荆璞任他苍狗移。欲谒鸿姿今恨晚，一城暮雨正低垂。

◎杨新跃　湖南省湘乡市

步韵老杜《秋兴八首》

登虞山四望

极目琴川遍老林，大江北亘荡萧森。前原稻熟人间足，一域风高海气阴。
纵有严霜凋客鬓，已无落叶动秋心。兴亡千古纷争地，七十年来息斧砧。

题昭明太子读书处

陌草苔痕曲径斜，云间日下似京华。偶依古杏听潮语，更浴春江泛小槎。
帝子偏居存翰藻，永嘉南渡有悲笳。几枝香发安隅处，应是梁朝旧野花。

题翁同龢墓

满目江山近夕晖，参天古柏暗香微。三朝之下人皆识，六十年中泪尽飞。
守口如瓶庐即墓，持成治国命无违。伤心甲午舟沉后，怕应羞逢李合肥。

登辛峰亭感怀

忽感艰难似弈棋，平湖纵目有馀悲。生如此水微澜外，情到痴心绝路时。
江左峰皆因我仰，日斜叶尽向人驰。飘蓬终肯随波去，负手山川引暮思。

暮访破山寺

寺门云锁访名山，曲径幽通今古间。几处林泉知鸟性，一声钟磬破禅关。
闲云白日空潭影，老衲青灯照佛颜。黄叶满阶风未扫，院寮止静鼓音班。

谒铁琴铜剑楼

不废登临雨打头，名楼独拜向寒秋。西风琴剑声萧散，江左衣冠气郁愁。
五世搜藏王谢燕，百年事业狎盟鸥。奈何薪火传将尽，来过江南第一州。

题钱谦益墓

总凭修史献微功，此世谁知亦史中。死别大难如是柳，心期剧惘付流风。
可怜东海遗民老，只换虞山夕照红。折取长条轻拂水，秋烟满地吊衰翁。

沙家浜风景区

蒹葭莽莽自逶迤，疑有鱼龙隐泽陂。落日秋风红在水，寒鸦噪雀乱栖枝。
懒凭新曲分茶热，且趁扁舟向夜移。如此江山容我醉，星沉大野月低垂。

◎张　蕾　上海市黄浦区

咏牧斋先生

总论

北阙严霜摧仕林，重云覆顶意萧森。飘摇风雨侵吴楚，破碎山河归翳阴。
难舍几丝新断发，尚存一片老臣心。从来生死皆遗恨，史笔无情似斧砧。

科考

芸窗灯尽月西斜，翰墨清流记岁华。丹凤齐鸣朝玉阙，青云有路渡天槎。
为文堪作东林纛，伏笔思除胡地笳。走马长安皆龌龊，黄金榜上作探花。

削职

投老孤村薄暮晖，深庭久闭一心微。琴川梦里春光歇，拂水崖前燕子飞。
文墨笙箫频眷顾，衣冠闾阖久暌违。临波强对青山笑，鬓自苍苍衣自肥。

起复

世事无非一局棋，莫将得失论欣悲。明珠总有离尘日，宝剑重期破匣时。
扛鼎大旗难解脱，衔恩朽骨任驱驰。东林老尽忧邦国，辗转京华日夜思。

纳美

四番起落万重山，放浪形骸诗酒间。如是才情知国士，我闻意气动情关。
海棠应衬沧桑鬓，梨雪偏宜白玉颜。红豆绛云双合美，无论紫绶并微班。

降国

当日城前怜此头，清江水冷冷如秋。存亡一念长留恨，领袖两朝空剩愁。
愧惜身家当国难，羞将忠义付沙鸥。茫茫难觅来时路，梦断江南第几州？

复国

十载筹谋惜半功，残年悔忏亘心中。楸枰曾献忠良策，诗笔犹存烈士风。
拂水先生萧鬓白，夷门宾客战袍红。拼将骸骨填沟壑，八秩铮铮立牧翁。

盖棺

虞山十里自逶迤，拂水漂萍漫故陂。七尺无心朝北阙，贰臣有泪洒南枝。
斯人已废文俱毁，矩矱长存名不移。如是香魂应未远，丝萝永在木边垂。

◎张明昭　福建省仙游县

虞山行吟

虞山印象

曲径如蛇入雾林，剑门故垒气萧森。一谿渌水鸣清籁，半岭微阳碎绿阴。
古木间关莺有约，轻云出没岫无心。空山谁识禅机在，几杵疏钟散似砧。

言墓私语

墓道寒芜日影斜，勾吴灵萃想芳华。藓碑杳隔伤麟客，阴窟虚通浮海槎。
堪叹龙钟新白发，休将憔悴起哀笳。凤歌一曲君听否，此去禅房饮菊花。

柳茔情思

拂水岩边挽落晖，秦淮绮梦转霏微。摧肝滇岭血旗祭，极目金陵泪雨飞。
恸矣兴亡胡马劫，悲哉毁誉素心违。悬棺七尺堪明志，羞煞词林靡草肥。

瓶庐怀古

河山破碎弈残棋，两代帝师诚可悲。霪雨瓶庐鬓衰日，雌风龙阙梦惊时。
擎天旧策功难遂，喋血维新心与驰。回首晚烟斜照里，白衣苍狗不胜思。

禅院有感

几重云水几重山，缥缈锡鸣烟岭间。香篆随风盘佛宇，松阴覆槛掩禅关。

堪怜劫后添新景，休笑花前醉老颜。同是陆沉浮海客，初心安好即仙班。

牧斋偶忆

蟾宫赢得占鳌头，领袖文坛到鬓秋。铁甲袭来堪破胆，杜诗和罢只吟愁。
残棋未许起滇粤，远海终难盟鹭鸥。誉毁贰臣何足道，浮生最痛是神州。

墩台遐想

倩谁蛮触苦争功，剑气锵然石窟中。朔野苍凉燃堠火，危墩料峭起腥风。
萧萧悬旆拂云卷，漠漠残阳染血红。我立昏黄惟一哭，沙虫猿鹤几枭翁。

虞山望远

梵宫螭窟自逶迤，绿涨江城水涨陂。遥瞰勾吴千古月，独怜华夏万年枝。
天行健矣河图出，地势坤兮日晷移。最是沉吟秋兴起，山川紫气壮南垂。

◎赵 旦　江苏省常熟市

抗战胜利七十周年纪念日偕友游虞城诸景有感而赋

曾记芦沟戟似林，至今东望气萧森。七溪通海云偏暗，半岭连城日又阴。
旧燕犹传家国恨，新诗已着菊梅心。吴疆代有吴钩出，休道千秋只咏砧。

八载崇墉汉帜斜，烽烟转瞬遍中华。皇天不遂安邦计，瀛海长流覆水槎。
芦荡殷殷传战曲，江城郁郁奏胡笳。渔家尚念兴亡事，枪作连林火似花。

怅望东南黯日晖，妖云待扫一躯微。行车堤柳风惊动，停棹池萍雨打飞。
才女吟诗花不败，仙翁垂钓世常违。衔杯凝伫温柔地，忍对心雄髀肉肥。

海上推枰岂是棋，梦阑胜负百年悲。东瀛一局难回日，斯世千般未解时。
垂手何堪听梵颂，观心岂可任鱼驰？边声忽与霜钟发，叹息空花入远思。

孤茔千载伫虞山，谓是贤风满此间。文学桥连青石道，辛峰亭驻白云关。
东来海色传兵气，北上江氛悦圣颜。代有弦歌通化育，渔樵无忘振朝班。

宋槐未谢绿云头，屈曲廊轩已过秋。塔忆澶渊应有耻，井思五国岂无愁？
铃喧每欲催金鼓，羽振当须扑贼鸥。千载茶香萦胜迹，予人闲坐说神州。

纤毫还蕴纵横功，无限江山百咏中。硕学颇收吴地气，哀章更借楚人风。

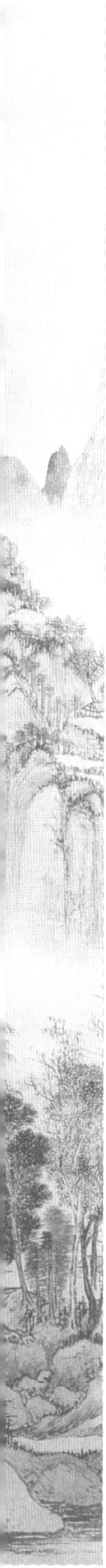

三屠嘉定尸陈黑，十日扬州血染红。一自城头旌帜换，至今清议说衰翁。

欲兴国祚路逶迤，岂可颓颜隐泽陂？骐骥常鸣思北郡，松槐满植展南枝。

中流击楫心犹在，旭日醒狮志未移。度尽红羊频仰首，敢教斗柄勿西垂。

◎赵京战

北京市海淀区

虞山八首

伯仲开吴

采药为词越万林，岐山回望莽森森。礼仁兴教蛮荒国，耒耜开天松柏阴。

后世长留在吴地，此生难舍是周心。姓名虽上轩辕鼎，犹立洪荒听暮砧。

仲雍墓

虞山紫气任横斜，南与鸿山共月华。怀德先吟尧帝赋，辟荆还泛禹王槎。

尚湖舟楫收鱼鳖，渭水波涛闻鼓笳。望断云中归雁影，相携伯仲看桃花。

言子墓

侍坐趋庭趁曙晖，五经六艺各精微。庙堂冠冕层层立，市井弦歌处处飞。

七十二贤真不忝，百千万代勿相违。拈香再拜南夫子，天赐勾吴稻黍肥。

虞山

不周山上可观棋，千古沧桑喜与悲。迎客松高才数丈，烂柯人立已多时。

禾田耕罢皆常熟，槐梦醒来勿太迟。北望周原隔千里，何人不起故园思？

尚湖

寄身吴地傍虞山，静卧风雷云雾间。仿佛龙吟波浩淼，依稀凤翥鸟间关。

直钩不钓湖中物，白发难还镜里颜。柳绿花红真福地，瑶池王母驻仙班。

钱谦益墓

人世乱丝无尽头，虞山独立怅高秋。探花郎是恋花蝶，报国志成亡国愁。

未有仙缘解天语，还将心事付江鸥。谁家铁笛吹三弄，声彻东南百二州。

柳如是墓

秦淮河水六朝功，如是我闻似梦中。东涧才高护花匠，西湖水冷断肠风。

偏逢板荡千山黑，来种菩提一树红。还羡莫愁田舍女，白头尔汝伴村翁。

翁同龢墓

龙楼凤阁自逶迤，风动尚湖千顷陂。偶赴蟾宫桃李宴，误攀月桂凤凰枝。

应知定海神针失，已见经天斗柄移。信步瓶庐抬望眼，彩衣堂畔柳丝垂。

◎ **朱佳伦**　　江苏省常熟市

次韵《秋兴八首》

瞿墓秋怀

桂伯坟前柏树林，犹同猎猎战旗森。珠帘空拂当年恨，云壁恰垂今日阴。
裁剪江山怀剑意，流连风月任鸥心。遥看深涧枫如血，染尽寒霜几度砧。

怀曾公朴华

每忆曾园落日斜，其中有子客京华。墨翻考卷轻黄雀，笔启愚氓赛断槎。
小辋川怀天下事，大雄心在塞垣笳。故乡红豆犹如血，今世谁听孽海花？

怀能静居士

九万圩头看落晖，一翁枯坐洞幽微。片言未得龙心觉，万卷空留鹏翅飞。
铸鼎山河原是梦，沉舟江海证非违。楼空十纪几翻覆，天下谁堪话瘦肥？

过钱牧斋墓怀钱墓师徒

金生白下动危棋，万着何堪众庶悲？管乐轮囷天谴世，荀张屈蠖陆沉时。
晴岩翠麓长相望，朽骨残身岂背驰？百韵诗成惟恸哭，师生一例费猜思。

谒翁相墓

森森万木郁苍山，魂梦支离霄汉间。翰墨洵能追鲁郡，舟车终见出蓝关。
北洋翳灭断鳌足，太液波翻触圣颜。绝笔堪留两行泪，犹期卷土振鸳班。

秋日尚湖经行

池上芦花欲白头，青山十里半含秋。史狐笔底寒霜重，故老坟前骚客愁。
文启东南瞻鹁鸽，神封虞夏伴沙鸥。披襟独立思清远，乐府歌行被九州。

梅李聚沙塔

镇海凝沙百福功，千年兴替水声中。甘棠遗爱江头月，华黍膏霖孝里风。
仙圃葡萄将泛紫，远山木叶正漂红。文雄故壤堪留客，把盏翻思稷离翁。

秋登虞山远望浒浦

石壁连城路演迤，远瞻云水幂前陂。虹飞鲸浪牵堤势，露冷雁风生桂枝。
花鼓一声妖祲廓，渔村几度物华移。摩西雪魄今何处，不忍回头惹泪垂。

特别奖作品

◎ **陈咏隆**　　委内瑞拉籍华人

江苏行

过卧牛山

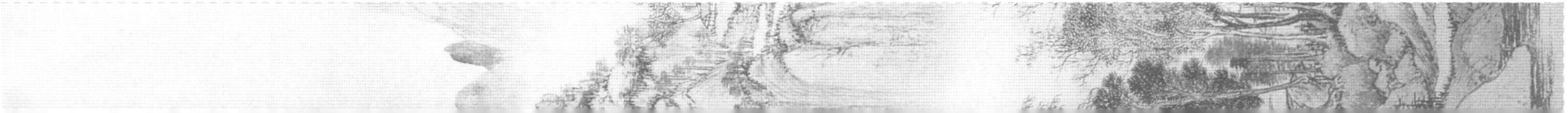

一派禅氛护上林，松翻鹤露正萧森。无忘野老教吹笛，不见青苗自弄阴。
日出顿增彰显力，峰回突发好奇心。闲云簇拥金风至，犹有新声匀暮砧。

虞山寻梦

扎根顽石古松斜，鬼斧削岩超太华。才去桃源沽浊酒，又来尚水泛轻槎。
蓝天托梦云为枕，红叶题诗琴胜笳。不遇牧翁长纳闷，灵禽约我咏山花。

谒牧翁墓

试将秃笔蘸朝晖，读罢中庸读式微。犹泣蒿莱青冢没，且看穹宇白云飞。
万千景物供长仰，百二河山已久违。天籁悠悠惊肃杀，寻无绿瘦与红肥。

常熟即兴

忧患元元险弈棋，只缘兴废起欢悲。歌千古矣吟千古，彼一时兮此一时。
每趁晨清听鸟语，也曾夜寂看星驰。殊难破解红尘梦，天有丹霞佛有思。

菱花馆主

江潮海雨缀虞山，瑞气升腾指顾间。松拂清风怀国士，竹摇明月梦乡关。
菱花入砚应成醉，菊酒喷香以悦颜。词属一流天下仰，逍遥信可列仙班！

尚湖一瞥

飞霜忽染少年头，一片枫林证九秋。汉月料如秦月白，今人莫替昔人愁。
山前客至牵云水，湖上棹回寻鹭鸥。簇簇桂花诚可掬，清香弥漫古扬州。

颂黄公望

一卷富春矜大功，赢来盛誉出吴中。神思逸驾峨嵋雪，彩笔扫描杨柳风。
投瓮醉吟秋月白，揭帘浅唱夕阳红。浮名误己何堪忝，尚水垂丝作钓翁。

王翚礼赞

远瞻常熟路逶迤，听切吴歌南北陂。宾雁翩翩凌广宇，清晖澹澹洒高枝。
串连郑燮重攀越，崇尚唐寅不改移。四海腾云谁圣手，先生端的大名垂！

入编作品

◎安全东　四川省成都市

虞山八咏

虞山临眺

此山形胜肇文林，石壁岩岩草木森。终古高名逃渭曲，向来佳气笼城阴。
艺开诸派世无匹，花覆丛茔祭有心。立尽斜阳观尽海，不知何处听孤砧？

辛峰即兴

荦确辛峰一径斜，尚湖遥对挹清华。片云能卷石无语，东阁相望海泛槎。
二圣冢前常驻鹤，读书台下不闻笳。羡他六角亭边月，岁岁春风饱看花。

游兴福寺

伽蓝胜迹日晖晖，莫道禅钟听已微。偶自深林闻虎啸，惯于清晓看泉飞。
数通碑碣名士字，千古潭渊尘意违。太傅息心兼习静，竹房幽径遁初肥。

剑门抒怀

世事苍茫一局棋，红羊历劫总堪悲。兴吴王霸千秋恨，绕阁烟岚十二时。
剑斫石门容鸟过，寺藏觉海待星驰。明清碑刻宛然在，对景感怀无限思。

登读书台

海虞风雅此名山，台掩东南翠幕间。绝世心轻紫宸殿，读书人卧白云关。
琴听焦尾泉流韵，梅放文轩雪解颜。千百年来迹犹在，诵声起处草班班。

尚湖写意

湖在虞山南陌头，平波涵负一天秋。风吹日月入太古，帆带楼台凝暮愁。
藏用应怜新白发，垂纶许约旧沙鸥。须知前度销魂地，擅美勾吴八十州。

谒钱谦益墓

补天无术罪耶功，易代悲欢一梦中。运蹇尚馀名士范，情多犹傍美人风。
文章西席开宗派，羽翼东林有黑红。此处牛眠应得意，湖山长伴老诗翁。

谒柳如是墓

青山郁葎水逶迤，茔墓藏深入野陂。红豆馆宜三五夜，春风客傍蕙兰枝。
最难将息唯心迥，恨不须眉叹世移。班蔡才情六朝艳，至今唯有柳丝垂。

◎ **曹成龙**　江苏省常熟市

秋兴八首

叶漏晴光松树林，园中趁步亦萧森。久耽生计劳纤指，再理诗笺惜寸阴。
桂子香侵羁客梦，书台石勒故人心。可怜时序非由我，抱膝寒阶听暮砧。

水漾秋湖暮日斜，霜调翠叶褪浮华。耽名俗世垂云翼，循迹沧溟渡月槎。
舟泊夜桥三更梦，雁飞寒域一声笳。今番且作虞城客，看取风中芦荻花。

高台置酒送馀晖，邑里人家面翠微。岁改残花缘雨落，露寒孤雁贴云飞。

一生纠结情堪错，半世奔波梦已违。待得来年春水绿，约看湖上鳜鱼肥。

渐觉人生似弈棋，数年遭际但馀悲。何能故梦同前日，叵耐离魂异旧时。
曲岸风清山独矗，平湖水碧艇飞驰。客中今向虞城老，一任林泉动雅思。

长堤久伫对虞山，草色湖光落照间。败叶蛩声惊客梦，霜风雁字别乡关。
空悬颓笔长违约，固锁尘心未展颜。对景原须谋一醉，从教青嶂列朝班。

排云飞雁几回头，九月虞城已素秋。叶落霜含千种恨，诗成笔带一笺愁。
楼空梦逝栖黄鹤，水冷舟横渡白鸥。因爱此边风物异，馀生终老是苏州。

原非造化一时功，十里青山入眼中。叶落篱边惊客梦，雁飞天际动秋风。
临霜镜里头先白，把酒杯中颊渐红。若问今生何处去，尚湖舟载老渔翁。

入城青嶂自逶迤，一梦诗心到渼陂。冷露秋凝香稻粒，寒窗月挂碧梧枝。
波平客棹人犹在，夜永街灯影渐移。待得虞城春信至，沿溪看取柳丝垂。

◎**曹　辉**　辽宁省大石桥市

诗咏虞山（选三）

吴王夫差

英名何以厦倾斜，独爱婵娟绝代华。纵使江山成末路，依然西子泛浮槎。
哀哉笑柄因红粉，往矣穷途忆鼓笳。大丈夫当为社稷，误国同时亦误花。

书家张旭

《古诗四帖》占鳌头，知否成功秋复秋。公主担夫传笔意，兰娘剑术解心愁。
大时代也执牛耳，真性情兮托信鸥。非是痴癫天赋在，勤酬草圣誉神州。

翁同龢

鸿儒两代帝师功，起落沉浮宿命中。入仕黉门行大路，操持机务沐天风。
堪称书政双坛客，未见鲜花百日红。嗟矣盖棺成定论，维新一甲状元翁。

◎**曹瑞冬**　江苏省海安县

诗咏虞山（选四）

牧斋说

雄才骏望舍其谁，薄海具瞻无出右。恋恋红尘染风流，淡淡江南醉烟柳。

不胜江水冷生死，一献二降千古恨。一时毁誉负一朝，却治明清几经世。

红妆颂

妩媚如是傲俗世，醉卧风尘任潇洒。情深班蔡艳六朝，笑靥海棠压梨花。
凛凛大节怒投水，倦倦漂泊悲红豆。人云亦云民族志，我颂红妆独立魂。

忆尚湖

千山暮雪寒江钓，不胜天堂世外火。烟笼长堤月折翠，水绘仇天息泪红。
未勘泊镜几伤诔，轻拂秋风若清水。秋冬春夏又一秋，我自方死向方生。

桃花美人

红尘尤物最相思，踏夜而来只为情。烟笼堤岸柳如是，月上湖畔影自怜。
年年情花梦相似，代代死灭空悲切。欲问花冢今何在，恨水上善却无情。

◎常敏红　江苏省常州市

诗咏虞山（选二）

尚湖风景区

湖光山色沐朝晖，烟雨汀洲入翠微。日出暖融桃杏闹，春来欢洽鹭鸥飞。
诗家逸兴竞相续，农户祈丰愿不违。沃野千顷连岁熟，四时佳果自甘肥。

齐女墓

九重飞阁北城头，极目遥天已近秋。故园茫茫哪得见，江帆点点更添愁。
怎生羽翼归乡梓，还寄家书托雁鸥。吴郡可怜心碎地，幽魂一缕绕芳州。

◎陈　佳　湖南省长沙市

次韵杜甫《秋兴八首》

常熟秋暮即感

霏烟漠漠起平林，朔气侵人感肃森。潮外蜃生终是幻，江间云集已成阴。
可怜未老沾花眼，辜负经年折柳心。夜半怀君醒复醉，于无声处听寒砧。

虞山抒古

遥望孤城落日斜，群坊林立倚繁华。空留胜地招黄鹤，即向江津问海槎。
日暮何人吹玉笛，乡关处处隐悲笳。风光愁予烟波上，一夜催开梦笔花。

谒翁同龢墓

山川寂历映星晖，叔代衣冠隐翠微。冷月渐沉波底去，乱云长向眼前飞。
信将高义酬君诺，难料时风与愿违。涕下纷如梅子雨，应滋塞北草初肥。

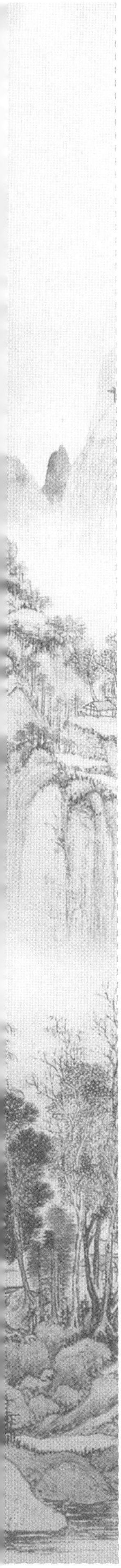

题柳如是墓

应知世事列如棋，花落人亡两处悲。情甚未能追往日，缘悭何必唾今时？
流云毕竟风吹散，巫梦终非雨载驰。横笛声中闻怨柳，年年墓草说离思。

携众友诗酒虞山

赓诗酬和到虞山，绝地登临歆雾间。笛彻梅花穿野寺，霜惊雁阵阻江关。
欣逢酒暖生酡面，重劝天公开霁颜。欲奉星槎云外去，飘飘身似列仙班。

尚湖怀姜太公

昨日寻踪倚渡头，暂凭思绪立高秋。名沉渭水终逢主，庐卜琴川非避愁。
急向营间鞭快马，也从心外访盟鸥。史书难罄千秋事，欲使狼烟净帝州。

咏虞山国家森林公园

天因鬼斧凿神功，奇崛峦峤豁眼中。日出溪烟沉翠阁，舟回霞浦动秋风。
何妨云淡遮崖白，一任霜轻染橘红。最是多情堤畔柳，年年还拂钓鱼翁。

虞山漫步即兴

远看群峰皆逦迤，携筇信步到山陂。烟描翠黛羞梅月，夜涨银河上鹊枝。
渔火纷随舟出没，星光尽逐世推移。雁声半落长天外，一入乡关便泪垂。

◎陈金华　江苏省常熟市

常熟著名景点题咏（选五）

尚湖烟雨

绿屿凌波雁字斜，一湖碎月落琼华。画楼隐隐闲云上，细雨蒙蒙雾里槎。
日映岚光山影秀，风摇苍苇水鸣笳。红霞遍地游兴足，靓女堤边摄菊花。

鹁鸽府第

跌宕人生一局棋，贫寒富贵不须悲。客怀相府秋声里，雅抱彩衣缓步时。
月洒清辉书卷在，室腾浩气笔锋驰。山川未改风云起，独坐瓶庐惹静思。

剑门险壑

曾记吴王剑劈山，惊心沟壑两峰间。千枚怪石同争险，万斛珠玑各闯关。
风月无边遗旧迹，湖山有意展新颜。夕阳晚照亭轩侧，云影山光两列班。

方塔清风

九层宝构宋时功，坐落街旁艺苑中。幽阁松阴勾冷色，青山霞蔚送清风。
藕香桥畔泉流绿，碑刻廊边槛染红。舞曲啼莺和岁月，休闲赏景语婆翁。

松风古亭

长寿桥畔路逶迤，石径巅连鸟逐陂。流涧危峰张彩壁，寒潭明月照松枝。

碧湖烟雨苍山幻，紫雁西风宿草移。
竹老柳长环顾立，严霜仍见绿云垂。

◎**陈俊明**　广东省广州市

虞山秋兴

寂寞西风过庭林，吴宫越殿两幽森。
人无怨后方无悔，天有晴时亦有阴。
楚业未偿当日愿，虞山空费少年心。
龙泉欲问今朝事，铸剑炉边锈铁砧。

几许朝阳暮雨斜，依然春老旧韶华。
十年海内千山骥，一路天涯万里槎。
何处风中闻越鼓，谁人梦里听胡笳？
楚楼冷落清秋夜，明月阶前照落花。

要从何处觅朝晖，或上虞山问翠微。
总是花间黄叶坠，依然天外白云飞。
梦曾极少随心欲，事竟常多与愿违。
待得尚湖秋最好，酒浓菊瘦鲤鱼肥。

世事犹如乱局棋，楚风吴雨总伤悲。
梦来海角荒芜地，人在天涯落寞时。
七水穿流因辗转，半山飞进为奔驰。
虞城若问当年事，千载风云百载思。

秋来常自看秋山，山在吴风越雨间。
离雁一声闻濮水，故城三叠唱阳关。
曾将昨日新蒸酒，梦得当年旧笑颜。
枕上青云难意料，竟然尘鬓已班班。

破山寺外小桥头，几度斜阳立晚秋。
可有圣泉消俗虑，岂无浊酒解清愁？
禅房月下池边鹤，客旅风中海上鸥。
容我天涯寻旧梦，魂游八省十三州。

古城奇迹赖天功，十里青山横卧中。
竹槌木梆敲夜月，铜壶铁盏饮秋风。
灵台袅袅香烟白，锦匣斑斑剑锈红。
负了凌云当日愿，不如归去学渔翁。

长江东去望逶迤，秋至虞城草满陂。
水静残荷撑雨盖，风寒老柏展霜枝。
梦沉画阁花光逝，醉醒琴川日影移。
山寺半堂泥塑像，尽皆眉眼已低垂。

◎**陈湘衡**　湖南省湘潭市

虞山秋兴

虞山东岭见东林，韵自千章气自森。
来去人行言世外，古今酒煮醉花阴。
天风奕奕长青曲，木叶翩翩不老心。
日月分明随处是，飘萧意兴向清砧。

坐看风起日初斜，无咎江山万物华。大木苍葱立天柱，浮波潋滟荡星槎。
宏开气象三千梦，漫卷烟尘十八笳。大道随吾身左右，者番有悟笑拈花。

千迭湖光奕奕晖，归帆入眼看微微。鱼龙心异何缘化，鸥鹭盟同自在飞。
帝子江山一如是，美人文字久睽违。经年阅尽听涛客，许瘦谁颜天下肥？

日月掌中俱做棋，好还天道欲何悲？心沉风雨催人处，义重江湖试剑时。
有女肝肠馀夕照，谁家襟抱任舟驰？为留玉露枫林晚，摇曳高枝发浩思。

知者水邻仁者山，悠然气度地天间。琴箫韵致开吴市，人物风流出汉关。
回首频仍惊白首，展颜莞尔妒红颜。渔歌隐隐催樵唱，合共江南逸趣班。

文中一脉溯吴头，瓜瓞丰盈恰到秋。旭日悄迎清晓客，山花笑看旧时愁。
盘桓径落衔云鹤，寂寞风浮搏浪鸥。最是三分明月夜，二分无赖借扬州。

笔墨从来造化功，俱言意在得其中。读书台上新堆雪，集雅亭前旧有风。
流水琴声含竹翠，袭人淑气簇梅红。可怜百代胡涂后，不羡诗翁羡醉翁。

生涯作酒味长迤，乐事经年一顷陂。烁烁鳞光争耀日，喃喃燕语且同枝。
岑楼思远心难静，烟渚风清舟不移。濠上鱼儿真不解，庄生遮莫有名垂。

◎陈云弟　湖北省武穴市

江南八首（选二）

吹笛

笛声横亘雁身轻，倾诉流云伴鹤鸣。一阕未终飘泪雨，数丝乱下动莲茎。
池塘乳鸭风光满，落照楼台水色晴。梦里湖边舟欸乃，菱歌断续到天明。

扁舟

一叶扁舟桂棹圆，齐齐用力箭离弦。金光闪耀沉沙底，淡影纵横绿面前。
青背鲫鱼轻滑藻，红尖藤蔓俏钩拳。破浪乘兴看幽窟，水浸黄泥小洞天。

◎ **陈蕴洁**　　江苏省常熟市

步韵杜甫《秋兴八首》（选一）

兴福寺遇梅

一片经幡拂梵天，香烟轻漫小径传。遏云疏磬频能闻，带雨晴溪例不眠。
路转恰逢琼魄下，步移正遇暗香前。春风多羡红妆美，枝勒花描染素笺。

◎ **崔以军**　　江苏省常熟市

步韵杜甫《秋兴八首》（选二）

江头

晚霞红满大江头，铁甲凭栏夕照秋。小楫沉浮灯岸喜，洪波来往晚潮愁。
琼楼绿树归巢鸟，青草沙滩涉水鸥。铁塔珠明连十里，行车驰入白苹洲。

青山

青山翠径见逶迤，夜幕拉开月满陂。磬响循声寻古寺，清茶倾盖赏新枝。
桂花满树风中落，白鹤穿云湖上移。但觉瑶池彩霞里，渔夫独钓水边垂。

◎ **戴寿泉**　　湖南省湘潭市

步韵杜甫《秋兴八首》

初访虞山

远闻钟磬寺如林，石径蜿蜒万木森。卧听泉流高士逸，时薅山气古城阴。
竹松堪慰红颜节，燕雀安知钓客心？指看波光涵塔影，一行鸥鹭起霞砧。

常熟古城

旖旎青山福地斜，人文胜地自芳华。老街谁浥癫狂墨，永济波摇锦绣槎。
日落曾园闲听鸟，风回书院昔鸣笳。水乡静谧酣明月，催发丛丛夜合花。

尚湖

高山远廓透晴晖，岸草园花玉露微。钓渚明霞鱼竞跃，桃林红雨鸟争飞。
随形造景游人至，率意填湖过雁违。风物由来须巧手，田畴都市共丰肥。

柳如是

烽烟翻覆幻如棋，身世浮沉苦乐悲。但使玉容存旧国，不随朝士履新时。
书成皓月梅花发，义若惊雷剑气驰。冠服往来谁慷慨，等闲贵贱惹人思。

虞山诗派

江南灵秀育文山，不减风骚唐宋间。怡养性情通大道，依凭经史破玄关。

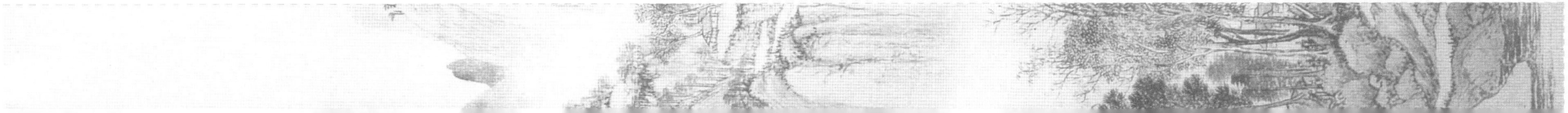

吟坛衰盛谁堪主，国事艰危岂改颜？馀绪绵延传后世，至今里巷诵冯班。

瞿式耜

末世书生不惜头，一腔节烈写春秋。狼烟弥漫山河破，权斗依然国步愁。
浩气纷飞桂林雪，清魂长友尚湖鸥。零丁洋上文丞相，异代声名共九州。

访沙家浜

疑是丹青点染功，无边春景燕喃中。引人怀旧铜壶茗，扑面清心蓼叶风。
眼底烟霞新苇绿，当年鱼水大旗红。夜阑客子何由寐，对酒持螯乐醉翁。

回望虞山

远岫苍林势演迤，东天霞彩浸清陂。燕园古朴归诗境，方塔高标簇杏枝。
人物传奇心上涌，山川画幅日边移。更从旧迹营新景，草绿花红珠玉垂。

◎戴永平　江苏省常熟市

步韵杜甫《秋兴八首》（选一）

破山寻韵

听禅可积百年功，清晓破山初照中。潭水空悬沉木影，石房频入落花风。
云笼竹径三分紫，霜打秋枫几处红。野鸟飞回此皆寂，孤高远见白头翁。

◎邓宝忠　江苏省常熟市

咏虞山八首

翁同龢

折桂蟾宫誉士林，银钩铁画气森森。君王信任非容易，家国忧怀竟晦阴。
慷慨悲歌才子血，伶仃喟叹老臣心。瓶庐检点焚诗稿，寒夜风声急捣砧。

孽海花

帝国黄昏缺月斜，风行长卷动京华。村夫劳作凭牛力，饿虎横行借海槎。
广殿谁争吹梦笛，城关已报奏胡笳。纷纷后辈多新趣，不掩当时孽海花。

辛峰亭

千年古镇沐馀晖，一片烟岚笼翠微。湖上虹桥云欲渡，山前画栋鸟争飞。
塔高莫与新楼敌，望眼休将暮色违。笃定辛峰长往返，归来不误品鲈肥。

钱谦益

劫难乾坤似弈棋，遭逢乱世岂无悲？红颜白发风流日，边患灾荒鼎沸时。
曲水流觞诗唱和，硝烟战火马飞驰。皇皇著作偏蒙垢，绝笔何人解悔思？

泰伯仲雍

同心让国出岐山，远走江南草莽间。断发文身随异俗，依村立舍梦乡关。

疏壅导水添新亩，足食丰衣展笑颜。伯仲功勋存史册，名传至德列贤班。

徐枕亚

相思满腹堵心头，一别今生似隔秋。沪上居难唯强笑，洛阳纸贵未消愁。
烽烟四起惊黄鹤，噩耗三封骇白鸥。海晏河清经典在，斯人想已返瀛洲。

黄公望

一笔丹青七载功，几分天赋在其中。行看拍岸惊心浪，坐忘穿林带雨风。
苔下深藏灵石赭，林梢点染夕阳红。如无画卷留尘世，此刻谁知卖卜翁？

咏常熟

青山入郭势逶迤，溪水如弦向海陂。逐浪江鲟来北岸，乘风白鹭落南枝。
浅泥沾手甜茭动，芦荡行舟大蟹移。最喜城边丹桂放，行观稻熟顺风垂。

◎董建娜　北京市朝阳区

虞山八咏

黄公望

雨霁山居接翠林，富春江上气清森。驱舟访戴瑶溪雪，策杖寻幽玉树阴。
赭笔拈开金石韵，红尘参破鹤云心。痴人自了玄门意，无叹秋声任晚砧。

柳如是

杨花何奈舞风斜，春到章台自竞华。杯酒幅巾酬士意，银钩铁腕赋梅槎。
清池水冷千秋节，故国霜寒一叠笳。依旧青山多妩媚，蘼芜陂上又含花。

兴福寺

初日高林尽曙辉，破山清晓意幽微。钟惊晨鸟啼犹寂，露冷秋花湿不飞。
潭影千年今尚在，山光万叠可曾违？菩提无树台非镜，何辨裘轻或马肥？

钱牧斋

自叹平生未了棋，百年扬抑可曾悲。两朝领袖优柔日，一代文章赡蔚时。
衰鬓数茎心北望，秋风一叶雁南驰。我闻如是金刚义，袭组传圭不足思。

严天池

一琴一鹤向丹山，台阁生风碧水间。凤轸遥心烟漠漠，松弦迟指鹤关关。
洪钧气转将开眼，大地阳回欲破颜。白雪阳春何澹澹，琴川清角动仙班。

藏海寺

三千觉路紫岩头，乌目山中古刹秋。风卷松涛千斛水，人迷蝶梦几多愁。
若无我相空天地，自有悲心结鹭鸥。大觉光明盈法界，慈航彼岸起方州。

言子

道启东南百世功，乡关犹在翠微中。杏林秋去程门雪，吴地春来鲁国风。
烟火万家三景白，弦歌百里五云红。芳尘追慕千思远，且看山湖碧继翁。

张旭

胸怀锦绣气逶迤，椽笔鲲池万顷陂。欲翥犹徊灵凤翼，如伸若屈老虬枝。
空香万里遥心彻，虚驾千寻妙象移。霞蔚云蒸千斛后，虞城醉尉逸名垂。

◎董云成

福建省厦门市

咏钱谦益

日落西山槐树林，京华望处气森森。一垣紫极临无地，千里青霄合四阴。
关塞何劳新冢骨，海方频晏老臣心。可怜江上孤轮夜，费照人间几处砧。

云外金盘一日斜，朝朝玉屑锁光华。不惟钟子楚冠带，安得孔门浮海槎？
幽壁生余自儒士，吟蛩死恨和芦笳。悔教翎羽成朝笏，空负伊人与落花。

柔条冉冉送斜晖，百尺重楼见翠微。逗水蜻蜓无事立，吹云花锦有心飞。
玉栏休靠吴王恨，娃馆或嫌西子违。雁爪掠空难旧迹，胡蹄连袖却新肥。

江南指顾在吾棋，荆北流离不足悲。三着楸枰扫河朔，一匡筹策定天时。
庚申独遁赖雄主，朋党重来伐异迟。文藻不容分治世，浊醪相与起怀思。

云为宣纸镇为山，五色彩椽天地间。小谢垂头茗素水，曹王研墨抱当关。
挥毫玉殿尽倾目，搦管龙文多汗颜。一举韫珠传帝里，九阶恩幸列朝班。

天边波浪打江头，满眼芦花晃素秋。月借古今长一练，酒逢离合不重愁。
摇唇御史获朱绂，取第经魁盟白鸥。暗忆神宗北回首，清名何厌帝王州？

摇唇御史，指崔呈秀和陈以瑞。

云梦千秋造化功，巫山一段有无中。烛升帘上纤纤月，鸡唱楼头恻恻风。
柳叶争教黛深翠，樱桃相并豆初红。新来梳裹海棠影，满照留连梨雪翁。

金陵流水故逶迤，仙侣乘舟试冷陂。即饮羯胡南地马，不巢越鸟北风枝。

长河稀见龙图出，衰代频烦斗柄移。文武死能安国庙，衣巾生愿泪多垂。

◎**杜仕忠** 安徽省临泉县

虞山八咏

访虞山

秋霜一夜染层林，登顶方知冷气森。黄雀不时追左右，云峰刹那换晴阴。
吟风漫觅轻灵味，行路全凭稳重心。转过山弯闻水响，浣衣人去见空砧。

谒翁同龢墓

衰草荒凉野径斜，匡兴一梦老京华。难凭只手撑宫掖，唯有林泉泛木槎。
闲坐庭前描竹菊，闷来柳下奏笙笳。任他宦海风云变，我自悠然数落花。

登辛封亭

独坐亭前沐落晖，暗香浮动晚风微。一湾碧水随山转，几只黄莺绕树飞。
阵阵松风关不住，悠悠雅性总难违。诗情骚动还须酒，饮罢三杯胆正肥。

曹大铁先生诞辰百年祭

百岁人生一局棋，文星陨落不胜悲。潮平潮起岂无信，花谢花开应有期。
笔下风情曾向往，江南烟雨更神驰。一杯薄酒遥相祭，默立窗前做远思。

访破山寺

古寺清幽隐破山，危峰插入白云间。心生玩趣徒添乱，人在尘寰难过关。
纵使修禅脱浊世，可能为佛舍红颜？撞钟且学沙弥样，闭目垂帘学上班。

登铜琴铁剑楼

闲云飘过树梢头，乘兴登楼览尽秋。阁里琴声凝剑气，林间鸟语解心愁。
满山霜叶翻红浪，一片晴天过白鸥。处处流连皆妙景，此中风月赛扬州。

钱谦益墓

提笔难分过与功，只缘身陷乱尘中。蛾眉犹有英雄气，鸿儒岂无如是风？
宁愿骂名留史册，不教战火映霞红。后人谁解此间意，尽笑随波不倒翁。

祭柳如是

虞山脚下路逶迤，衰草轻遮坡一陂。岁月无情埋往事，秋风有意认前枝。
尘封玉骨灵犹在，魂系钱翁爱未移。一代芳华铭史册，祭文未竟泪先垂。

◎**段春梅** 江苏省南京市

步韵杜甫《秋兴八首》

西城

西城楼上见枫林，四面清幽秋气森。十里青山连雉堞，三层高阁掩层阴。
远湖波泛开胸廓，高雁声传起宿心。万户衣清何用捣，虞山不复起寒砧。

谒黄公望墓

石坊松影夕阳斜，神道清幽映绿华。游宦曾经心是狱，慕仙终以笔为槎。
画中浅绛开生面，诗外清澄伴暮笳。云水襟怀可传意，知音何必说春花？

流香馆

流香馆畔看斜晖，四面残荷风力微。窗映千竿佳竹动，眼藏几点白鸥飞。
丹青用尽画难足，诗赋吟成心不违。却望东篱花正好，芳尊共我品秋肥。

尚湖

湖石星罗似布棋，淡看人世喜和悲。青杉高耸浅滩日，锦鲤惊游细雨时。
尚父垂纶凭柳拂，渔夫鼓棹逐云驰。万年浪起成佳处，抱膝临波若有思。

剑门

御赐烟岚在此山，青岩银练挂云间。水分谷裂通深涧，剑试峰开成险关。
好景仰观犹落帽，佳名偶得尽欢颜。怡然顾盼懒移步，欲与松枫共一班。

秋游沙家浜

远来卵石入滩头，风拂芦花曲岸秋。碧水粼粼摇绿影，枯荷淡淡解清愁。
泛舟高唱不惊鹭，问钓清心得伴鸥。远望水光开眼阔，斜晖一抹是芳洲。

读黄公望画

浅绛由来子久功，轻融淡赭笔痕中。富春江上邀凉月，大岭山前伴素风。
已把籀书启新景，还将诗句说秋红。今时两地分残卷，谁念埋丘一画翁？

虞山

青山十里自逶迤，一鉴西湖绿满陂。兴福空潭参佛道，剑门绝壁隐虬枝。
四时赏景客犹醉，百载援琴韵不移。绮丽海隅看未足，长吟不觉暮云垂。

◎范义坤　广州市越秀区

诗咏虞山

维摩旭日

初日空山耀茂林，葱茏佳气自森森。循岩水激消愁思，望海楼高出绿阴。
遗迹曾涵前代泪，新风终慰后人心。三千劫尽寻幽客，笑忆当年故邑砧。

桃源春霖

雨过西山落日斜，缤纷溪涧泛妍华。莺啼巧蘸枝头绿，客渡何妨浪上槎？
玉砚已然磨叶露，洞天犹自听仙笳。东风更遣今宵月，化与琴川到处花。

辛峰夕照

两湖凝碧漾晴晖，极目虞城展翠微。
岭挹暝烟村欲暮，波涵鹭影棹犹飞。
萍踪襟抱谁人识，菊态芳程岂世违？
此际浮云飘散处，大江东去鳜鱼肥。

书台怀古

往事真如一局棋，沧桑故址不胜悲。
羁怀已动伤秋感，登览犹闻唳雁时。
磴道千年松恨老，石台此际客来迟。
南梁太子读书处，古木森森谁与思？

破山清晓

佛光自古照虞山，石径蜿蜒晓霭间。
救虎阁前钦峻德，空心潭外识玄关。
松高气远消尘念，殿郁香清驻穆颜。
钟磬抟云惊雀梦，高林旭日正斓班。

剑门奇石

百仞岩镶翡翠头，白云属意剑门秋。
锋芒力劈虞峰壁，石势尘消明世愁。
韵旷御书传静邑，帆轻湖浪动飞鸥。
且登拂水危岩坐，奇气峥嵘出九州。

拂水晴岩

真堪鬼斧着奇功，坠石云扶绝壁中。
拂面绫偏悬涧谷，凌霄谁与驭西风？
鸿归声断三秋碧，夕照峰馀一抹红。
浪迹飘蓬回首望，晖光犹照倚栏翁。

秦坡瀑布

涧形山势竞逶迤，雷动湍流珠满陂。
雨过飕扬惊麓野，日斜鸟倦喜林枝。
濯缨客就蟹泉枕，泼墨毫随石径移。
欲赋豪情行未止，七星墩上大星垂。

◎费自平　广西壮族自治区桂林市

步韵杜甫《秋兴八首》

碧水环萦古树林，日光筛影气森森。
山河互映庄兼秀，天地相融阳与阴。
惊世华章辉史册，扬名杰士动人心。
慕贤驻足思潮远，静夜遥遥犹听砧。

湖波荡漾夕阳斜，山水经年润物华。
卫国曾留大功绩，抗倭犹记小浮槎。
胡弦调韵闻京戏，游客观光不听笳。
木桨轻摇鱼影动，鸳鸯相约赏芦花。

虞山千载沐光晖，入去方能见细微。
奇石峥嵘危垒耸，禅门静穆古檐飞。
思从画圣门还闭，欲拜言公路已违。
迈步休嫌分寸短，观花不论瘦和肥。

山川眸中一盘棋，放手输赢不可悲。
避让躬腰当入理，纹身断发也宜时。

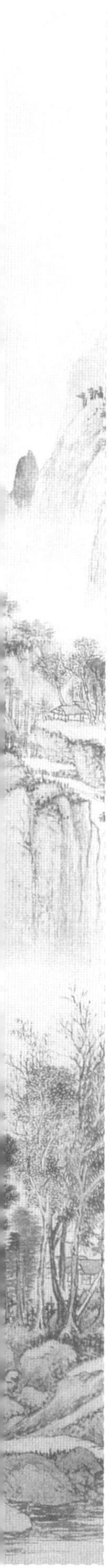

七洲湖水如星耀，百桨渔舟似箭驰。回首前贤皆作古，汗青翻看惹情思。

醉酒枫林红满山，澄湖拭镜照人间。鱼翔水里千条路，雁过征途万道关。
横笔随心书素纸，直钩无怨钓苍颜。晚风拾韵怡情唱，几点寒星又上班。

岁月悠悠人白头，山河壮丽总千秋。黄花青竹能添雅，铜剑铁琴应解愁。
惬意船追水中鲤，忘机友是岸边鸥。晚霞才显尘间美，又听渔歌荡府州。

晚岁虽思再建功，清高无奈草堂中。读书台上翻经史，兴福寺前祈瑞风。
南亩生花霜露白，西山赏景夕阳红。遥看旅雁归程去，谁识乡间一老翁？

叶飘水面路逶迤，菊应风邀唱北陂。鱼呷清流嘻浅底，鸟呼爱侣宿高枝。
山河韵律春秋按，才俊音容史册移。染尽霜丝休有怨，前途昂首不低垂。

◎冯德宏　江苏省无锡市

赞虞山历代大书画家

黄公望

踏尽烟霞隐墨林，百年坎坷付萧森。勾成峰影连天际，染出江波接海阴。
后世几番摩诘梦，今生多少富春心。欲询仙道归栖处，先数村家十里砧。

王石谷

艺出廉州径不斜，再寻烟客入金华。浅铺楚水三千斛，高植燕柯五万槎。
鹤立玉溪闻古调，人归静室绝胡笳。闲云掩映清晖色，还照耕夫垄上花。

吴墨井

墨沉湘碧泛灵晖，井种烟庐接紫微。闲向梅花埼岸步，乐从黄鹤杳岑飞。
桃溪说梦三生误，西满修名半世违。别浦草衰知薄瘠，牧郊伤悴几群肥？

蒋廷锡

争逐功名类弈棋，殿前长侍底堪悲。金朱引墨红缨日，玉粉侵脂紫佩时。
徒叹缙绅祠已立，不愁东里谥先驰。浮天隐梦寻归处，乔梓丹青记客思。

马元驭

云行闲岁梦虞山，酒纵迷邦醉笔间。草蔓南田虫跃界，卉深西谷鸟鸣关。

无嫌绿瘦依芳骨，权借红肥养玉颜。健羡雪渔三代远，传花荃逸五家班。

翁同龢

空顾云山起渡头，琴川真处几春秋。松禅意气平家国，天放文章解世愁。
曾作清臣豪骏骨，亦为雪客冷汀鸥。行年四十朝中事，毋宁瓶居读子州。

萧退庵

心系龙蛇隶篆功，合参经史五明中。乐栽桃李江东圃，善继岐黄高世风。
野衲身赦南苑碧，杜鹃血映释须红。僧携无问浮生事，争识出蓝年少翁？

陆抑非

红英满苑路逶迤，绿草侵堂近水陂。玉种迦庵添一篓，香闻梅景报三枝。
自经携雨寒飙过，犹念生花暖霭移。耄耋霜松存傲骨，残冬不惧雪将垂。

◎冯小勉　广东省广州市

常熟历史文化名人八咏

仲雍

萋萋芳草卧牛山，苍狗浮云阅世间。让国南来持孝道，立吴西望诀乡关。
中原硕果真良种，夷地春风翠古颜。兄志承扬情意重，冢前千树影班班。

言偃

北上求师笃用功，高名文学孔门中。鲁城礼乐行儒道，邻里弦歌和晚风。
道启江南乡梓茂，泽流世后夕阳红。七溪古韵犹萦耳，十里青山已隐翁。

严天池

古桥琴墓共朝晖，碧水盈盈照翠微。修竹吟风泉石冷，虚窗含翠岭云飞。
且听贤者知音论，不忤真心意见违。海纳百川宗一派，呕心辑谱素袍肥。

王石谷

苍山十里自逶迤，结水修庐在此陂。老凤曾飞金殿阙，华堂高映碧梧枝。
古今意贯清晖照，南北毫融旧俗移。泼墨耕烟邀友酌，丹青不倦圣名垂。

钱谦益

此身挣扎弈残棋，吟尽秋声难释悲。红豆终飘迷月夜，美人泣绝玉筝时。
泱泱诗卷融情就，峨峨英才驭气驰。四海宗盟文体振，心期待得后人思。

柳如是

萧萧南浦水楼头，疏柳残荷惨淡秋。林下之风容色艳，社中儒子国家愁。
知音半野酬红豆，泛棹三江结白鸥。志士义延无遗力，崚嶒气骨叹方州。

曾朴

紫禁巍峨落日斜，熙熙仕子市荣华。少年志决痴文学，游宦情阑弃渡槎。
欲守一方入新阁，冀兴中国鼓西笳。平生事业初衷愿，半世风流孽海花。

翁同龢

关外残阳反照林，列强环伺气森森。帝师难有擎天手，王土悲呻鬼火阴。
寒磬鸽峰孤雁影，平湖霜月古波心。惟馀墨迹交相赞，聒聒尘间伴暮砧。

◎傅丁本　　江苏省宿迁市

秋游虞山八首

仲雍古墓

扶筇鸟目谒青林，墓道云寒松柏森。发断江南同稼穑，脉承中土共繁阴。
政行王道勾吴业，虞字山名黎庶心。高枕尚湖今古浪，魂疑渭水拂霜砧。

维摩山庄

山庄一径入林斜，万树霜风染翠华。望海楼高观旭日，尚湖客到泛仙槎。
钟鸣古刹参禅意，汐涌灵泉听暮笳。珍重百株金粟桂，侨心香溢月宫花。

兴福禅寺

峰头弹指入斜晖，缥缈梵音漾翠微。兴福千年禅院静，破龙亘古涧云飞。
细参佛理本来意，不与苍生素愿违。又是江南秋熟日，山亭小憩话轻肥。

瞿式耜墓

勤王无力救残棋，秋老桂林天下悲。古墓游人瓣香日，英魂化碧九泉时。
潜龙寂寞千帆过，华夏中兴八骏驰。醉倚晴霞舒望眼，东来海气动忧思。

辛峰夕照

夕照辛峰山外山，金辉遍洒翠云间。寒烟古树风生籁，暮霭长空雁度关。
游侣青春惜红豆，酒家白发醉苍颜。凭栏一事增惆怅，未报涓埃愧歇班。

尚湖秋波

一篙入画倚船头，醉里清波万顷秋。莺老月堤烟柳暝，霜寒湖水渚莲愁。
摇风芦荻翻晴雪，归棹鸣榔逐晚鸥。白发一杆垂钓处，矶边原是古贤州。

小石古洞

石洞幽奇造化功，洞头龙卧翠烟中。清凉泉溢瑶池露，浓荫藤招高士风。
鼓震两峰飞涧碧，云寒万树醉霞红。何当唤起黄公笔，画里为添一钓翁。

拂水山庄

缘逢乱世路逶迤，拂水山庄近美陂。水漾楼台萦旧梦，月浮花影放新枝。
满头白发情尤笃，绝代红颜意不移。数尽风流何处也，倚栏神恸泪双垂。

◎高怀柱　山东省莘县

虞山八咏（选一）

晚登虞山望尚湖

一湾碧水旧曾游，几片浮云晚未收。历历蓝天飞白鹭，悠悠绿野走耕牛。
风吹烟起青山里，霞落船归古渡头。正道黄昏景将暗，月光已上水边楼。

◎高求志　上海市徐汇区

虞山怀古

虞山门迥阏寒林，莽莽乾坤独郁森。墓谒仲雍钦国让，祠怜言偃肃秋阴。
大同仍慕先师世，迟暮何堪壮士心？耳际弦歌萦处处，牛刀君子远庖砧。
木落江天雁影斜，琴川风物古清华。虞山东向垂文教，舜道南奔没海槎。
齐女登楼悲眺阙，楚臣抉目痛闻笳。勾吴八百馀年事，细数尚湖芦荻花。
虞山峰顶揽江晖，断发文身志隐微。鱼鳖龙蛇居几世，虫沙猿鹤乱双飞。
当年让国人何在，此日移家事岂违？莫道古今丘貉尔，名贤墓畔菊英肥。
虞峰一笑谢安棋，寥寂秋梧宋玉悲。纶钓姜公栖隐处，弦歌言子醉听时。
江湖草马闲犹远，天地茅龙驾已迟。回首剑门题刻句，莼鲈又惹季鹰思。
绛云楼倚古虞山，馀烬秋槐瘦柳间。尊酒湖干邀海日，名诗域内叩江关。
梅村嫡派延真脉，梨部遗音解悴颜。僵卧衡门诚不恨，三生纨扇婕妤班。
乌性山光露满头，毒龙潭影鬓惊秋。频哀江表滋繁恨，岂认河东唤莫愁。
一代坫坛思立鹤，百年湖海证盟鸥。歌残金缕铜人泪，志复唐虞旧九州。
天开拂水剑为功，骇瞩尘寰热眼中。伍相鸱夷随恨血，吴王龙棹逝雄风。
千秋海雾藤萝碧，一夕山岚檀粉红。麋鹿苏台遥可望，饮酣辜负浣花翁。

江波湖沼自迤迤，独立虞峰九泽陂。碧树吴蚕愁北鄙，黄花越鸟眷南枝。
虎丘池剑秋光沸，龟涧天弓日影移。千载海桑尘几度，不堪回望暮垂垂。

◎高银交

北京市通州区

虞山秋兴（选四）

方塔怀古

北渡南风落日斜，层云九转向中华。蒙亭柳幂违金月，覆水萍衣恋宋槎。
古井微澜津汉草，长铃壮志隐胡笳。前朝多少兴亡事，尽付枯荣石上花。

辛峰夕照

辛峰束伞待斜晖，极目琴川敛翠微。霁雨双湖街日落，冲天一鹤破云飞。
悉舒老气先长啸，偶作狂歌已久违。扶杖青山阶下客，东风挽袖衬衣肥。

泛舟水上森林

剪径香蒲恋棹头，无根落羽恨清秋。攀枝云袖难如意，逐水萍衣好寄愁。
裂彩残阳妆锦路，倾心斜月羡银鸥。林风不语归何处，曾绿中华四百州。

尚湖秋风图

秋色江南借夏功，湖山一望系舟中。长桥欲串三更月，曲栈犹怀万里风。
杨柳遮天苍缚翠，荷花照面粉羞红。塘前老苇藏浮饵，石后香萝隐钓翁。

◎高　振

江苏省常熟市

虞山秋兴

自古虞山多密林，遥望佳气自森森。行分花草连云秀，兴抚松杉匝地阴。
破晓鸟鸣争胜意，袭人桂馥扰初心。岁华更迭琴川在，不见当年杵与砧。

辛峰亭上夕阳斜，萧瑟秋风送岁华。俯瞰树头萦宿雾，南望湖面过浮槎。
游人踏露哼南曲，归鸟鸣空绝北笳。回首当年兴亡事，不觉眸中泛泪花。

昆承湖上洒馀晖，水面风来皱碧微。浩渺烟波天地接，依稀雪鹭古今飞。
菊残故迹贤先得，桂馥新颜客不违。草色难枯秋气暖，明年翠绿更应肥。

人生难得是全棋，背井离乡切莫悲。刺股悬梁遗恨日，飞黄腾达向云时。

碧莲谢比前朝晚，金粟开如去岁迟。霜冷秋河犹耿耿，怅望虞山入梦思。

齐梁古迹在虞山，淡磬疏钟醒世间。曲径通幽祛世事，高林向晚掩禅关。
梦边潭影连霞色，尘外槐姿带夕颜。栖鸟相呼求胜友，连峰列队似朝班。

何须白了少年头，叶落虞山几度秋。踏露频消松竹恨，临风渐解菊兰愁。
吟惊吴越林中雀，棹逐江湖浪里鸥。看取平畴常熟地，稻黄橘艳出神州。

三千载去已成功，吴越文心出此中。言偃初传武城曲，仲雍久育卧牛风。
诗琴画印宗派立，雕戏书藏名士红。莫道蟾宫多折桂，家家耕读白头翁。

破龙涧水势逶迤，映日空潭影满陂。青石板前蚁翻叶，碧云山上雀巢枝。
草枯已觉吟虫动，林暗方知滴漏移。欲作逍遥方外客，霞光过岭向人垂。

◎葛丽萍　　江苏省常熟市

咏柳如是

风尘从未掩风华，侠义还兼国与家。如是青山收艳骨，依然红豆发新花。
湖因柳色千秋咏，庄系梅魂万姓夸。自古红颜非薄命，名传更比丈夫遐。

◎龚道明　　江苏省太仓市

虞山八景

书台积雪

雪后琼台靓玉林，银妆松柏列森森。一弯新砌迓朝日，千载古碑留夕阴。
文脉遥连风雅梦，性灵长慕圣贤心。山园月下空明镜，隐约书声夹夜砧。

破山清晓

古寺侵晨日影斜，涧泉草木共清华。蜿蜒幽径接禅磬，潋滟碧潭横韵槎。
福石体奇争作枕，米碑神秀引吹笳。一从常建题诗后，鸟目频开十里花。

辛峰城楼

辛峰亭上沐斜晖，雄伟虞门锁翠微。麓下尚湖金浪拍，眼前方塔彩霞飞。
真君镇怪功难泯，玄武驮碑心不违。梦里江南佳丽地，海巫四野稻粱肥。

双陵怀古

谁倩先贤着胜棋，天堂美誉未曾悲。仲雍道启东南日，言偃文开吴会时。
忆昔状元三省列，看今院士九州驰。松苍柏翠钟灵秀，每到双陵俯首思。

维摩旭日

玉阁琼楼守半山，千年淡定翠华间。沧江北望粘天宇，红日东来叩梵关。
风雨碑痕存古韵，春秋草色换新颜。庄园有意频招我，远赴琴川访马班。

剑门奇石

乘风踏磴上山头，愧我来迟亿万秋。剑破吴王圆国梦，史催游子解乡愁。
石边绮阁檐扶日，门外翠湖波点鸥。胜地几多鸿爪迹，烟岚高旷誉神州。

拂水晴岩

谷深崖豁鬼神功，雨雾奔流倒卷中。波影摇摇迷墨客，泉声殷殷醉山风。
双桥锁瀑珠帘白，七彩生辉石壁红。欲得此间真讯息，请君兴福问禅翁。

尚湖烟雨

滨湖柳湿绿逶迤，鸥赏空蒙聚月陂。淡淡风斜龙舫伞，莹莹珠贯玉莲枝。
雨来乌目岭峰变，烟去太公蓑笠移。一幅天然山水画，却教米芾笔低垂。

◎谷元朋 山东省临沂市

虞山八咏

江南始祖

虞山东麓仲雍林，枝叶交盘古树森。柳浪闻莺春日媚，松风夹道暑天阴。
崇文尚德兴邦计，断发文身避位心。光被遐荒传百世，琴川依旧响吴砧。

红色沃土

古邑琴川落日斜，每依乌目望中华。卢沟狮滴千行泪，沪渎倭乘八月槎。
敌后迎风擎汉帜，江南浴血奏悲笳。忠肝誓把金瓯补，湖荡盛开芦荻花。

才女诗乡

采诗山郭看朝晖，淡荡清流下翠微。泉水叮咚携韵出，蜜蜂劳碌带香飞。
江淮未把吴音忘，家国总将才女违。昔日湖烟伤咏处，惠风和畅蟹鱼肥。

两代帝师

曾弈清宫烂疴棋，瀛台风雨帝师悲。朝廷权仗非移主，戊戌思潮难入时。
莫道昆明池水冷，何嫌妖后夕阳迟？遥看叶落归根处，故国江山圆梦思。

科学发展

七泓流水半城山，胜景长留天地间。南望明湖尤耀眼，东来紫气可通关。

移云拨雾开新路，引资招商换旧颜。渔唱夕阳铺彩卷，千乡百县列前班。

桃源仙境

猎奇催我上山头，万里风烟好个秋。寥廓江天沉百感，怡然心境忘千愁。
冲开碧草飞黄鸟，点破清波漾白鸥。处处桃源疑世外，何须虚幻访瀛洲？

人才辈出

钟灵毓秀上苍功，薪火相传入望中。江浩岳峨萦紫气，河清海晏沐春风。
莺啼杨柳摇新绿，霞蔚波涛荡晚红。历代紧追强国梦，家山未忘祭乡翁。

古刹名碑

虞山风物最逶迤，一路轻歌到北陂。采粉蜜蜂寻嫩蕊，营窝俊鸟选佳枝。
南朝香火情依旧，东土僧人志未移。底韵犹凭文化淀，梵宫三绝至今垂。

◎顾坤明　江苏省常熟市

常熟古迹漫咏（选二）

舜泉明墓

百家讲座圣医晖，幽涧寻踪墓地微。十载苦读遂励志，四方觅药绿洲飞。
苍生济世豪侠气，剑胆仁心不可违。本草经疏双璧合，金秋新剧岁田肥。

言夫子墓

文学传道起虞山，先列孔门众哲间。礼乐四方通德政，弦歌百里武城关。
艺章儒化杏坛榜，论语编修耀世颜。松隐陵园留圣迹，大贤吴会入朝班。

◎顾敏燕　江苏省常熟市

虞山感怀八首

兴福禅寺寻幽

山鸟声喧日照林，禅房依旧碧森森。佛前若许千般愿，松下安消一段阴。
宜掷豪奢从菊志，还归简淡味人心。蕉廊竹径盘桓久，何处清风忆晚砧？

曾园凭栏

朱栏今日已凭斜，冷雨潇疏感物华。残藕半池尤有韵，寒波一叶可浮槎。
深泥难掩清泠质，傲骨不吹惆怅笳。名士风流多壮志，霜浓昨夜未凋花。

尚湖十七孔桥观晚霞

欲驾长虹渡夕晖，苍冥垂象渐知微。河洲每有云霞幻，烟岸却无舟楫飞。
沉钓唯将明月约，建功不与素襟违。流光哪管人心事，瘦了红花又绿肥。

夜登虞山

群仙谁与弈星棋，未识豪情且莫悲。对影花间人寂后，振衣松下月来时。
事多虚妄真心悟，身历艰难好梦驰。高处天风成独步，满城灯火亦沉思。

桃源涧重游

渐少行人此处山，乐归幽鸟密林间。流泉心曲重来听，采菊蓬门早已关。
尘世多磨成大器，秋霜严逼发新颜。琼崖高卧闻鸣鹿，无数苍松立笋班。

龙殿小坐

尚留深碧慰心头，寒意些微知是秋。潭底云行来去客，波间鱼戏有无愁。
皆因俗眼沾尘杂，独剩闲情寄水鸥。纷绽空花神接远，长风漫御至琼州。

登西城楼阁

心欲拿云未有功，层栏拍遍暮烟中。繁花尽逝怜陶菊，琼阁初登遇郑风。
久缺高梧凋碎碧，偏多盛事舞柔红。秋声渐起悲凉意，祸福焉知失马翁？

郑风，指郑公风，传说中得神助之风。

言子墓前

无常世事本逶迤，拾级寒凉秋满陂。自可春风罗肚腹，何辞雪色染枒枝？
弦歌已绝兰空泣，蚁梦忽惊志未移。残照抚碑微递暖，徘徊松下绿低垂。

◎郭凤林　河北省唐山市

夏游八首（选七）

兴福寺

雨后云轻燕子斜，白莲含露吐芳华。僧吟黄卷声如乐，佛渡苍生信作槎。
兴福寺迎新访客，破山风拟老胡笳。个中因果无从解，唯见湍溪瀑浪花。

尚湖边

湖光澄澈涌斜晖，风透衣襟暑渐微。近岸游鳞随意戏，寻巢归鸟绕林飞。
闻香落坐呼新酿，对景长嘘叹久违。忽尔身旁声啧啧，老翁指点赞鱼肥。

辛峰夕照

晚云如火日衔山，紫焰金辉片刻间。风马幻形飞海蜃，青牛涂彩闹天关。
半城烟霭浮琼宇，万里乾坤带醉颜。归去多时惊未已，夜来一梦返仙班。

剑门奇石

笑说春秋几局棋，推枰无喜亦无悲。吴王挥剑扬威日，越主卑躬落败时。
征战三番谁胜负，光阴一路自奔驰。如今剩得青山在，静待来人抚壁思。

烈士陵园

儿郎报国不邀功，埋骨虞山碧野中。云暗松遮连夜雨，晓晴花引过江风。

英雄洒尽殷殷血，社稷飘开灿灿红。却问当今夸富者，可曾把酒祭诸翁？

维摩山庄

晨光初染古檐头，院舍清凉若早秋。青野溢香风裹味，好茶生慧客消愁。
徐行遍阅庄中迹，远眺遥呼海上鸥。意畅心舒豪兴起，长歌一曲向神州。

感慨

人生山径两逶迤，或遇危崖或绕陂。休怪暮年存远梦，愿随老树发新枝。
心如灰烬身何用，面带风霜性不移。大笑三声行路去，任凭颔下白丝垂。

◎郭　治

辽宁省沈阳市

步韵《秋兴八首》（选四）

钱谦益

弃杖能从觅邓林，山河旷望郁萧森。登坛此日谁为主，抱石无如水太阴。
两度朝班供异传，廿年文字璧初心。牢羊散尽终难补，万古刑名一片砧。

柳如是

镇日西风御柳斜，飘摇无计挽繁华。茵阶彻坐凉如水，海峤虚传斗可槎。
复国穷途徐一死，停弦百感味都笳。等闲大厦倾将尽，更向人间何处花？

登昭明太子读书台

风生万籁冷秋晖，碧隐迢遥石径微。小驻千龛松子落，孤行一片白云飞。
稻粱日日身非我，驹驷匆匆鬓已违。卜筑何年从帝子，饱看水瘦到山肥。

谒瓶隐庐

袖手真能罢劫基，陆沈无日不衔悲。楼台到老虚中隐，案牍于今异昔时。
首北几回诚有待，恩深只自怕来迟。陔馀偏是新封册，倚暮松筠何所思？

◎韩立超

河南省南阳市

诗咏虞山

虞山秋色

萧萧秋气动疏林，遥望关河万象森。风起江南听晚籁，云来海上结重阴。
任时光敛牛山泪，惜国家收燕石心。肯笑书生无一用，莫教天下措刀砧。

过钱谦益、柳如是墓

北阙迢迢顾影斜，紫衣两度入京华。柳曾如是权同载，钱也无非欲作槎。
尚有山河承汉祚，争留肝胆献胡笳。江南今日水尤冷，珍重身旁解语花。

过翁同龢墓

江左寒云卷暮晖，沉沉四野月霏微。归根落叶尘烟散，末世清流谗怨飞。
几度帝师生未肖，两行老泪死何违？可怜天下裱糊事，忙煞当年李合肥。

过明文忠瞿公墓

鹿死中原无活棋，偏安王业仅馀悲。萧墙忧患恨千古，故国衣冠混一时。
雾失乾坤清尚早，路迷郊野我来迟。游人多问美人冢，说起英雄宜有思。

松风亭独坐

松涛阵阵出秋山，云水悠悠天地间。往事千年身似寄，临风一哭恨相关。
重来日下曾惊目，再王江东岂有颜？尘世功名纵无谓，英雄应愧列同班。

过春来茶馆有题

欲约黄花愧白头，清茶半盏敌寒秋。安民自有新生代，攘外能无故国愁。
鹿问曾惊识途马，狮醒勿扰忘机鸥。今朝同祝中华梦，捷报频传动九州。

访兴福禅寺

山居兴福济时功，世事沧桑在望中。半岭闲云留夕照，数声钟磬度晨风。
香炉烟散禅房寂，曲径霜停枫叶红。欲寄微躯五行外，人间但少白头翁。

辛峰亭晚眺

远山如黛路逶迤，雨过江南水满陂。有意相随今夜月，无花堪折去年枝。
人知天命身将老，岁隔春秋事不移。所谓沧桑应未了，一时惟见暮云垂。

◎胡娟娟　湖北省襄阳市

虞山八咏

仲雍墓

松叶翻涛霜满林，西风孤冢两清森。衣冠俨处闻高德，俎豆馥时斜日阴。
相望君家棠棣事，所思方外逸民心。海虞此夕惊秋晚，虚听断肠万户砧。

兴福寺

兴福慈缘一径斜，峰峦象外似莲华。米碑亭近通幽境，龙涧泉遥卧钓槎。
猛虎当衢僧入梵，丛篁敲月鹤鸣笳。玲珑辟得四禅定，闲对楸枰数落花。

尚湖

停舟望此饯斜晖，环水抱琴渔火微。淡淡素纱苍苇隐，翩翩玄雁绛河飞。
凌波待主或相报，莘野闻歌迹已违。罨画故园思不得，秋风徒忆蟹初肥。

维摩山庄

烂柯飞去覆残棋，法雨缤纷喜复悲。金粟如来多病后，须弥世界太平时。
鸟归霜磬侵人冷，僧过禅堂心坐驰。了岸慈航谁与渡，溟茫云海动遐思。

瓶隐庐

瓶隐庐中远见山，江湖捐忘最云间。甃开曙色难为客，井渫沧浪暂掩关。
麟阁志违空着笔，鹓行名盛触天颜。青门叩石人皆笑，王气萧疏点旧班。

绛云楼

风月成窠约白头，青山相看暮云秋。御书楼外蘼芜老，桧楫舷边唳鹤愁。
拟向题诗留姓字，更于故国愧沙鸥。杨花杨柳应无恨，林下香名百二州。

昭明太子读书台

遗文一帙岂无功，山水清音襟抱中。吟家读经秋后雨，禅窗修竹晚来风。
归乎翰藻随明灭，盛此鸡林自白红。古道谦撝真学士，可怜衰歇杂殊翁。

虞山

灵霭霄崖纷迤逦，兹游吟履遍烟陂。苔循浅棘篆蜗径，鸦噪荒祠戢羽枝。
抔土恨无芳草歇，琴川待得梵山移。箫韶茂典悲鸣远，葭菼苍茫涕泪垂。

◎胡小敏　江西省修水县

咏虞山

野径寻幽向远林，秋高未觉气萧森。经霜枫叶如红醉，出岫闲云带翠阴。
谒墓曾参贤者道，闻钟顿悟古人心。千年兴福太平景，谁共江南听暮砧？

最爱辛峰倚日斜，一城气象入繁华。连街画栋街山色，几棹烟波疑海槎。
坐老尚湖思钓客，等闲明月沸欢笳。归来撷取宋梁韵，诗意凝成笔底花。

兴游林壑爱晴晖，小石洞前揽翠微。幽涧风回青霭动，古藤花落紫云飞。
铮淙泉水谁为听，散淡山光自不违。信是公望曾着色，名家格调本轻肥。

坐对湖山每说棋，商周远去未须悲。人间桑海原无限，眼底丹青正合时。
鹁鸪有情容唱晚，城池不夜任归迟。何如长作江南客，省却心头久念思。

一城半倚卧牛山，乐业安居云水间。草木纷披藏道气，烟霞不散掩禅关。
几多青冢埋名士，万古长江送旧颜。虞仲遗风昭后俊，栋梁遍起列贤班。

尚湖一览醉心头，谁道江南近晚秋？六岛花香流爽气，万顷烟水涤闲愁。
也凭高士垂金钓，但践前盟伴白鸥。画意濡滋诗客笔，敢邀蒙叟咏山州。

虞山名重溯前功，遥望勾吴入画中。岁月三千桑变海，楼台十万雨兼风。
长江浪涌浮天白，大岭霜凋遍地红。古国行来多胜迹，桂花酒熟醉游翁。
虞山十里翠逶迤，一处城池半入陂。洞壑风来流响籁，岩崖鸟过踏高枝。
禅钟几杵声何住，夕照千峰影自移。子久未归谁染绛，尚湖犹见钓竿垂。

◎华建明　江苏省苏州市

吊钱公柳君因嵌『青云得路且回头』

漫道红颜多薄命，一从才子竟风流。樵山渔水鸳鸯墓，岩影滩声鸾凤俦。
红雨化尘休叹息，青云得路且回头。倘如遗老今犹在，春暖江湖但放舟。

◎黄　匡　江苏省太仓市

应征次韵《秋兴八首》

己巳仲秋，探亲虞城，登辛峰，途母校旧址，感而有赋

手植青松列翠林，辛峰亭下自森森。名山古庙墙犹在，茶室棋坛树正阴。
五十年来无醒梦，三生石上有归心。九天四海升明月，我到黉前似听砧。

尚湖

陌上云开月已斜，霞升万道暖霜华。山前有客多乡泪，柳外何人共钓槎？
忆昔围湖悲泣血，而今退地喜鸣笳。都言此处风光好，携得童孙采菊花。

沙家浜

青青苇叶润朝晖，文牧先生喜发微。茶馆缘来人攘攘，芦丛恙去棹飞飞。
稻香南国仓房满，誉动京都名字违。若是丁娥非主角，理当阿庆说轻肥。

方塔

每到园林念弈棋，莫名人事喜还悲。当年造反救民处，今日登临叹老时。
五一六旗连海动，七三九号接天驰。行来不觉单衣冷，瞩望斜阳讵可思？

大铁叙事

长庆梅村两座山，寂翁不寂两山间。三千文字长城曲，百万雄兵嘉峪关。

诗咏台儿画军魄，词扬华夏扫酋颜。感时忧国寻常态，铁板铜琶逐马班。

黄公画图

赵李观之亦叩头，富春写尽水乡秋。顺流江上风闻怯，静坐山中鬼见愁。
八秩矢心扬本色，四年忘我伴孤鸥。可怜弘历求难得，鹿马相欺笑九州。

思黄人

天降斯人天地功，古今精熟贯西中。生非逐臭仰其硕，我欲追星步汝风。
几百年前一同室，一城池外几桑红。冲霄剑气今何在，三炷清香祭梦翁。

黄人在生活中不修边幅，不栉不浴，发出一种很难闻的怪气，可是他上课时，滔滔汩汩，趣味横生，特具吸引力，来听课者络绎不绝。

钱柳姻缘

长裙乌发最逶迤，唤作扁舟访远陂。寒柳传词开铁树，春桃得气染霞枝。
总因知足天涯近，唯有情多磐石移。大礼冲销千口贬，豪男侠女共高垂。

◎黄宁辉　湖南省长沙市

感钱牧斋与柳如是旧事兼怀明清易代

老凤声清自有林，千诗戟列阵云森。行迟东海犹歌吹，望断中原渐雨阴。
愁咏胡笳归汉女，食嗟周粟采薇心。天公不晓人间事，还遣西风和夜砧。

老眼难堪日渐斜，衣冠不复辨夷华。楚狂歌哭人间世，鲁叟浮沉海上槎。
街草铜驼横御路，翻云表鹤听边笳。六朝消尽风流久，何处金陵忆雨花？

鬓衰疑是染明晖，弦望当秋感式微。地暖吴宫花漫雨，天寒辽海雪纷飞。
受降城外轻师出，惊鸟闺中好梦违。佳气氤氲五陵日，朱门酒肉正相肥。

颠倒乾坤半局棋，生民何奈黍离悲。行难朔漠持旄节，恨不南冠就死时。
剑气斗牛空激越，都门戎马任驱驰。一抔且欲填东海，老寄虞山去国思。

似人妩媚笑青山，如是平生醒醉间。散发江湖曾不悔，凌烟图画岂相关？
信知挂剑非轻诺，犹忆当垆见妙颜。老翅双飞寒暑尽，瀛洲已胜列仙班。

何必昭关夜白头，吴宫花草自成秋。勘空人事无非梦，吟动江枫总是愁。
老矣风尘五湖客，飘然南北一沙鸥。少陵和寡谁知己，未死心伤更九州。

诗教流芳仰此功，虞山灵秀萃吴中。蛾眉皎胜江心月，好句清如湖上风。
凤唱求凰桐叶碧，酒阑分韵蜡灯红。行歌不绝滁州野，信有来人解醉翁。

吴门诗阵自逶迤，傲立千峰东海陂。篱菊犹堪咏高节，秋山岂独看枯枝？
兼宗唐宋痴心托，叠缀珠玑晚漏移。事了亡明天下恨，风骚遗泽至今垂。

◎江彩平 安徽省宿松县

步韵杜甫《秋兴八首》（选六）

牛卧江南十里林，虞山傍水绿森森。一湖闲钓先生老，两墓愁添草色阴。
菊桂同班凋冷月，风云接地扫孤心。秋词几动回乡梦，梦里依稀听暮砧。

千年古刹静朝晖，曲径通幽接翠微。老树闻禅枝慢舞，寒云过岭雁横飞。
诗题后院唐朝起，绿漫丛林秋色违。兴福钟声空即色，经书满腹瘦还肥？

商海风云似弈棋，虞城独秀更无悲。尚湖花月能调酒，兴福禅茶可润时。
萧瑟疏林红叶舞，繁华高架宝车驰。男装引领全球客，天道酬勤有远思。

秋风漫点卧牛山，倒影平分串月间。去雁添情垂岸柳，归心入梦醉乡关。
何人照水描红日，几处开机摄美颜。胜却春光花更好，今朝菊桂笑同班。

虞山美景赖天功，服饰名城盛世中。购物淘金来宝地，追云赏月问乡风。
秋歌秋水秋情醉，秋色秋光秋叶红。且把秋词连做饵，尚湖秋趣钓鱼翁。

长墙古径各逶迤，彩叶纤云影入陂。热血登山擂战鼓，萧风过境乱秋枝。
游人拾景频频摄，落日归林慢慢移。今夜重阳抬望眼，虞城月色半边垂。

◎姜春雨 上海市松江区

常熟咏

乘江御海任经营，楚俗吴风铸美行。景妙天成山毓秀，民勤地佑水涵晶。
扬鞭竞跨三强马，夺稳长赢万载名。百尺竿头腾彩梦，抚今追昔动诗情。

群贤去杳觅鸿踪，创史辉煌属仲雍。求学独尊夫子爱，启蒙二帝状元恭。
读书台榭流芳久，拂水山庄遗韵浓。柳絮应酬春色好，多愁故故咏秋容。

声隆不恃啸猿猱，十里虞峰映绿涛。翠竹殷枫眠女杰，青岚素月慰文豪。
抗清志士雕弓歇，绘画名师玉笔劳。漫步禅林心洗矣，静听啼啭远尘嚣。

昭明把卷赏烟霞，卓识余才作选家。宋刻唐编传雅调，铁琴铜剑发清华。
佳词恨洒残杨泪，末世忧开孽海花。欲写幽怀寻异趣，书楼会友品经茶。

何为九级塔凌霄，兴福蠲灾验几朝？寺被狂飙堂瓦落，乡罹烈火谷禾焦。
眼前黄刹非凡美，劫后红尘别样娇。佛若临游当点赞，升平广阅有丰饶。

又逢宿敌起干戈，泽国英雄战寇倭。浴血星辰思北斗，冲锋桨棹剪南波。
朱颜舌巧能阿嫂，皓首眉横勇太婆。芦荡烽烟铭记忆，神州永唱荻花歌。

东湖脉脉鸟飞鸣，网布栏围拨浪耕。云暗芰荷鱼唼喋，月晴泥淖蟹纵横。
风和橹速千帆顺，金粉银堆百业亨。庆宴挥觞观舞乐，宜尝至味淡莼羹。

穷篇未尽古今悠，胜览登高一望收。矗矗苍岩剑门阁，翩翩白鹭橘香洲。
满城街树摇虹影，半市华灯照碧流。愿得丹樨鲜四季，天生福土共人谋。

◎姜　红　　黑龙江省鸡西市

咏虞山

冷雨斜飞花木林，子牙钓处气犹森。望洋东蟹逐潮涌，眺海南龟借雾阴。
万代剑磨因国志，孤礁旗竖料君心。病怀难唱大刀曲，雁过平桥归暮砧。

玉溪轻转酒旗斜，丹桂沉香胜帝华。醉客途穷难上马，平湖浪静易浮槎。
剑门犹在无边信，禅院未休传谷笳。谁记霸王鞭落日，疏篱月下问黄花。

禾田百里散金晖，着意白云垂泪微。七尺书台人远去，一岩水瀑鸟低飞。
通天大路香车顺，避世穷庐苦事违。孤馆凉宵重读报，惊宫老鼠比鱼肥。

水若局盘星似棋，章台苦柳暗生悲。文章盖世终成古，芳草知音初遇时。
已断弦琴横桥在，欲书贝叶拜禅迟。闲亭尚记钱公韵，月下风吟慰客思。

古今阅尽是秋山，冷意香云卷石间。公望高才曾入画，王扶短剑早清关。
馀音风鼓吹黄叶，深盏月沉伤玉颜。豪气传承今尚在，枭雄惜已列仙班。

枫红满岭列眉头，深处猿啼惊破秋。空落铁公千滴泪，有怜工部几番愁。
征帆欲去携黄鹄，许我常来画白鸥。借近黄昏尽馀兴，闲亭风月胜扬州。

铸成佳景万年功，十里虞村一望中。密瓦殷殷能避雨，轻舟点点可经风。
鸟肩空舞逐波碧，牛背途随落日红。袅袅饮烟融雾霭，隔桥芳浦有渔翁。

芳舟欲去岸逶迤，风送俚歌南北陂。简笛悠悠传满岭，端阳滟滟举高枝。
云裁宋韵沉波动，桨别吴亭随景移。回首古今多妙迹，封功簿里数名垂。

◎焦锡萍 河北省唐山市

步韵草堂《秋兴八首》

虞山

江南常梦尽烟林，乌目青山气郁森。云窦龙吟深涧绿，石楼鸟瞰半城阴。
垂纶翁老怀奇志，让国人来抱素心。日落辛峰千户晚，豚鱼肥美上庖砧。

尚湖

日到钓矶洲渚斜，明翻玉叶映繁华。舟中望远三株树，画里行如八月槎。
闲狎白鸥腾细浪，静听碧水发清笳。虞山十里重重秀，纷入湖来乱眼花。

游辛峰

登临极目荡清晖，屏列群峰叠翠微。闲看霞边鸿雁远，信由湖上白鸥飞。
迎风意趣逃尘暂，放浪形骸与世违。日晚归舟游宴好，张灯瑶席正鱼肥。

昭明太子读书台

世事沧桑百变棋，登临虞麓莫伤悲。甘泉幽响来亭畔，古木浓荫侵道时。
德泽黎民仰头看，名留文集令神驰。蜡鹅有恨无寻处，石案林风动远思。

齐女墓

浮云望望隔重山，孤雁失群天地间。晓日沧波流浩浩，秋风玄鸟列关关。

思飞故国长沾袂，梦断齐门未破颜。吴越城头如走马，辛峰亭上旧苔班。

钱谦益

明湖水冷绛楼头，霜叶飘零万户秋。千古烟云终是幻，重来草木半生愁。
斯人谩忆抛红豆，访客依然慕白鸥。点检声名身后事，西风未散复齐州。

尚湖公园太公雕像有怀

六韬传记见神功，寻迹残灰竹筒中。访谒琴川皆净水，坐看草木有遗风。
天光深迥云浮白，湖色归来日照红。马放南山人去后，原从福地做渔翁。

拂水山庄

岸边弱柳水逶迤，春到曲廊浮碧陂。倒影群山从画里，晴光时鸟入穹枝。
一身荣辱当何置，百代文章终不移。莫笑风中波太冷，万人面北首皆垂。

◎金　峻　江苏省淮安市

咏虞山

虞山

举望虞山烟树林，世间万象列森森。人游剑阁气如壮，日转辛峰天复阴。
征雁未输千里志，扶风犹怅百年心。流光碎在寻常宅，侧耳依稀响旧砧。

露珠泉

日照雕墙影迤斜，青山半入会繁华。选推琼阁凌云翼，支使霓虹犯斗槎。
野客心生归去意，露珠泉应晚来笳。石床光洁时人坐，笑看飞花与落花。

上虞山

虞山并我共朝晖，夫子携琴唱《式微》。红叶决然浮水去，翠屏突兀截云飞。
松亭已阅千年别，尘客何堪万事违？真个不如清瘦竹，昂头两立避轻肥。

翁同龢

千年未了一盘棋，看不分明良可悲。立石无辜铭旧绩，睡狮有梦醒何时？
翁公搁笔灯花落，废帝支床感念驰。天赐海隅归老去，山河破碎费寻思。

兴福寺

萧萧木叶乱虞山，天上人间咫尺间。野客重游兴福寺，秋风又到古城关。
有声有色红尘界，无喜无悲大佛颜。顶戴花翎交割累，能臣至此厌朝班。

藏海寺

飘花倏忽满肩头，拂水东庵草复秋。野鹤孤云相继老，幽篁乔木不胜愁。
大慈塔上铭恩德，烟雨湖心接暮鸥。十万红尘歌舞动，七溪流落别方州。

维摩寺

染遍青山绿有功，又将古寺拥怀中。听松石后曈曈日，望海楼前款款风。
梵界重游心简静，吴霜偶着叶微红。江流兀自从容去，不扰扁舟卧钓翁。

常熟

藤萝翠嶂叠逶迤，几片红霞碎远陂。鸥起尚湖天幕水，客投青目大夫枝。
山能会意风云会，石不移情光影移。千里秋明常熟地，嘉禾金穗又低垂。

◎蓝　青　广东省汕头市

步韵杜甫《秋兴八首》（选三）

访书台积雪

虞麓石亭幽径斜，林间初霁尽风华。新梅枝瘦正含蕾，残雪光浮欲泛槎。
独立书台怀太子，遥闻榆叶起清笳。巫公祠乃三摩地，顾影何当觑镜花？

剑门奇石

冲天锋刃峙河山，怪石攲危指顾间。千叶青枫千嶂崄，九枝修竹九重关。
清游感物更怀古，细酌伤今难解颜。空负平生多少梦，不妨世外觅仙班。

湖桥串月

南征雁过柳梢头，一叶浮光一叶秋。每听棹声随夜静，难将灯影去心愁。
虹桥抱月着金缕，旅客长歌惊白鸥。愿趁兴来呼酒辈，樽前倾梦到仙州。

◎李　波　辽宁省葫芦岛市

虞山寄咏

诗书画艺重儒林，瞩目虞山气象森。须顺民情知载覆，长勤翰薮惜光阴。
胸兼浩渺凌云志，人有精忠报国心。览罢古今兴废事，愁听寒夜一声砧。

清波潋滟映横斜，今览名山感物华。欲写新诗吟妙句，须浮沧海泛仙槎。
云来剑阁观朝日，风起书台响暮笳。千古文章佳丽地，凭谁更梦笔生花？

绝巘层城沐曙晖，古今几个访幽微。逍遥游客来还去，睍睆啼莺停且飞。
言偃胸襟长有继，牧斋心事莫相违。灵山永佑民安乐，一望田园禾穗肥。

世事千秋一局棋，古今兴废亦堪悲。抗倭来吊王铁墓，溯祖须嗟虞仲时。

更与牧斋联赋咏，还同言子共驱驰。江南行罢人将老，无限情怀有所思。

一腔碧血染青山，自有豪情胸臆间。报国宏猷书卷帙，抗倭夙愿保江关。
须将河岳为碑冢，且看英雄展笑颜。要使儒林多硬骨，当能无愧立朝班。

黄公技艺占鳌头，落纸山河万木秋。墨韵诗情能写意，清江流水不胜愁。
文名传世昭华夏，沙渚凌波翔燕鸥。吴会风光何处好，我从画里望齐州。

虞山儿女建奇功，长秉精诚天地中。城阙几番经战火，儒坛自古重诗风。
千帘烟雨腾苍翠，万树林花照暖红。欲览江南无限美，登临把酒醉文翁。

莺歌遗韵总逶迤，宛化琴声绕泽陂。更悟仙机谙妙境，还离幽谷据高枝。
蕊珠宫里春华灿，剑阁峰前日色移。独有英雄钦义胆，虞山千古盛名垂。

◎李家祥　江苏省常熟市

我虞山水情（选三）

秋雨虞山玉蟹泉茗坐

空蒙湿履石陂斜，随处茶楼隐翠华。难遣微愁烹玉蟹，频浮大白作仙槎。
涓涓雨洗崖坪竹，细细风飞虎帐笳。世味哪堪壶味淡，秋枫醒目艳如花。

思游

阴寒秋深，思游桃源涧与三湖秋景竟无法成行赋此。

挂壁芒鞋愧对山，无诗锦袋敝腰间。相思海有慈悲筏，离恨天凭恩爱关。
望断桃源溪上菊，照苍菰浦镜中颜。枕边梦去心随去，梦醒心痴不就班。

秋雨山村听琴

偶遇善琴女史，细聆数曲，感慨不愧虞山琴派也。

夜琴微颤雾山头，晨岙新凉感孟秋。豆蔻难消心上恨，丁香悄结雨中愁。
时清树茂湮寒鹊，日靖波平漱噪鸥。闲到白髭知己少，今生喜住好神州。

◎**李明科**　安徽省蚌埠市

虞山《秋兴》八首

引子

文气连江接远林，水涵山色碧森森。千年虞墓松尤郁，百尺辛峰月未阴。
碑石镌诗通地脉，湖云入画照天心。驮秋蝶乱菱花馆，楮墨香浓积古砧。

尚湖泛舟

柳色如烟雁影斜，云波落照泛光华。已开凤眼湖为镜，欲钓龙心月作槎。
七岛流香涵古韵，一堤卧水起清笳。衣襟染绿诗囊满，还上虞山就菊花。

虞山拾翠

经霜枫叶透斜晖，千古芳华隐翠微。蝴蝶时来花圃睡，鹧鸪偏向墓园飞。
读书台上文风顺，红豆馆前心事违。夕照山川秋熟处，含烟村树绿犹肥。

咏虞山诗派

那堪竹院夜敲棋，络纬秋啼家国悲。锦瑟初弹流血地，楚骚频咏断肠时。
嚼春声细蚕丝吐，濡墨香浓鼠笔驰。诗气经年犹未息，吴都风雨起乡思。

咏钱谦益

一曲黍离愁似山，孤心翻覆冷波间。鬓霜已老愧明月，手札频传入汉关。
披发高峰飞白练，燃情晚照惜红颜。沉浮宦海风云际，莫若文坛作领班。

题黄公望《富春山居图》

宝卷初成已白头，大痴境界富春秋。山含清寂林藏趣，烟锁空灵水洗愁。
茅舍稀疏连石径，云波邈远隐沙鸥。信知人在青峰下，笔墨从来润九州。

咏曹大铁兼贺其百年冥诞

不负少年磨铁功，诗心一片月明中。春溪激石鸣珠玉，箫管惊云起雪风。
金缕曲香霜浸白，菱花馆冷鸟啼红。冰魂未许包河柳，已作虞山种树翁。

咏常熟

琴川历历水逶迤，秀色流香入远陂。枫染霜红侵雁背，鹊噙雪白上梅枝。
天教宝地谷常熟，圣泽文山脉未移。尝罢河豚休醉卧，游湖莫待暮云垂。

◎**李汝启**　江西省萍乡市

咏虞山人文

虞山人文始祖仲雍

相携避位离故林，回首岐阳万木森。海峤终为周荒服，甘棠早见绿浓阴。
十年生聚黔黎乐，二代经营伯仲心。从此江南成蔗境，欢听水巷捣衣砧。

吴国始祖周章

岐周西望夕阳斜，一脉遥承感物华。号并仲雍能报祖，国封常熟肯浮槎。
江南且幸逢尧舜，海内从今罢鼓笳。好取舆图归旧版，棠花颂后颂梅花。

虞山文章始祖武城宰言子

七十二贤相映晖，三千弟子楚吴微。武城仁政清商发，吴会新声逸兴飞。
学系一身文独茂，骥行千里志无违。江南从此同邹鲁，海徼旋教土脉肥。

虞山书派张旭、翁同龢

黑白缤纷似弈棋，穷通喜怒杂忧悲。名高三绝空千古，位列八仙同一时。
公主荷夫争处悟，宫商剑器舞来迟。瓶庵道脉乾嘉后，远绍张颜动藻思。

虞山画派黄公望、王石谷

披襟何人更入山，君平事业在其间。溪山雨意图来妙，天理人心妙有关。
万壑因之长永色，百忧对此一开颜。千年继起风流擅，石谷鹓鸾弟子班。

虞山琴派言子、严天池、吴景略

谁操绿绮武城头，遥动江南万里秋。幽巷市声萦旧梦，深宵灯火怯闲愁。
松弦遗谱存珍宝，流水忘机友鹭鸥。欲向七弦询消息，叮咚绵邈满南州。

虞山印派林皋、赵泥古

寸铁翻飞奏伟功，阴阳虚实蕴其中。分明秦相留心法，敢教徐官拜下风。
白茧乌丝萦宝砚，杏花春雨试新红。执经更喜传衣钵，三百年来见赵翁。

虞山诗派钱谦益、柳如是

翠华遥望怅迢递，故国风凉接水陂。忍见煤山抛玉玺，更催春梦堕金枝。
河东声价今弥重，江左风华志不移。且喜相思双红豆，仙葩诗史共名垂。

咏虞山

◎李　瑞　重庆市渝北区

过牧斋墓

欲扶明室老东林，唯剩松寒翠柏森。本以高才倾肇域，惜将大节付衰阴。
乱时即挟凌云笔，暮岁空耽伏枥心。生不逢兮终自扰，干戈寥落息秋砧。

咏柳如是

秦淮绿水绣帘斜，皓齿风生识物华。得气玉桃寒食路，流光烟月木兰槎。
终知红豆逢祥瑞，为措辛盘起角笳。恨不惜时成叹惋，汍澜付与梦中花。

咏翁同龢

蕴藉风华忽落晖，厦摧舰入帝师微。未图块垒庐中结，难咽波澜笔底飞。
洋务谤多王室弱，状元誉重此生违。何堪归里怀骐骥，老景将趋腹亦肥。

咏张旭

黑白穿梭似弈棋，颠狂长史兴犹悲。自当脱帽三杯后，挥就游心四帖时。
笔下公孙神器舞，草中仓颉景龙驰。尚疑天助云烟迹，何必搔头枉所思？

咏黄公望

道人高蹈富春山，引卷颠连内府间。南北几经藏画地，海涯一隔出乡关。
且因眸亮当开卷，实乃人痴却赧颜。放浪林泉皆淡远，嘉名从此列仙班。

咏王石谷

山外清音曲水头，外王内圣叹三秋。得唐丘壑宗师远，摹宋烟霞顾盼愁。
渴笔积深成野渡，无心留白着闲鸥。寻源探法心怀体，画派虞山立九州。

咏仲雍

恤民蛮地拓疆功，心鉴精魂醉眼中。渭水寒光开世界，虞山紫气正东风。
圣朝能使名彰显，谒庙端怜血叩红。俯阅兴亡千载事，推贤始识仲雍翁。

暮吟虞山

古城十里路逶迤，尽日空蒙隔野陂。回望渚汀生海月，入看苍翠满霜枝。
榑桑若出平林翳，桂棹时浮倦影移。欲趁流波归雁急，客将何往暮天垂。

◎李小龙　广东省广州市

诗咏虞山（选五）

吴祖东奔天柱斜，金陵帝气接京华。一方民不识干戚，八月客多浮海槎。
久卧明贤随地老，后来钟鼓有胡笳。留人风日衣冠旧，怅望中原野草花。

剑门四望满秋晖，海上三山见翠微。人事多难青鸟去，天风淡拂绿云飞。
重阳菊泪客先折，一系舟心江不违。莫问家家酒常熟，且应日日食鱼肥。

尚湖秋水漾虞山，返景云林缥缈间。归鸟声含金翡翠，西风愁过玉门关。
漫随曲岸分红叶，独立清波写素颜。久失同游浑不觉，苍苔白石迹班班。

形胜东南泰伯功，仲雍遗像石门中。阶蒙细草金茎露，墓散平林玉苑风。

帝气山深留片紫，残碑字小剥殷红。岂知后事分吴越，杖倚蹒跚看老翁。
辛峰鸟目接逶迤，野地风吹东海陂。明月涨清秋水夜，桂花看老碧山枝。
书生洛咏音还重，素手吴儿杯更移。众醉独醒怜胜日，登楼瞻望四天垂。

◎李云华 江苏省常熟市

常熟八首

登虞山

秋踏巅峰滴翠林，祖师山上气森森。云临剑阁天犹近，日下松亭地自阴。
桥内晴岩接湖面，禅边藏海去尘心。神然一啸回声震，幽涧如闻捣石砧。

尚湖游

映日湖边杨柳斜，鸿飞雁宿自风华。姜公垂目留雕像，舟子高歌出泛槎。
拂水庄中奏瑶瑟，藕耕堂里远胡笳。忽闻香溢芙蓉苑，不过虹桥不见花。

游沙家浜

昆承大道沐朝晖，草色晶莹踏露微。河荡幽深芦掩映，蓬舟摇曳鸟迎飞。
鼎铭事业犹长在，浩气精神故不违。一盏茶香天下晓，八仙桌畔自甘肥。

长江常熟野猫口感赋

乱世回眸似弈棋，八年受辱九州悲。江边闻有倭夷日，岸上真无家国时。
吴市逞凶屠命急，虞城斗智救亡迟。毋忘国耻雄碑立，似锦前程当路思。

虞山双陵游

只因虞仲曰虞山，一路冲天翠绿间。肃穆牌坊开墓道，神奇碑柱扼灵关。
旁通言偃传文气，上接辛峰悦众颜。古往今来游客旺，敬天祭祖似朝班。

登虞山悟

巅峰一脉印心头，乌目风华正入秋。足踏城垣皆有感，口尝桂栗尽无愁。
凉风掠地藏蝼蚁，薄浪摇天宿鹭鸥。远眺层楼呈丽景，千年常熟傲神州。

虞山一角游

西城楼阁旧时功，早在明清百咏中。玉带延伸坡陡险，山房耸峙树生风。
凝神摄得尚湖碧，沁鼻寻来晋菊红。莫道天然花气好，人间犹认护花翁。

游尚湖悟

木桥摇晃道逶迤，穿越池波踏两陂。百亩牡丹倾国色，一方水土育繁枝。
幽香但使目光注，仙迹难能脚步移。广袤尚湖心悦眺，堤痕轻压柳丝垂。

◎李兆海　河南省洛阳市

次韵杜甫《秋兴八首》

虞山秋韵

日醉枫红晕染林，寒山迢递亦萧森。三峰叠嶂烟犹渺，双塔摩云影自阴。
崖上枯藤萦昔梦，溪边驳藓感初心。殷勤鸟奏玲珑曲，啄木声声响似砧。

尚湖秋水

飒爽风生柳自斜，虞山脚下媚霜华。太公垂钓犹留迹，野客休闲且泛槎。
十景三秋迷雁影，一泓千顷醉芦笳。鱼钻水面频相戏，荡漾心波点点花。

阳澄秋意

风扶岸柳水凝晖，西望残阳照式微。芦荡悠悠轻浪涌，渔舟列列薄云飞。
融情入画诗相赋，矫首舒怀意不违。却笑娄酣皆一饱，垂涎只怪蟹儿肥。

西城秋怀

千古城池一似棋，蝉鸣衰柳几曾悲。阜成门外添新景，镇海台前念旧时。
言子该迷韶乐奏，仲雍应感隙驹驰。南窥北览情如水，不尽流年不尽思。

剑门秋程

雄奇胜却小蓬山，恰似登跻蜀道间。南漾湖光栖万鸟，北横江水下千关。
松风亭上宜驰目，玉蟹泉边足解颜。欲问前缘情未了，三生石覆藓班班。

琴川秋霁

未曾移步又回头，浪漫江南梦幻秋。疏雨初晴犹遣兴，轻烟渐散且驱愁。
枫红岭媚千层彩，苇白湖平一片鸥。但说此间风物异，七溪流韵醉神州。

维摩秋日

凭高指顾问谁功，目下情融旭日中。百桂飘香三昧景，一庄流韵万缘风。
苔铺野径茶偏绿，霜染层林叶正红。始信当年迷柳隐，而今醉倒客游翁。

辛峰秋眼

凭高相与醉逶迤，十里青山万顷陂。雁阵横空犹落脚，玄蝉饮露尚留枝。
静观幽谷岚烟绕，笑指斜阳塔影移。最是亭前多摄友，分明不觉暮初垂。

◎刘　峰　河北省吴桥县

虞山（选五）

初夏

无事农家爱午眠，风柔叶绿蔚蓝天。穿林柳絮疑飞雪，落地榆花不是钱。
思念总生离别后，娇嗔多长聚逢前。一声信息叩千里，入了红尘忘了禅。

忆旧

轻轻一叶泛深黄，偶见方知岁月长。胆怯眼生懵懂子，颜红发黑至亲娘。
勾来恩怨意无悔，扯起辛酸泪有光。谁道从前多困苦，今朝忆嗅浸芬芳。

飞雪

谁携银剪出天涯，铰落云中白玉花。入夜纷纷传暗语，平明灼灼放光华。
红阳乍见已生妒，弯月遥看自觉差。更有诗人闲不住，拾来神韵煮清茶。

梦回

一点灯光阻夜迟，娘亲纺线正当时。大轮摇满春秋月，小轴引来经纬丝。
虽省依然温未饱，纵劳照旧困还滋。艰辛年代终过往，偶忆情形化入诗。

自勉

谈诗论道忘春秋，富贵无缘岂做愁？身贱长怀家国事，力微总对俗风忧。
光阴似水指间去，意气如云海上浮。更有童心未曾减，寒霜不敢驻眉头。

◎刘国芹 江苏省无锡市

乙未学诗步韵草堂《秋兴八首》咏牧斋并序

余少岁即翻《柳如是别传》，慕史家陈寅恪之名。彼时根基浅薄，浮躁无定，别传又体例独特，行文滞涩，故而不知所云。十馀年后，学无寸进，惟时过境迁，积虑见多，感慨而深，重读斯传，竟能心定神凝，渐入其境。陈谓深赏牧斋『埋没英雄芳草地，耗磨岁序夕阳天。洞房清夜秋灯里，共简庄周说剑篇』之句。又欲读牧斋诗。及翻《初学集》《有学集》，惊其才思，恣意汪洋。余学诗，常数月难得一首。牧斋为诗，动辄一连数十韵，信手拈来。尤其步草堂《秋兴》者十三叠韵，凡百馀首，实令人瞠目结舌，而喟叹弗如。牧斋之渊博，余自知未学，不能窥其堂奥。然以陈之学识，亦有称『多不得其解』者，况我不学之辈乎？陈固为谦辞，吾但可不以为耻也。或问当世，诗文者读之何益？解之何益？为之又何益？先贤亦有言曰：『不为无益之事，何以遣有涯之生？』遂聊赋此焉。

东涧清流入凤林，虞山气脉隐萧森。中埋幽骨满秋草，上有长云半野阴。
过眼荣枯非故国，白头悔恨是初心。甘陵旧迹容怀谒，今已无人赋藁砧。

碧梧枝老日西斜，风物临时感鬓华。清夜明灯曾说剑，白衣苍狗竟乘槎。
可怜弦绝传心曲，无奈秋凉闻泪笳。求得污名酬血洗，瓦全城下对黄花。

朱楼拂水竞朝晖，秋转桑榆下翠微。手障东流沧海阔，心居北虏血旗飞。
人间反复兴亡恨，身世浮沉恩爱违。灰劫金陵惟慰胆，草堂韵后笔思肥。

世局微茫命似棋，孤怀知此不胜悲。同舟湖上赧新鬼，遭狱裙边哭旧时。
以沫相濡君未老，诛心欲碎死尤迟。奇情知己终辜负，树下应留红豆思。

少岁堂堂气定山，振衣走马啸林间。文韩诗杜东来意，雨恨云愁北入关。
易逝光阴欺白首，不堪生死慰红颜。姻缘一会当时语，检点此身须两班。

六朝烟雨立搔头，一目江城负气秋。铁锁终沉波底恨，夕阳复照客心愁。
归帆时误清风岸，决眦点寻白鹭鸥。莫为浮名争老死，书生空吊帝王州。

闻句西湖造化功，桃花得气美人中。云间卧子依稀体，江左遗情缱绻风。
永忆谢桥流水碧，重温烧烛着衣红。诗词各赋伤心别，不弃东山有牧翁。

柳如是别陈子龙后，作《梦江南》词二十首，双方各作《洛神赋》。

海虞城外小逶迤，秋染层林初冷陂。石径深深通古墓，尚湖澹澹映虬枝。

风前叶落碑文在，天上云流日影移。年去悠悠三百右，悯生悲死此低垂。

◎**刘献琛** 山东省枣庄市

虞山寄兴（选二）

常熟

晴岚掩映簇春晖，（宋·王钦若《送张无梦归天台山》）坐看丹霞生翠微。（唐·朱长文《秋月乘兴游松江至垂虹亭登长桥夜泊南岸旦游》）红药花梢香烂漫，（宋·释日益《偶作》）绿杨枝上燕于飞。（明·朱权《宫词》）独怜节操非凡种，（明·唐伯虎《菊花图》）须信诗情不可违。（宋·文同《安仁道中早行》）流水声中视公事，（唐·崔峒《题桐庐李明府官舍》）皆言吏瘠与民肥。（宋·赵蕃《投王饶州日勤四首其一》）

吴景略

妙手能移造化功，（宋·戴复古《方孚若真□宅堂前池上作淮南小山题咏者甚多》）时时来往锦云中。（明·袁凯《马益之邀陈子山应奉秦景容县尹江上看花二公》）焦桐韵满华堂静，（唐·顾甄远《惆怅诗九首》）落日莺啼古殿风。（明·陈鹤《游无相寺》）千里潇湘挼蓝浦，（宋·秦观《临江仙》）数枝桃杏斗香红。（宋·姚述尧《浣溪沙》）高山流水琴三弄，（唐·佚名《写意二首》）把甚江湖着此翁。（宋·张端义《赋秋江图》）

◎ **刘修珍**　　湖北省大冶市

赋步杜甫《秋兴》（选五）

风人雅集笔如林，不复城头剑气森。万里云天移画稿，一生得失付光阴。
九州骚客朝诗圣，四海雄文见匠心。满目秋山停夕照，依稀何处认清砧？

岁岁长空雁阵斜，裁诗每自忆风华。有缘谁与公磨墨，无梦不随月泛槎。
画角声声寒斗帐，乡心夜夜寄哀笳。堪怜四海承平日，江畔潮头卷浪花。

高手从来爱弈棋，也曾欢喜也曾悲。江山万古无常主，岁月何尝有倦时？
肝胆羞于纸上说，鱼龙独擅海中驰。人心向善知三省，掩卷难禁竟日思。

君臣遥隔万重山，心在天涯咫尺间。王气未衰思汉祚，旌旗依旧蔽秦关。
谁骑白马传丹诏，长忆龙庭仰圣颜。惆怅频年思报国，紫宸不许列朝班。

连天烽火遍城头，帝后流离春复秋。一路怆惶魂欲断，八年漂泊梦添愁。
六军不发怜妃子，大难初临羡海鸥。未必无人能破虏，奈何庸主误神州。

◎ **刘亚东**　　湖南省湘潭市

步韵《秋兴八首》

登虞山

怪石凌空入壁林，浮云飞渡气萧森。烟岚高旷皇家笔，龙涧横流柳墓阴。
剑阁登临天际水，奇山仰止霸王心。犹闻战鼓城南急，将士征袍血染砧。

游读书台有感

雕壁西窗映日斜，御园书屋蕴英华。昭明典籍垂风范，老树虬龙上汉槎。
善政抚民行大义，开仓放赈听芦笳。贤人立志标青史，天鉴衷肠积雪花。

游兴福寺

古寺晨钟映紫晖，空心潭汩溅霏微。观音赐福檀香绕，信客抽签喜泪飞。
有道高僧多遂愿，无言菩萨不相违。双龙破涧长流水，泽润生灵龟亦肥。

谒翁同龢墓

身处京堂拨险棋，师躬皇事亦含悲。秋风扫叶能知候，春雨开犁应识时。
两帝辅臣遭罢贬，一朝百姓苦奔驰。沧桑巨变终圆梦，静卧无声若有思。

游维摩山庄

晨曦初露染层山，古寺遗踪轻雾间。望海楼前观旭日，奇峰岭上望城关。
粉墙黛瓦添新色，翘角飞檐忆旧颜。胜地留连多赞客，丹青美景列仙班。

游尚湖

青山十里入湖头，湿地烟云万木秋。草甸流香浮瑞气，风荷遗韵却忧愁。
奇才厌世垂闲钓，逸品开朝唤远鸥。万亩清波留胜迹，轻舟泊岸太公洲。

谒瞿式耜墓

茔前坊石刻殊功，两帝碑题翠柏中。千古忠臣昭日月，一腔碧血染松风。
空城静守知云黑，满盏长歌秉烛红。浩气长吟千壑响，四时仰慕稼轩翁。

凭吊钱谦益，柳如是墓

同衾异墓径逶迤，翠竹苍松浅草陂。一代宗师亏晚节，两朝权贵恋高枝。
生前眷顾心无憾，身后遭殃志不移。才子佳人千古叹，红尘难续泪长垂。

◎柳　琰　江苏省苏州市

咏常熟名人

言偃

承贤齐鲁载春晖，朝夕荆蛮笼翠微。鼎食钟鸣吴下肃，弦歌鸿影海隅飞。
澄怀每比烟涛阔，谨志时令聚敛违。经纶未展武城治，五湖犹记稻粱肥。

仲雍

义辞钟鼎别岐山，断发文身陇亩间。早发荆歌临黍稷，迟来柳色梦乡关。
清权王道避刀火，谦礼勾吴望德颜。但使春风拂家国，遑论山野与朝班。

黄公望

画囊寻志径逶迤，名冠富春烟雨陂。空谷花声窥野鹤，巉岩龙柏舞虬枝。
山如磁石诗心驻，笔动波涛天地移。海峡怎堪银汉阔，剩山谁阻不同垂？

柳如是

白发青丝烟柳斜，赌书泼盏忆韶华。楼台灯影轻弦月，江海萍踪急雨槎。
得倚春风才咏絮，难消秋雁听胡笳。长眠芳草为衾枕，拂水岩坚葬落花。

钱谦益

难弈人生无定棋，转蓬劫世不胜悲。闲云倦月朱弦老，金阙蒙尘青眼时。
心有贰孤潭水冷，文无积毁俊星驰。旌旗风卷应不识，粉墨春秋无尽思。

瞿式耜

铁骨诤言闻仕林，云间浩气自森森。碧波红日映帆影，黛岭青松笼地阴。
快意刀头慷一笑，微躯衰祚逞孤心。涟漪垂影为谁叹，应是英贤双卧砧。

翁同龢

中兴有负翰林功，圣手摘星寰宇中。空山无力举斜日，沧海有歌悲晚风。
十载军机归袖冷，两师旒冕蜡灯红。风云一枕难为梦，青卷孤灯庐墓翁。

曾朴

绮梦惊蘖曲陌头，雨敲虚廓动寒秋。芙蓉镜碎非堪许，孽海花沦不自愁。
我岂庙堂藤蔓客，奈因冠盖羁云鸥？先生椽笔如芒刺，施炙除疴医九州。

◎卢象贤　江西省九江市

咏虞山

涧水轻鸣过树林，鹁啼月冷倍森森。尚湖鳞起波方亮，古墓碑伸影正阴。
北学人夸言子眼，南来谁解仲雍心？遥知溪上当年夜，曾响凄清怨妇砧。

日照辛峰亭影斜，难凭湖水问韶华。急登古阁全无剑，再赴天河可有槎。
悦目篇篇惟大铁，伤怀拍拍是胡笳。不堪四塔风中草，迭岁高瞻富贵花。

砖亭无语度馀晖，夹岭江湖爽气微。书拥曾公朝北坐，雁随泰伯向南飞。
逃名心事知长驻，报国情怀已久违。桂魄盈盈如此夜，髀间有肉暗增肥。

琴让严公我执棋，每逢劫起动深悲。更新黑白知何处，埋尽英雄是几时。
顿日身同常熟老，清宵神向古吴驰。灯花落后山花泣，石屋珠泉惹梦思。

天公拂水洗青山，路在今今古古间。弱柳随风飘侧室，卧牛对月问边关。
黄涂简淡牵林赵，张草疏狂较褚颜。钟鼓空闻鸣早晚，几人修得到仙班。

周章平地起坟头，吴计春光越计秋。几代词人排闼咏，数家琴客倚弦愁。
江声寺下淘豪杰，湖水山前养鹭鸥。累累土馒青未了，西风压倒十三州。

王扶伯略岂为功，不忍河山落劫中。上国何年曾少梦，南溟此日复多风。
峰从鹁鸽流泉白，花借芙蓉染血红。肯向书坛争座首，维新望老帝师翁。

城中伸缩漫逶迤，谁识峰根到海陂？石谷砚前花满纸，昭明台畔果盈枝。
洞藏故事胸能纳，塔引风流步不移。舜帝清泉王四酒，教人强项此间垂。

◎陆惠奋　江苏省苏州市

钱柳虞山情

柳如是之一

历尽霜风老树林，卧牛山色郁森森。菊花开处秋光短，桐叶飘时古道阴。
寂寂唯闻灵鸟语，凄凄但见故人心。百年清梦香魂去，弱柳依稀拂玉砧。

柳如是之二

寻春却遇日西斜，寒柳悲风傍月华。有梦有诗随运势，无途无国似浮槎。
菱花镜里三千泪，古渡河边几处笳。自顾何堪怜只影，青楼聊寄一枝花。

钱柳西湖初见

半川烟柳泛清晖，画舫轻盈入翠微。雅士分题情瑟瑟，美人对句梦飞飞。
从来野趣能心澈，自古风流与事违。初见莲花相恨晚，一波荡起满湖肥。

钱柳半野塘相见

苦乐人生一局棋，冰心默许更馀悲。西湖拾趣相思日，半野偷闲寂寞时。
偶得茶香因意倦，长存诗韵且神驰。女儿犹作男儿志，面带嫣然若有思。

钱柳尚湖泛舟

尚湖烟雨淡云山，一叶轻舟碧水间。偶得花香迷玉露，时传鸟语醉乡关。
牧翁酌酒偷闲趣，柳姬舒眉展笑颜。最是销魂歌不断，双双对句胜仙班。

钱柳红豆馆

一颗红豆系心头，几度相思几度秋。对酒同吟天上月，赌书但解客中愁。
诗间残梦随风物，楼外清波伴鹭鸥。两两相依缘未老，碧云深处百花州。

钱柳绛云楼

欲上琼楼事半功，寒烟缥缈梦寻中。庭前桂子呈新蕊，陌上云天送晚风。
傲视江南山水阔，雄称百代夕阳红。绛云谁记三春暮，老柳吹绵泣牧翁。

虞山情

远眺虞山风景迤，半城山色压池陂。若缘夕照餐霞露，且上星坛赏玉枝。
自是红颜情不尽，从来墨客志难移。江南秀色无穷意，多少佳名至此垂。

◎陆　俊　江苏省苏州市

虞山八咏

拂水岩

白云小径升高眇，涧底浓花染客衣。下马春山迎客到，开门明月送乌飞。
尚湖波暖人烟合，泗水腥消兵马稀。不见离人花陌上，飞飞燕子转头归。

绛云楼

江头雪水蜀山根，远下荆襄送海门。春草钱郎今不在，神龟桑树欲何言？
香花又老绛云阁，倩女空归月夜魂。报国何人堪死节，诗翁白发许深恩。

登临

琴川胜日花如锦，过雨登临再欲稀。千里平原通北望，三年烽火更南归。
丁翁白鹤哀犹立，杜宇红花啼更绯。吟咏不胜春又老，杨花榆荚漫天飞。

钱墓

箫管遗音云水上，凤台树色长风烟。春如江水连云下，人似青山向日眠。
三局楸枰红豆屋，一联珠璧彩云船。从行赴难犹今日，坟墓重来老杜鹃。

瞿墓

松声石壁高谈笑，规影移天向暮长。宗庙百年沈大陆，忠臣一叶弄孤光。
丹青壮说偏多感，薪釜微言更断肠。犹有诗翁忧国老，临江夜哭发苍苍。

翁墓

丘陵夜雨松摇落，再谒春阴万木稠。天外蓬山围碧海，箧中白马济清流。
朝廷二帝忧愁绝，江海孤臣老病休。冀北谁嗟翁相国，飞腾万马岂深谋？

黄墓

全真道士江湖上，坐对空山问董源。鱼鸟悠游还泛泛，云烟置笔欲昏昏。
不闻倪叟来相过，已老龙眠乞见原。门外虞山青好在，时闻游女竹中喧。

曹墓

叶落红桑海上埃，青山头白早归来。文林老子声犹在，党锢诸人事已灰。

日照菱花开病目，天垂北野上高台。山川城郭人非是，白鹤声声夜应回。

◎鹿祥兵

山东省莱芜市

步韵《秋兴八首》

五夜西风撼竹林，枝枝霜叶剑芒森。才从天上除迷雾，复向人间扫积阴。

满眼清凉初晓里，一怀爽朗少年心。虞山深处清秋日，醉听泉声似捣砧。

客自沉吟舟自斜，江南无处不繁华。九州谁复开三径，四海今来共一槎。

日语欧风兼美韵，吴筝羌笛杂胡笳。请君看取秋堤上，摇曳烟波万国花。

虞山雨后溢清晖，时有仙声出翠微。江水飘如云里过，林莺缈似梦中飞。

当年数望终难上，今日重来定不违。且向竹丛深处卧，任他尘世自甘肥。

小小寰球一局棋，喧嚣不断令人悲。维舟饮罢徘徊际，拂水吟馀眺望时。

西北烟尘方籍籍，东南消息忌迟迟。相逢未必皆高手，记取螳螂黄雀思。

江南湖北即虞山，上有楼台缥缈间。二鸟相呼出旸谷，五云漫卷掩星关。

若非桂殿迎才子，定是瑶池醉玉颜。三十三天花雨里，峨冠博带列仙班。

尚湖湖畔小桥头，独立苍茫九月秋。依岫闲云本无意，语梁栖燕又添愁。

已同泛泛孤桃梗，何异飘飘一海鸥？明日轻车何处去，却登绝顶望齐州。

三吴文化仲雍功，十里虞山一望中。书卷云霞知故国，台临日月识淳风。

身登剑阁浮空翠，足踏烟萝逐乱红。欲觅当年开辟处，漫从苔岸访渔翁。

花蹊竹岸自逶迤，赖有当时复坏陂。醉斫苍崖寻旧径，闲分轻浪浣新枝。

剑门开处云犹在，画舫停来水更移。最是飞泉流沫际，年年引得绿萝垂。

◎ **罗从洪** 湖南省岳阳市

虞山八咏

森林公园

古木参差百丈林，入云十里郁森森。好风吹柏如听雨，小径成幽好纳阴。
手挽青云怀古意，身临高壁得时心。月前兴许燃篝火，磐石移来作晚砧。

辛峰夕照

辛峰原待日西斜，醉意黄昏须翫华。芦苇清波卧亭影，尚湖微酒泛浮槎。
无弦琴拨霞晖曲，白羽莺吹南国笳。宝顶提来为妙笔，卷云石上续新花。

小石洞

古树横枝对落晖，春花蜂蝶语微微。潺潺声里甘泉冷，默默崖前蝙蝠飞。
思来林麓公犹在，望尽东南画不违。秦涧两峰传鼓点，好收绿意正春肥。

照山湖

列岸群山似局棋，满湖明月演欢悲。栖禽不语从前泪，绿叶恰逢春雨时。
欲嗅荷香红日暖，好摇短楫碧波驰。牡丹四月芳菲意，一片花开一片思。

石屋涧

欲饮舜泉登半山，桂花香透白云间。学虞犹可勤思古，入世何堪说抱关？
石屋昔时遗直钓，剑门今日得新颜。四时涧外闻欢语，疑道游人不下班。

湖心亭

静立湖心望陌头，风中雨里读春秋。万重微浪扑来绿，一叶扁舟锁住愁。
刻柱雕栏吟妙句，兰汀芷岸起轻鸥。小亭风味知多少，如揽江南十二州。

言子墓

南方夫子昔时功，每有佳声入耳中。礼乐教民如朗月，弦歌到处有高风。
墓前古木森森碧，山外秋枫片片红。默默沉吟思不绝，此生有幸伴贤翁。

虞山

高原隐伏路长迤，极目苍茫东海陂。只爱虞山花一朵，何须他处折千枝？
半城翡翠春秋叠，万缕霞云时日移。但愿世人来复往，风光何目不青垂？

◎ **罗衷美** 湖北省松滋市

书台积雪

昭明太子去无回，江左遗芳迹可追。世味近缘亭宇薄，琴声远自汉唐来。
河山万里存文藻，风雨千年上石台。遥想读馀晴雪日，凭危凝望一枝梅。

◎欧阳国金　河北省唐山市

虞山怀钱谦益柳如是

饱露寒蝉噤士林，千年王气尚森森。经秋花木犹馀艳，竟日烟霾只重阴。
冠冕未荣归正宠，文章空表济邦心。愚氓纷说清明梦，翘首空中霹雳砧。

采采靡芜路狭斜，佳人何事弃铅华？百年缘尽宁登月，五月风高未下槎。
绮梦已销桃叶渡，深闺忍听柳营笳。可怜倾覆孤怀竟，几尺白绫湮血花。

峰头游目接驰晖，万事而今等忽微。漫逐功名蜗一角，偏宜家室燕双飞。
羽书重檄能湔耻，罗袖轻挥善弼违。水冷暂难全节义，千秋休笑食言肥。

纹枰错劫可回棋，世事纷纭喜复悲。但任江山淘圣主，应怜黎庶乞明时。
馀生何用金貂贵，残梦犹听铁马驰。只有文章光不灭，及晨照壁更怀思。

持笏谁夸暇看山，挥毫共仰五云间。风瞟易忘枯荣季，水冷难戡生死关。
未必槐堂饶碧血，居然柳巷解红颜。平生功业归何处，谩笑丹铅费马班。

风烟澹荡立楼头，晓露初寒一叶秋。偃蹇命途劳鬼笑，纷纭世相替天愁。
绛云冉冉迎来凤，碧水粼粼咏去鸥。并语西窗研墨日，凭将毁誉播方州。

卷土重来恢复功，一时雄气塞膺中。八千虎旅江东月，十万龙船海上风。
雷鼓声掀天幕白，星旗色压水波红。何期摧败终投笔，蚁榻谁怜垂死翁？

佳气葱葱望坦迤，琼瑶万顷荡秋陂。远聆雅乐桐三尺，贪沐清香桂一枝。
卮对青山饶露坠，风摇碧浪觉洲移。可怜坛坫宗盟地，盛世文名更永垂。

◎潘洪斌　河北省沧州市

虞山八咏

首赞金吾长史功，汲泉洗砚溉吴中。狂来露顶头濡墨，醉后挥毫笔挟风。
大草书坛夸独秀，百花艺苑绽新红。千年晚学多神往，梦绕琴川拜此翁。

朱门不喜冶游斜，独抚丝桐遣岁华。执礼琴师弹古调，问津樵子遇仙槎。

激扬悲壮嵇康散，幽咽凄凉蔡琰笳。
一片宫商流纸上，松弦馆里笔生花。

明烛将残挽败棋，清寒入骨不胜悲。
怡情红豆难逃世，蘸笔沧桑易感时。
才冠三吴群籍富，诗笼一代盛名驰。
凭谁掩卷折杨柳，拂水岩前有所思。

石谷幽栖顾虎头，耕烟种墨获高秋。
贫摹古卷聊玩世，老入皇廷足散愁。
笔底声名蕉下鹿，胸间丘壑海中鸥。
闲挥御赐清晖扇，踏遍层岩访九州。

虞山快士鹤田林，汉篆元朱法度森。
世相纷纭明正反，天机叵测布阳阴。
那知老匠斫轮手，犹具三公燮理心。
懒向侯门夸绝技，明轩独卧伴荒砧。

偃师手段着虞山，巧纳须弥芥子间。
黍粒苏黄犹指顾，毫芒户牖尚开关。
曾闻郢斧疑恒耳，今睹核舟始动颜。
顷刻楼台终幻相，鬼工绝技压仙班。

小吏时曾沐帝晖，还山把卷探精微。
养恬大可银鱼老，垂裕犹期雏凤飞。
插架三坟书有癖，传薪五代志无违。
轩眉广额形神古，益信先生道胜肥。

耄耋行吟叹逦迤，晴屐雨笠遍吴陂。
百年淬炼凝玄铁，群艺精修绽晚枝。
常熟斯文端可续，半生事业本难移。
菱花馆里蟫鱼叟，名士风流美誉垂。

◎彭文才 河北省晋州市

步韵《秋兴八首》

夜宿虞山

独挟丝桐出竹林，遥岑日下觉幽森。
风高每易巡天末，月好偏难照岭阴。
白袷初消今夜酒，红尘渐敛旧时心。
捣衣万户何由听，碧藓离离覆石砧。

虞山郊游

摇落西风野径斜，霜摧林樾减芳华。
且由运数一支楫，驱动浮生万里槎。
大梦纷纭忆吹角，轻愁岑寂苦闻笳。
但留数缕旬香在，醉睨钗裙鬓上花。

听琴兼怀严天池

弦开天籁拨晴晖，雅道何曾见式微？
澹远花间蝶相扑，泠然云上鹤孤飞。
满川秋水霜初落，一代琴宗世不违。
有客碑前凝伫久，西风萧飒菊花肥。

翁同龢

国事纷纭一局棋，帝师无计亦堪悲。挥毫或效奋投笔，变法应嗟未遇时。
方识垂帘宫烛冷，旋闻归诏锦车驰。独看瓶隐庐前月，到死京华不复思。

曹大铁

文章捧读仰高山，沉醉诗家翰墨间。婉约娇莺啼弱柳，雄浑铁骑叩重关。
争传任侠难容俗，纵览藏书时展颜。半野堂中汇诸艺，奇人当世有排班。

钱谦益

东林风雨亦鳌头，名启虞山五百秋。红豆馆开歌舞软，绛云楼锁绮罗愁。
残生漫许悲辽鹤，至死合当盟海鸥。无奈楸枰三局乱，遗民有恨在常州。

暮谒瞿式耜墓

抚碑慨叹尚书功，雁叫云低夕照中。门自当时播兰蕙，亭从今世号松风。
伤心岭外犹垂紫，触目江南尽染红。一死如饴成大义，笑他遗老作芝翁。

别虞山（折腰体）

龙骧秋日入逶迤，留恋江南峰映陂。漫从扬子滔滔水，得觅吴山上上枝。
风物悄随时节换，人文不共古今移。落花逐客飘然去，几处酒旗犹半垂。

◎齐炳元　江苏省常熟市

步韵杜甫《秋兴八首》（选三）

尚湖荷洲

荷洲迤逦对虞山，犹似桃源银汉间。钓岛山庄景俱美，太公钱柳迹相关。
明湖澄澈映花木，秋色斑斓焕彩颜。一道长虹波镜里，飞回白鹭见班班。

江滨风物

潮涌滔滔江水头，虞山福地值金秋。风调雨顺田常熟，人寿年丰众不愁。
淡淡青峰舒画卷，清清白渚起沙鸥。长虹跨浪通南北，宝马奔驰越九州。

人文荟萃

人文荟萃岁时功，代有传承一脉中。景略琴声严氏谱，牧斋吟韵杜诗风。
神怡山水江南绿，笔走龙蛇醉墨红。书艺风神筋骨劲，状元宰相帝师翁。

◎钱燕群　重庆市

游虞山次韵杜甫《秋兴八首》（选二）

寻梦江南蝶影斜，秋枫几树饰繁华。辛峰夕照云为伴，小石流泉叶作槎。
寄语寻常登剑阁，听风不觉忆清笳。向来回首萧条处，犹见镜中双鬓花。

江南江北蓦回头，千里黄花接晚秋。野渡几曾来野鹤，闲云一片比闲愁。
难为众里寻她影，总有多情寄白鸥。今日重游佳丽地，虞山遥看是苏州。

◎**秦雪梅**　　四川省达州市

虞山秋兴（选三）

昔日虞山百亩林，八公羽墓气萧森。接天云涌烟峰阔，绕树泉清藤瀑阴。
今昔客循当日路，千年谁识故人心？照山湖下潺潺水，不复黄昏闻捣砧。

叠叠辛峰落日斜，斯人独上望中华。猿声如悼仲雍墓，鱼影犹寻夫子槎。
独立风头闲望远，大观云海似闻笳。勾吾小国人何处，唯见山城又菊花。

十八奇观代代功，西城遥望夕阳中。秦坡瀑布惊天阙，镇海台城沐晓风。
寺隐三峰松木翠，霜临吾谷锦枫红。此时沉醉何须酒，闲卧苍苔一老翁。

◎**饶帮梅**　　贵州省黔西县

步韵杜甫《秋兴八首》

虞山

旧庐墨井掩深林，十里虞山古树森。雪积书台千阁白，潮飞福港半城阴。
弦歌或记勾吴事，吾谷当知齐女心。已冷烽烟埋叠翠，惟馀桃涧怒如砧。

柳如是墓

寂寞山前对日斜，绛云有梦忆风华。初心违却未成隐，修得深缘共泛槎。
湖水何堪葬遗老，天涯不忍看胡笳。无情最是西泠渡，寒食依然十里花。

辛峰亭

挑檐斗拱抱斜晖，极目高城接翠微。登顶偕同青霭隐，入亭相共白云飞。
贤明风采今何在，潋滟湖光不与违。文学桥通幽径处，弦歌早已替轻肥。

拂水晴岩

惴惴临桥似弈棋，回看何作烂柯悲？魂惊坠石疑双影，帘卷奔雷过四时。
烟涧珠回劳梦想，晴岩雨落借风驰。岿然惟有尚湖水，胸纳风云任尔思。

兴福寺

红日曈曈入破山，浮光飞掠古亭间。碧潭清露宜烹茗，宝殿老僧闲坐关。

救虎堪彰华严义，斗龙可辨赭岩颜。阿摩勒果依然在，百载寥寥谁应班？

阿摩勒果为翁同龢题匾。

湖甸烟雨

谁将水墨泼村头，蒙晦春光潋滟秋。一壑风云接天远，千年烟雨使人愁。

断桥不见白娘子，高苇还栖红嘴鸥。十里灯飞明月夜，还疑身在旧扬州。

剑门

幸得吴王一剑功，青云有路此门中。烟岚入阁须乘月，鳞甲凌波欲动风。

攀石未思伊阙险，扶舟方感老颜红。寄言休向崖边看，满壁涂鸦无乃翁。

秦坡瀑布

流烟叠翠自逶迤，溅玉飞珠入渼陂。海立夜催千杖鼓，风停谁动满山枝？

石门双险无仙涉，溪涧七星何日移？最爱名泉清冽水，听琴煮茗日西垂。

◎阮诗雅　上海市杨浦区

虞山胜境系仙乡（辘轳体）

虞山胜境系仙乡，百景星罗彩画妆。石涧泉流逢舜帝，姜公垂钓遇文王。

天人融洽三星亮，佛道和谐五院昌。御撰烟岚高旷刻，峰峦增色石增光。

莺燕横空奏两簧，虞山胜境系仙乡。投怀剑阁寻星斗，入望锦峰撩月光。

望海楼前观日出，湖心亭里看云翔。明珠璀璨瑶池景，如此斑斓刮目张。

峰辉川媚绮霞妆，眼界大开见瑞光。秋夜湖桥牵皓月，虞山胜境系仙乡。

流虹雨壁珠波涨，拂水晴岩玉练扬。沁入心脾云外景，深藏意趣谪仙狂。

春夏秋冬景色苍，静听远处笛悠扬。松风亭下青峰笋，玉蟹泉前碧玉潢。

石景剑门悬绝壁，虞山胜境系仙乡。一园花卉缤纷艳，十里层峦馥郁芳。

来寻圣哲拜炎黄，敬酹胸中一玉觞。凉爽微风瞻石谷，清纯古迹仰周章。

时光大道三千载，历代高贤百世芳。先祖仲雍留道义，虞山胜境系仙乡。

◎沈双建

江苏省南通市

虞山杂咏

钱牧斋

故国伤怀叹暮林，虞山风雨愈清森。禽惊叶动摇商气，日翳云沉吐晚阴。
民已倒悬无可语，人如偷活忍论心。老来投笔频挥泪，遍地横流响夜砧。

瞿阁部

满目飙回日月斜，苍茫谁与驻春华？从轻一死簪巾帻，不作残生泛钓槎。
终古悲吟存浩气，无边幽咽落霜笳。我来三百馀年后，风洞山前开桂花。

河东君

明光冠剑倚晴晖，儒服纵谈怜笑微。乃识孤萤能自照，何妨一蝶伴人飞？
风来迅疾因时变，水作清泠随愿违。芳树遥云凭倔强，可堪秋肃更霜肥。

冯舒

清啸何能困对棋，河山变化暗衔悲。其如竖子勾连后，正是魁儒特立时。
掷地金声听冷笑，凌云词赋看高驰。渊哉若许霜髯老，万古文章无复思。

冯班

孤禽听彻响空山，人海原知醉醒间。恸哭茫茫休更问，浮生寂寂了无关。
摧眉或许真名士，强项终难腆厚颜。信有悠悠众君子，舒怀次第列清班。

翁松禅

六十年间惜此头，何堪清泪滴清秋？一生襟抱翻成恨，垂老衰颜岂作愁？
好夜时闻惊吠犬，残宵大梦谢眠鸥。乃翁多少凄凉意，不过无声动九州。

杨云史

吁嗟万里百无功，世乱时危颠沛中。但有坚持悲暗夜，岂无矜悯向哀风？
噫嗟寥廓残云碧，感慨平生落日红。行矣归休吟自可，天山一曲老诗翁。

大铁翁

万山横亘复逶迤，江水翻澜澄碧陂。花发曾经随处好，莺啼只立最高枝。
闻声寻影光芒在，缓步拾阶风景移。稽首如予休更笑，先生丰范大星垂。

◎宋彬

上海市黄浦区

登虞山兴福寺（选一）

古道萦纡现鹤林，时闻钟梵觉幽森。老僧午后渊禅洽，古木晴初云壑阴。
三世佛身终破相，一泓潭水可论心。只今香火如如地，多少遗黎脱斧砧。

◎**孙建新** 上海市浦东新区

虞山八咏（选六）

曾朴

曾朴疏狂醉眼斜，灵犀独具看中华。几番自梦窥秦镜，数度人疑泛汉槎。
向秀丧朋闻楚笛，文姬思子赋胡笳。书生死后留何物，东亚病夫《孽海花》。

王翚

四王之一号清晖，浑厚苍茫妙入微。宋代龙蟠唐代韵，乱时蛰伏治时飞。
收藏只恨金钱少，变现犹惭气质违。杰作虽存尔安在？盛名赢得后人肥！

严天池

此艺名先书画棋，天池绝响使人悲。平冤邵武居官日，精乐虞山退职时。
指拨七弦随手振，耳闻万马逐心驰。茅庐寂寞香炉冷，对此空将叔夜思。

钱谦益柳如是

难识人心似识山，纵然久住彼山间。当时明帝刚经苑，此日清兵已入关。
凉水难投疑白脸，高风易解证红颜。著书偏爱陈寅恪，如是文章赛马班。

瞿式耜

瞿公何惧断斯头，汉室正逢多事秋。铁骑谁拦无限急，长城自毁不胜愁。
人亡何用乘黄鹤，国破焉能伴白鸥？若问英雄魂祭处，桂林之外是吴州。

翁同龢

合肥宰相妄争功，甲午鏖兵不利中。钦点状元吟鲁颂，臣教幼帝读豳风。
奇冤平反官场黑，佳帖名扬天下红。力荐康梁诸学子，同光翘楚叔平翁。

◎**孙双平** 河北省赞皇县

咏虞山八首（选三）

虞山

卧牛佳景满芳林，湖淼峦垚气宇森。亭阁依山分远近，岚光落水幻晴阴。
满坡遗迹仁人爱，万卷文章赤子心。何日此间灵秀气，遍移天下作高砧。

谒明代抗倭名臣王铁墓

壮士陵前日渐斜，犹思豪气壮中华。驱山策海斩倭寇，破浪鼓风飞箭槎。
曾见明清强海域，更知唐宋警胡笳。遥看靖国刀长砺，莫恋楼前栀子花。

尚湖

尚湖浩浩借天功，南国江山一望中。亭榭楼台宜皓月，桃花流水恰春风。
柳垂岸影纷纷绿，霞染波光片片红。收拾扁舟尘世外，神仙境界是渔翁。

◎孙永兴

江苏省常熟市

虞山咏秋

普仁秋爽

呗偈声声绕鹤林，梯云山径柏森森。金乌远逝帽峰外，野逸盘桓岩壑阴。
漫指黄花言可目，苟随顽石悟慈心。空灵三景澄幽绪，杞柳潭边听暮砧。

辛峰夕眺

闲步辛峰落日斜，登临送目阅繁华。两湖粉黛开妆镜，七水弦歌迎客槎。
渚上楼台依钓楫，云中雉堞起清笳。归鸿一线来秋气，艳遍平坡野菊花。

西城楼阁

城楼百尺浴朝晖，秋日登高拥翠微。俯饮毂泉纯玉泻，仰观五岳白云飞。
松风滴露招遐视，楮叶漂流叹久违。多少人间忧乐事，化成山瘦菊花肥。

瓶庐墓阡

国到危亡算劫棋，荒阡古墓谒人悲。蒙尘主子惊惶日，落魄孤臣饮泣时。
帷幄图谋筹未就，江船补漏计何迟？松枫寂寂晚云合，鹁鸪劳神若有思。

破山秋韵

龙泉一道劈神山，古寺千年隐隙间。钟鼓悠悠来梵界，瑶宫历历启玄关。
僧楼救虎侵云汉，潭壑空心照素颜。妙笔从来伴名刹，挥毫人敢敌鸦班。

云栖瞩望

云栖岩岫树科头，极目江村芦荻秋。橘柚丰馨禽鸟乐，荆蓁萧瑟蝶蜂愁。
一泓碧水凝寒鉴，数爪青藤网白鸥。飒飒啸声来朔气，罡风破雾净神州。

三峰郊游

胜日郊游拟谢公，三峰踏遍翠筠中。秋香栗子时新味，素淡笋鞭村野风。
一路溪回烟障暗，两厢树映酒旗红。深山法侣多贤哲，欲效前尘难退翁。

剑门奇石

萧萧山径尽逶迤，陡壁危崖竖涧陂。雁阵咿呀峰写字，甘泉淅沥柳扬枝。
石开一隙人穿越，门闭双重鬼叩移。秋水平畴云壁立，几疑鹏翼九天垂。

◎唐　龙

福建省长乐市

游虞山

虞山城墙

龙卧瑶岑尾扫林，唐砖明垛尚严森。骑腰道字彰新岁，覆体衰苔诉去阴。
虞顶恢容经世相，江南淡饰动人心。依墙略待风云起，万叶声吞忆捣砧。

辛峰

辛峰秀敛黛鬟斜，若举芳樽恋物华。落日亭边询鸟使，卷云石上系牛槎。
斯文一脉崖刀笔，烽火千年鼙鼓笳。所幸承平闲客坐，暖青分盏缓吹花。

维摩山庄

山庄破晓醒澄晖，径诀浮云花事微。望海酸眸思鹤至，涌泉留影惝龙飞。
漫称精舍唯心解，何料俗人每愿违？世有维摩真辟境，不劳案牍与轻肥。

剑门

百里千山似布棋，斜飞妙子淡欢悲。志传侍御造楼后，想见吴王挥剑时。
总赖云扶顽石起，更忧风卷大星驰。人间遍见驷车冶，蜀道分兹颇费思。

兴福寺

崖挂残鳞涧破山，却留古寺隐云间。僧灯寂坐安危忍，佛卷推参休戚关。
兴福长祈天赐兆，通幽遽识客开颜。晚钟馀处岚烟下，还共一城祥瑞班。

小石洞

紫藤枫树共遮头，疲汗探临诧爽秋。应接地心窥异气，还通海梦煮闲愁。
缘溪景状翩翩蝶，攀石人如返返鸥。禹迹苍茫今胜概，更欣活水入神州。

石屋涧

石屋嶙峋天造功，奇屏丽锦映溪中。春宵猿戏动藤月，秋日雀追翻稻风。
叫化鸡酥分指白，桂花酒洌舔唇红。择栖三径世氛静，得失何须问塞翁？

尚湖

十里青山潜逦迤，风华尽让此荷陂。银鱼惬雨濯香浪，黄鸟望晴喁密枝。
心淡且随云影钓，身端何避世尘移？环湖无数冢碑隐，游客遥瞻尽首垂。

◎铁　虎　陕西省西安市

虞山八首（选六）

真武神殿

玄神青顶筑云观，绿瓦红墙傲玉峦。一径幽途连树海，三峰翠影照星寒。
园中紫竹牵春色，殿外清塘聚雨残。今日虽无香客扰，满山明月慕仙坛。

剑门（一线天）

一挥青刃楚山开，豪气飘扬玉梦来。干将相留长战事，吴王遗下旧题材。
冲天绝壁蒙寒水，落地清云遮雨苔。五霸争雄多少载，至今草乱鸟声哀。

松风亭

一座风亭落秀巅，遥望远淼入春烟。声传玉带惊飞鸟，目数轻舟荡水涟。
石阁高空连绮梦，方栏胄地纳幽川。有心考就痕无古，只见丰隆扫九天。

兴福寺

山腰半里雨风全，草木无边气浩然。玉露东坡新佛塔，流云北岭布陀天。
夕阳晚照钟声淡，落叶轻飘鸟语旋。走进清门寻古语，野苔满地久休禅。

咏庙竹

翠叶如云四季开，真君不厌满园栽。仙颜道骨无人见，浩气空心自幼来。
靠近洪炉生玉露，轻离俗世少尘埃。苍山万里娇幽远，此处清风久荡徊。

虞山茶场

绿浪飘飘哨路长，清风夜递万花香。流云如水休秋色，露径连苔接曙光。
半岭茶场生碧玉，一山丽影种春阳。兵农相辅何年起，足迹轻书月雨塘。

◎汪 滢　上海市杨浦区

咏虞山（选七）

世外天高过鹤林，无边绿竹郁森森。白云不必明花语，赤日何曾入树阴？
誉享八方称福地，德昭四海显慈心。虞山古寺屏风后，尚有千年捣药砧。
浩荡虞山曲径斜，登高远望叹繁华。且随云海寻仙侣，欲上星河任浮槎。
碧水风前闻竹笛，红尘月下响芦笳。禅茶一盏青霜落，千载轮回彼岸花。
清香浮动对春晖，夜月初升望紫微。今日宾归听燕语，明朝风起看花飞。
新歌一曲无琴和，往事多年与愿违。且做阳澄湖上客，扁舟数叶鳜鱼肥。
对弈虞山待举棋，难圆世事岂须悲？朝来雨雪斟新酒，夜话桑麻忆旧时。
寰宇澄清如电掣，古今变化似风驰。茫茫四野银装裹，妙自天工有巧思。
和风拂过柳梢头，细雨纷纷似晚秋。万壑松涛淹古刹，千山竹韵系乡愁。
云开天外无飞鸟，花落湖边有野鸥。浊酒一杯明远志，斟来幸福满神州。
苍天造化恃玄功，梦入虞山夕照中。离别三言铭北斗，相逢一笑祝东风。
逍遥叶落留青翠，自在花开露艳红。莫负樽前无尽乐，何妨美酒敬衰翁？

海隅横卧自逶迤，楼阁遥观万顷陂。佛寺藏经飘竹叶，山庄待客长桃枝。
菩提院落流年静，霄汉天边满月移。画境初开风已过，彩衣飞舞望星垂。

◎王超群　湖南省宁乡县

咏虞山八首

天分雁字别平林，一举霜刀杀气森。露线织成千里浪，风枪挑落万山阴。
菊为彩翼归秋水，月是明眸剪我心。西子当年纱净否，回头不见捣衣砧。

西城落日九分斜，尚在山尖感物华。浪谱流音凭石板，香传桂字用浮槎。
隔墙叶赤非因酒，到耳声勤果是笳。最爱斑篱心不老，脚边犹带一枝花。

偶在山尖咏落晖，风摇树影照卑微。两三蝶向残红笑，多数云朝远处飞。
纸上名头千个要，心中德字几人违？登台始信秋霜急，九曲桥边叶不肥。

谁下虞山一局棋，霜涂叶色恰无悲。九屏菊蕊初成处，万缕香风欲散时。
目剪波涛随往复，心缘家国任驱驰。尚湖在说当年事，六角砖亭寄我思。

九天佳气聚虞山，恰把青红绕指间。云在峰头堆似雪，叶于石上卷成关。
琴川借水弹秋色，桂子偷香谱笑颜。待到霜兵传捷报，满城金甲赐仙班。

风在尚湖水那头，唤来新月织清秋。溪分涧上千杯酒，石解波心万点愁。
门剑无私开画境，辛峰有意娶沙鸥。不知旧日登临客，走到浮生第几州？

俱说虞山有大功，丹忱写在史书中。文涵上古千秋韵，字借勾吴一脉风。
八面捎回霞带紫，九天染透叶传红。石屋缘何花不老，白云生处住诗翁。

清流载我梦长迤，一路乘风到海陂。天际云飞三万里，心中爱发九千枝。
繁星每向湖边隐，红日还从岭上移。纵使虞山春不在，此花谢后彼花垂。

◎王鼎明　　福建省泉州市

虞山秋兴

一抹霞红染凤林，桃源香径自清森。危峰古寺梵声远，奇石闲云夏木阴。
十里青山生画意，七溪绿水动诗心。当初让国开新境，游子至今思暮砧。

梦里依稀御柳斜，勾吴俊秀满京华。登临高阁争题柱，垂钓西湖待泛槎。
但奏琴乡天上曲，不闻胡地塞边笳。紫毫一动龙蛇走，泼墨同开四季花。

水乡春晓映朝晖，远近攒峰叠翠微。得意少年鸣棹去，多情旧燕绕梁飞。
稻香鱼美时相合，云淡风轻乐不违。堪叹王孙奢侈尽，民膏飨宴竞甘肥。

从来乱世局如棋，血雨腥风战马悲。伍相东门张目日，吴宫正殿化灰时。
大明苛政殃民久，末帝残生罪已迟。天道有常谁省识，史官临笔作何思？

文宗似月照家山，坠入昏昏瘴雾间。空有鹤心行万里，恨无法力镇三关。
留头剃发延残喘，泣血呕诗展抗颜。如是情怀付流水，长教儿女泪班班！

几处穹碑伴墓头，夕阳芳草又经秋。消磨浩气鬼神哭，收卷残云天地愁。
只为报春随客雁，何堪买醉狎盟鸥？虞山埋骨风流甚，六艺如醇溢九州。

新歌一曲赞天功，十八景观图画中。望海开怀迎旭日，飞泉掠地挟长风。
剑门悬石势将堕，枫叶冻霜颜更红。借得灵心看世界，人人到此尽诗翁。

大铁文才泓演迤，情如浩浩万方陂。纵经尘海数千劫，犹放梅花第一枝。
惊世巨篇真可赏，兴邦壮志未曾移。丹心耿耿欲圆梦，化作吟天甘露垂。

◎王　昊　　上海市浦东新区

步韵杜甫《秋兴八首》（选七）

春来茶馆

靠岸扁舟近竹林，晴晕紫荻叶条森。铜壶漫滚兼江水，铁齿周旋借柳阴。
担复千斤村妇力，楚虽三户匹夫心。升平日久英雄少，阿庆嫂闲试木砧。

翁同龢纪念馆

柏古轩前日半斜，西风东逼扫秋华。穷经义理难知彼，经世学风莫泛槎。

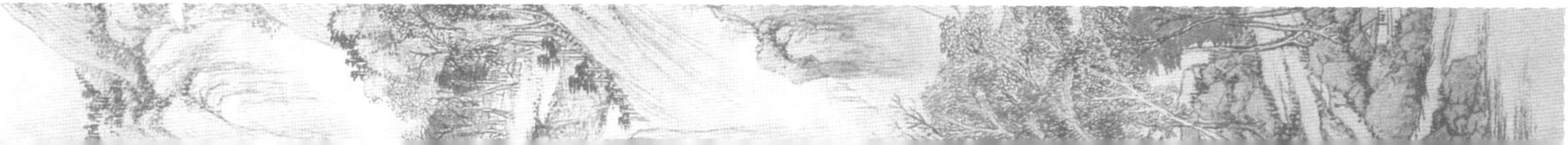

四世翰林依圣眷，两朝太傅昧洋筘。千年未有开新局，盛谢彩衣堂上花。

曾赵园

辛峰亭远映馀晖，方塔牵牛入翠微。山水重阳烟气散，云天共镜白鸥飞。
寿康君子才无匹，能静先生心不违。自古虞山风物好，东湖九月蟹黄肥。

昭明太子读书台

自古人生一局棋，应无所住大慈悲。室萱仙去形销日，红豆相思疾病时。
花艳无香游目接，情深不寿化风驰。读书万卷裁文选，般若分经寄漫思。

吊言子

文开吴会立山头，叔氏牌坊满目秋。石道悠悠枯叶落，疏枝瑟瑟墨池愁。
善修志气如黄鹄，最忘机心似白鸥。其力于仁真教化，弦歌已在海虞州。

吊柳如是

寻芳无意谢天功，柳老无绵荒草中。云起子龙经午雨，树依东涧立西风。
一生义令须眉愧，两度仁成史册红。如是我闻奇女子，可容可托仅钱翁。

吊黄公望

云山烟树道逶迤，秋水苍苍近野陂。粉墨世间多险路，丹青国里最南枝。
文书公望心将死，名号大痴志不移。老鹤仙关吹铁笛，新开草籀自元垂。

◎王纪波

安徽省淮南市

琴川八咏

德祖仲雍

揖辞渭水涉重林，乌目山前翠影森。物与民胞兴孝悌，刀耕火耨共晴阴。
文身常沐江南雨，让国自怀天下心。可叹八王乱如许，黔黎何计避刀砧？

文宗言偃

南天独秀一枝斜，大雅儒风沐物华。政寄弦歌移征羽，道通洙泗有桴槎。
汪洋群彦开吴会，嶒峻丰碑拥鼓笳。夫子文章分半壁，湖山触目笔生花。

廉吏鱼侃

苍茫古墓渺斜晖，贫不爱财今古微。壁立仰看千仞直，令严莫许一鸥飞。
生涯坎壈应天妒，老病凄凉岂道违？休笑清官终寂寞，何妨独瘦世间肥？

琴心严天池

宦海无常局局棋，红尘俯仰实堪悲。徽移花发水流处，指落风轻月上时。
蝴蝶梦酣秋籁渺，沧浪心共野云驰。宗开一派琴川在，大雅希声弦外思。

尚湖虞山

尚湖之水带虞山，山色有无云水间。潋滟闲看鱼上下，蒙笼若听鸟间关。

轻飏一叶太公艇，谦守六爻君子颜。用舍行藏家国事，遑论江海与朝班？

诗魁钱谦益

由人忠佞说头头，心事百年萧飒秋。红豆藏山经劫火，桃花得气且销愁。
文章骨老书中蠹，沧海期违波上鸥。投笔金陵声掷地，龙吟虎啸壮神州。

帝师翁同龢

毕竟书生论战功，百年遗恨海天中。平冤除弊大臣器，传道衡文长者风。
国命维新嗟梦幻，瓶庐独卧落青红。银笺犹带先生骨，馀响铮铮鹤发翁。

翁曾为清代四大冤案之杨乃武与小白菜案平冤昭雪。

合璧《富春山居图》

杖朝笔底尚逶迤，尺幅谁勾万顷陂？水剩山残馀劫火，珠联璧合赖连枝。
沧波度尽弟兄在，画卷新开桑海移。试引春风来纸上，江边千树发垂垂。

◎王建端　江苏省句容市

诗咏虞山

常熟印象

半入青山半出林，朝来春雨气萧森。读书台上声如在，长寿桥旁径自阴。
是处风光留客住，此时湖影动人心。一城灯火歌吹几，明月应思昨夜砧。

钱谦益墓

拂水岩旁落照斜，当年声气动京华。虞山已葬先生骨，海上空传博望槎。
一死原难初识柳，听残只有晚吹笳。春风无语依然到，对此红红白白花。

题尚湖感钱谦益、柳如是事

平湖远色两清晖，望里峰亭入翠微。有底闲愁山兀兀，无端乱入絮飞飞。
艰难恸尽关心在，恐惧灰馀与愿违。故国春风何限意，芦蒿满地雨中肥。

游兴福寺

前朝旧事附枰棋，小院无人听大悲。径到幽深闲半日，灯于进退立多时。
竹香潭影心仪久，墓塔诗碑我谒迟。最是多情留不住，虞山一望一回思。

访虞山名人墓

江枫碧树此名山，都在浮生一梦间。钟梵几曾通上界，松杉取次旧乡关。
偏来古道寻知己，别有清肠且解颜。几点销魂残照入，绝怜向晚影班班。

石屋涧

来寻旧隐半山头，绝壁飞泉几度秋。见说门开天地险，不殊石刻古今愁。
山知蕴秀浮青翠，月为深盟过水鸥。记得当年常熟处，稻香吹遍白苹州。

题瞿式耜墓

郁郁山川异代功，登临到此野烟中。丛祠已废江南雨，古墓犹存烈士风。
但见蓬茅遮眼白，焉知热血化碑红？当时如不从容死，犹可文章后牧翁。

记游尚湖

山形水势各逶迤，碧玉盘中万顷陂。才可闲云分细雨，并将春色上南枝。
看花不倦篱边过，听鸟真忘脚下移。多少尘心归此静，一轮江月照人低。

◎王　宁　辽宁省铁岭市

虞山感吟

曾记琴川遍幼林，遥猜卅载已森森。清蟾照影临幽径，曲水流觞入翠阴。
老骥犹存千里梦，寒蛩难解百年心。苍茫暮色人何在，一缕乡愁动远砧。

木自飘零日自斜，秋来惟觉鬓添华。喧嚣难觅乘鸾侣，寂寞空招入海槎。
带眼频移行俗世，霜风渐紧醉清笳。归来把盏虞山望，簇簇金黄野菊花。

尚湖水碧幂朝晖，一棹江天入翠微。病骨难随丹鹤舞，诗心已共白云飞。
千家灯火龙蛇动，两界星河宿命违。回首少年嬉戏处，蓼花红艳鳜鱼肥。

自古人生似弈棋，命途多舛不须悲。开怀畅饮凄凉处，引颈高歌惨淡时。
堪笑霜风欺客久，聊瞻雪浪放舟驰。返青草木遥成色，拟折芬芳寄所思。

阳澄灵秀近虞山，吊古凭今向此间。虞仲文明播赤土，子游道义启吴关。
七溪水逝波归海，卅载春来众破颜。久住人心功德在，太公何必列仙班？

霞缠落日立船头，万里晴空雁带秋。纵目已无王粲恨，食鲈终解季鹰愁。
山高岚翠藏红树，水阔风甜舞白鸥。月上身行仙境里，逢人不问帝王州。

为王为寇本同功，今古兴亡俯仰中。沉璧千年常熟月，乘槎八月尚湖风。
无边落絮如霜白，不尽飞花逐水红。放眼河山晴翠里，闲来把酒唤溪翁。

虞山十里绿逶迤，半入城中半入陂。缕缕东风吹酒面，纷纷蛱蝶上桃枝。
堪图堪写心先动，如醉如痴步懒移。欲将自身添一景，可怜霜发已垂垂。

◎王松坤

福建省仙游县

步韵《秋兴八首》（选三）

登虞山

樵径云横渐入林，侵衣爽气散青森。剑门买得山偏翠，高阁沽来昼转阴。
更谒前贤传故事，何因白发乱初心？安闲未必人生计，几处莺啼似远砧。

辛峰夕照

六角亭前日影斜，尚湖十里着繁华。也惊山有卷云石，争奈身无入月槎。
细浪难分江异色，清风不负树鸣笳。人间好景能如是，却见虞城满地花。

书台怀古

书台积雪发清晖，古木参差曲径微。仍见寒泉怜意远，欲求名士故心飞。
少年操立勤能永，百世文章愿未违。毕竟沧桑难把握，谁曾想象柳阴肥？

◎王卫星

广东省广州市

虞山秋兴

潋滟霞光半入林，每逢烟霁爱修森。登临且放通天目，倚坐尤珍蔽日阴。
古径飞花吹客帽，晴岩拂水沁秋心。苍崖时共苍松语，断续如闻云外砧。

百仞云峰一径斜，果然绝顶聚琼华。雄奇闻仗楚王策，灵秀能招汉使查。
瀑卷长风争漱玉，龙吟幽谷胜鸣笳。清声曾堕西窗月，蝶梦重开东麓花。

山林山涧竞扬晖，乘兴乘风欲探微。澄澈屡教红粉照，清空一任紫云飞。
已知绚烂秋光占，犹惜玲珑春色违。但得桃源能载酒，临渊休羡鳜鱼肥。

谁遣烟岚证赌棋，去留随意不须悲。绛云红豆寻无迹，硕学雄才继有时。
过眼芳华耽爱久，侧身绝壁忘归迟。百年毁誉应如是，故国神游惹梦思。

游人争问最高山，遥指虚无缥缈间。一剑劈开三沓石，半崖耸入九重关。
出离云海迎骄日，纵览江城换旧颜。回首苍茫从笑傲，超然何必列仙班？

夕阳西下古城头，俯仰咨嗟岂为秋？应羡纶垂成大志，须知瓶隐有深愁。
可叹耿耿标青史，终竟飘飘似白鸥。新岁欲开新气象，还凭国士振神州。

自然造化奏奇功，多少英华蕴此中。礼让仰瞻虞仲墓，弦歌犹带子游风。
养成松柏凌霄碧，零落枫花彻谷红。为我湖山增妩媚，兴观群怨待诗翁。

紫藤绿盖势逶迤，宛若乘龙入葛陂。飞度湖泉斟玉露，追寻华彩上琼枝。
洞明始悟联珠妙，沉醉争知串月移。行遍江南惊梦觉，诗书盈案画帘垂。

◎王永明　上海市长宁区

沙家浜旅游六首（选四）

草色霑凝玉露涵，连天碧水是江南。风车影落红菱浦，野渡舟横白苇潭。
梦系虞山思柳隐，魂萦常熟问瞿昙。沙家浜镇人如织，敷演驱倭剧正酣。

阳澄湖畔老街新，旧宅森森尽劫尘。华胄曾罹无妄祸，汉奸多是有钱人。
慢摇柔橹蓝巾俏，惊起寒凫碧漾匀。芦荡深深深九曲，家山如梦遍鲈莼。

临河茶馆号春来，大灶铜壶火上煨。俐齿伶牙阿庆嫂，肠肥脑满胡传魁。
若非往昔英雄事，哪得如今锦绣堆？杏帘高挑人趋走，遥知智斗鼓锣开。

阳澄纵目绮云生，一曲高歌四座惊。解语黄花方照眼，能言绿鸭自呼名。
轻挪玉趾吴娃靓，善治鱼羹宋嫂精。茭白菱红青瓦屋，至今犹忆水乡行。

◎巫仕强　香港特别行政区

步杜甫《秋兴八首》原韵

咏仲雍

卧牛漠漠有碑林，花石莹莹翠柏森。百越文身源正统，三吴都会得馀阴。
周公建业千般苦，舜帝恭耕一片心。春燕依然识常熟，年年秋夜斗清砧。

常熟风景之一

鹁鸪峰中洞石斜，露珠千照夕阳华。僧行叠嶂双泉涌，雁过晴波一叶槎。
吴越当年勤铸剑，歌筵今日未闻笳。昭明太子曾来否，焦尾溪头数落花。

咏翁同龢

奔驰国业尽无功，唯是此心明月中。毓庆宫深犹夜课，彩衣堂暖爱东风。
雪窗今日空留白，丹桂年年一样红。且信兴亡同气候，维新不复系衰翁。

虞山风景

薄雾如烟接早晖，虞山北寺没湮微。丹枫翠柏千人赏，绿水青山一雁飞。
气候晴阴无了奈，古今人物两相违。眼前忽到清幽境，宝塔奇高白果肥。

咏巫咸

三代荣枯两着棋，巫咸去矣不胜悲。苍龙入殿如无日，夔鼓回山正合时，
霾雾亳城应是泪，艰难天步不犹驰。阳澄湖畔青青柏，千顷晴波入铭思。

常熟风景之二

吴中儿女锦缠头，朱脸丹枫共晚秋。鲍照谜诗原有喜，籀斋小说但言愁，
山歌笑语疑行客，花鼓雷声惊渚鸥。一曲琵琶更幽怨，座中谁不似江州？

写谜诗的鲍照曾仕于常熟。

常熟风景之三

长河九曲喜迤迤，矮屋江南近水陂。采粉青蛱穿细柳，过帘紫燕向高枝，
一篙烟水情如梦，十里湖山影未移。草浪闻莺娱视听，桃花下钓几竿垂。

常熟风景之四

郁郁葱葱千叠山，闲鸥唯在水云间。西留绝壁缠牛地，东引长城出海关，
寺曰维摩还驻足，鸡名叫化可宽颜。楼船若有桂花酒，不笑阳澄醉几班。

◎吴建华　　湖南省安化县

丙申年三月初四，与全国吴氏宗亲赴江苏无锡参加泰伯、仲雍公祭祀大典，下午有幸去虞山拜谒仲雍、周章墓庐。兹步杜甫《秋兴八首》原韵，撰诗以记情怀

谒仲雍墓有感

为访虞山梦久侵，墓庐拜谒意深深。友恭三让句吴迹，至德千秋伯仲心。
断发文身怀以朴，传经授艺见其忱。幽思涌动难平静，云树依依辗转吟。

谒周章墓寄怀

谒罢宜侯日渐斜，虞城放眼尽烟霞。周公远念情千里，世姓咸钦第一家。
爵赐东南孚德望，泽被吴越重桑麻。夫差失国空遗恨，梦断姑苏听落花。

言子墓前沉思

斜阳古道缀馀晖，三月清明草正肥。言偃茔前长伫立，虞山梦里久睽违。
文开吴会尊夫子，道启东南并仲尼。墨井千年香气在，布衣卿相辨精微。

胥门怀古

世事沧桑幻似棋，人心叵测足堪悲。渔翁不受龙渊剑，楚国难逃虎贲师。
伯嚭言谗轻听信，子胥劝谏顿濒危。忠奸一段离奇曲，千古姑苏说唱时。

与草圣对话

林峦叠翠仰虞山，卧虎藏龙在此间。吴越名归钦草圣，公孙剑舞启神关。
擎杯醉里风云骤，泼墨毫端鹤雁闲。四贴心经谁复得，书碑一座列仙班。

仿如天籁听虞琴

烟霞一棹五湖头，叠韵江南好个秋。且借焦桐调大吕，欲凭诗酒遣闲愁。
清微淡远天池曲，道逸仙风范蠡舟。醉卧松泉疑梦里，高山流水两悠悠。

轻叩虞山画派之门

江天毓秀鬼神功，派衍虞山一画中。公望富春尊鼻祖，清晖苍古袭遗风。
篇描雪月层峦白，笔落松梅万树红。二圣东南薪火续，姑苏处处蕴葱茏。

走进虞山诗派

涂鸦枉叹性灵痴，寻梦江南去亦迟。怕写梅魂因字拙，欲丰诗骨恨才低。
吟风快慰成三影，折桂常思第一枝。春暮虞山初拜访，流连直到日西移。

◎吴立明　江苏省常熟市

步韵《秋兴八首》

明末杂感

纷纷黄叶舞疏林，惆怅劫边笼郁森。走水搅沙鳌作乱，遮天蔽日蜃行阴。
西风吹老江湖客，明月照愁桑梓心。枯影孤灯凉夜永，霜飞闾巷急清砧。

柳如是秋思

玉露霜风雁字斜，东篱应已耀秋华。役人易感虞山月，逆棹难通河汉槎。
落寞空闺坐枯影，萧条长夜泣胡笳。嫦娥期梦晓无觅，唯有庭前湿桂花。

钱牧斋被贬

芦白江明开倒晖，金风习习菊香微。时闻野外渔樵唱，日见门前鸥鹭飞。
屈子美人天尚弃，贾生才子世尤违。可叹公道从来少，骏骨驮盐厩马肥。

南明

自古东华似弈棋，你方得意我来悲。梁园设宴冰坚日，马宅奉诚灰死时。
射鹜南天呼羽急，斩蛟东海出刀迟。西风落叶哀鸿切，故国艰辛频惹思。

南明抗清

桂山遥对是虞山，水阔云深两地间。风雨凄凄新岛主，尘沙渺渺旧乡关。

弥留人感反攻志，零落谁怜愁苦颜？丛菊又开知有泪，轩辕只恨久分班。

瞿式耜

寒禽孤唳墓门头，冢柏枯藤郁郁秋。城荡波心惊旧梦，云凝天际欲飞愁。
沙场死寂空归马，丘垄萧森静对鸥。羯犬馋涎今若起，长吟浩气护神州。

姜尚

顺势兴周拔首功，湖山隐迹着吴中。文王早卜熊飞兆，纣帝仍迷狐乱风。
照渚芦梢重雪白，映城枫叶几霜红。星移斗转如过隙，不废池头一钓翁。

王鈇

云栖岭卧自逶迤，知有良贤隐泽陂。藉载佳声开石径，冢埋高义出松枝。
东瀛浪起倭声急，南土恩深寇帜移。闻道遗荒人事少，丹心泣血恨长垂。

◎吴 容　浙江省杭州市

虞山八章

伤钱牧斋

斯文自可傲东林，诗到虞山气郁森。已许孤臣空饮恨，可怜红豆不成阴。
二朝终误登槐志，一水诚寒望帝心。投笔书生多慷慨，当年何事避铁砧？

题兴福寺

破山寺畔涧犹斜，一任西风弄物华。曲径禅通米颠碣，摩天塔接博望槎。
阁名救虎宜成佛，亭曰空心可听笳。石上纵横兴福地，千年只合种莲花。

尚湖即事

照山湖上醉斜晖，叠叠波光皴翠微。秋水涨时红蓼出，芦烟深处乱鸿飞。
垂纶旧事非难效，搦管心情恐已违。一日忘机鸥鹭近，可怜菊老蟹鲈肥。

吊翁同龢

国势年年似迭棋，参机侍讲究成悲。并非端士难为相，毕竟书生未合时。
闭户还听墨空洒，掩声忍看日西驰。临终休蓄两行泪，世事从来不可思。

再谒言子墓

东南一脉泽虞山，教化功垂天地间。道启勾吴长蕴蕴，弦兴韶巷自关关。
已从《论语》谒夫子，曾渡望虞拜圣颜。三十馀年风雨疾，重来竟是鬓毛班。

过读书台

石梅街外怕抬头，帝子书声又入秋。心愧青藜难独照，霜催黄叶正多愁。
台前空演古今事，湖上徒回上下鸥。独吊维摩倍伤感，文风何日满神州？

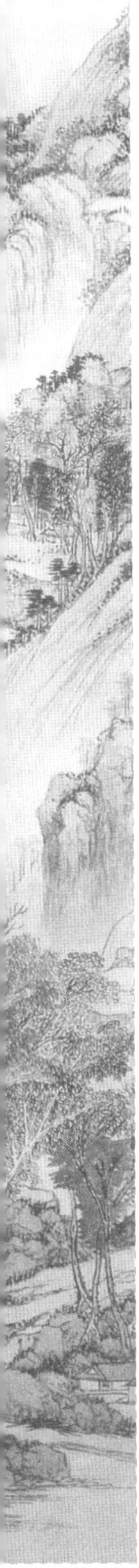

谒黄公望祠

画图本色夺神功，山水从来水墨中。天半池边飞石壁，富春江上染秋风。
几分浅绛开生面，两岸残皴化落红。七百馀年传古意，海虞独立一痴翁。

过虞山有题

虞山十里自逶迤，一勺西湖千顷陂。犹志文身垦东海，更隆教化续南枝。
笔悬醉慰锋还走，弦拂琴川韵不移。如此风光如此事，欲吟新句任鞭垂。

◎伍见君

重庆市秀山县

步《秋兴八首》（选七）

文博虞山第一林，明珠耀眼出清森。丹青水墨天波涌，翠柏云苍壑谷阴。
端砚萦回深竹赋，蓬壶角饮故人心。渔樵晚唱初三月，谁在琴桥听晚砧？

夕照青峰小筑斜，樵门隐约换韶华。苔痕月影江南韵，石径风回北斗槎。
桂棹悠悠传汉史，天音缕缕奏胡笳。驾云摇落虞山上，摘下九重迎辇花。

砍樵人在撵斜晖，近水楼低远黛微。惬意一杯陪月舞，疏钟几杵逐云飞。
琴台吟草春秋在，石谷梦花情义违。若与少陵同国梦，天长夜永彩衣肥。

旌书万卷卧牛山，椽笔钩沉云水间。旭日回瞻兴福寺，东风下榻剑门关。
莲花九现开宫阙，鸥梦三春换柳颜。梦里江南收眼底，星罗棋布几朝班。

虞山诗派占鳌头，枫叶描红第一秋。象管行文通地理，蛮笺作画释天愁。
罛船远逝云中鹄，烟树虚怀汀畔鸥。万里关河承锁钥，唐风宋韵满神州。

先天物语后天功，无限家山入画中。唐标铁柱城头月，宋刁楼船鼓角风。
琴声缈缈浮窗白，枫叶飘飘披岭红。一棹渔歌云水里，原来钓叟是诗翁。

望中山色尽逶迤，刁刁春风洒路陂。孰与乐天同醉酒，适逢惠雨再生枝。
骋怀极目心先觉，筑梦忧民志不移。竟日神州开万象，赶超千载汗青垂。

◎**夏立彬** 浙江省泰顺县

步韵杜甫《秋兴八首》

十里虞山是故林，千秋翠拥独清森。江流云景空天色，峰抱湖光香径阴。
客宿何妨僧有意，鸟啼无奈竹无心。窗前夜半泻星汉，愁听霜钟与月砧。

尘间霜日易西斜，暗地流光催鬓华。往迹爱行云涧径，平生懒泛利名槎。
三更别梦江东酒，千里离歌塞北笳。顾影未闻天下事，南山独自赏黄花。

尚湖长钓倚斜晖，偶上辛峰望翠微。红树似袍连径罩，白云如雀绕檐飞。
夕烟山气看闲散，涧水松风听不违。出入香门聊俯仰，那堪低首换轻肥？

人世参商几弈棋，那堪霜鬓入秋悲？南来北往身无主，春雨冬晴天有时。
不必好名争计较，何须徇禄苦奔驰？劳神虚老得惊悟，万物皆空匪所思。

照山湖色濯虞山，兴福千年立此间。清霁欲开风月榭，翠涛先涌寺门关。
遥看云路难登愿，侧听钟鱼可破颜。问我今秋何最爱，东篱霜菊正班班。

虞山极顶放眉头，石缀岚烟点点秋。藏海鸣钟催客梦，剑门归雁慰人愁。
知心话与陶公鹤，感遇诗来俞桂鸥。谒识千年仲雍冢，吴城自古帝王州。

玉洞悬珠造化功，泉声全在客心中。随缘道谒大痴墓，无意蝉鸣高隐风。
寒影可添苍老色，衰颜难复少年红。行看浮世争名苦，何不收身作散翁？

锦峰上去径逶迤，娲石三生傍险陂。碧峭自奇钟胜地，画眉相啭立高枝。
途危只仗心魂过，路劣才容脚趾移。忘却尘间烦恼事，快然绝顶看星垂。

◎**项明虎** 安徽省合肥市

虞山怀古

景慕虞山翰墨林，千秋嘉树挺森森。含弘光大承先德，品物咸亨积厚阴。
红豆原来名士泪，丹枫自是昔贤心。风敲檐铁花飞雨，杜宇声声断续砧。

南国旌旗夕照斜，孤臣忍死复中华。烽烟汉阙神州路，戎马关山碧海槎。

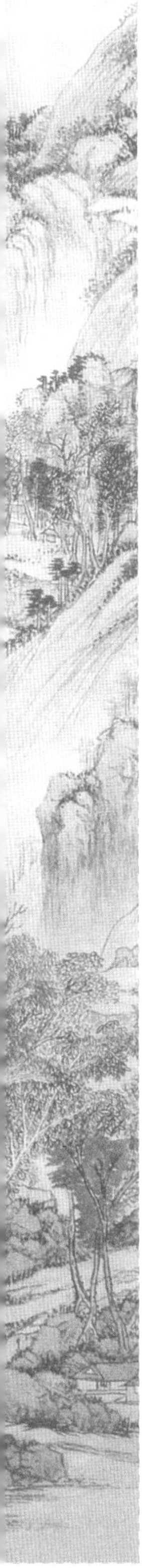

阃外三军馀废垒，桂林戍堞动哀笳。瞿公浩气文山节，月照荒碑露湿花。
京华驰誉浴朝晖，江左三家倚翠微。历乱名流惊梦散，投林众鸟望枝飞。
稼轩死节馀忠尽，庾信留胡夙愿违。感佩同年多义士，出山自愧恋轻肥。

劫打连环一局棋，帝师顿足不胜悲。遣归有泪忧干政，变法无成痛失时。
岛国鹰扬心恻怛，西人狼顾虑交驰。瓶庐旧稿当年事，字字凝痕系我思。

儒家道统望尼山，礼乐诗书天地间。君子爱人亲泛众，弦歌习艺满乡关。
圣贤心迹怀尧舜，韶巷胸襟接孔颜。仁里世居深羡美，古来忠义列朝班。

钟灵毓秀海隅头，开辟鸿蒙上古秋。断发文身承化育，耕云播雨破穷愁。
丹崖霞壁栖鸾凤，碧渚芳洲起鹭鸥。俎豆追思贤伯仲，吴中自古富饶州。

尚湖雪浪禹时功，云影波光入画中。一叶扁舟邀皓月，三杯浊酒敌秋风。
烟溪渔父蓑衣绿，渭水飞熊羽氅红。野有遗贤寻未得，相逢笑指钓台翁。

青鬓螺髻自逶迤，拂面烟云入眼陂。三泖搜穷泉石韵，富春写尽竹松枝。
峰峦浑厚岚光冷，草木华滋日影移。一代宗师黄子久，山居图在画名垂。

◎项　咏

安徽省黄山市

虞山八咏

辛峰亭

极目悠然夕照林，辛峰亭畔蔚清森。卷云神迹舒岚秀，沁雪灵胎孕巘阴。
脉脉斜晖言子礼，依依桑梓仲雍心。九回桥上瞻贤客，不觉湖东起晚砧。

小石洞

东涧秦坡藤叶斜，流泉一泻玉珠华。青龙横卧饮风露，紫蔓盘缠蔽月槎。
几处扬扬鼓鸣乐，三声沥沥壁吟笳。邀来公望同游唱，山水成诗墨作花。

读书台

虞园遗刻映斜晖，台上悠悠咏《式微》。翰墨流芳还历历，奇思傲古尚飞飞。
但求德义随心在，不教世情与愿违。到此追怀梁太子，竹阴清瘦树荫肥。

剑门

试剑归来对一棋，闲抛馀事莫衔悲。青云得路当观止，碧水拂岩令惜时。

千古纵横烟浩旷，死生来去梦飞驰。游龙戏凤江山遁，云隐云生不去思。

兴福寺

深幽竹径向禅山，花木新芬云水间。潭唤空心常习故，泉名君子总相关。
联珠玉洞思奔涌，救虎高楼笑展颜。一任破山清晓后，来迎佳客列仙班。

藕渠

闲来常记藕池头，一望烟波一脉秋。碧柳成行浑得乐，红菱如火更无愁。
渔夫朗笑招云鹭，浣女清歌惹水鸥。时过境迁何复旧，还于梦里忆沙州。

湖甸

钟灵造化是谁功，细雨湖山水墨中。慢笼轻烟调玉露，低吟朗月对和风。
遥观画里千江碧，回首窗前一蜡红。纵有万金都不换，馀生在此做诗翁。

维摩山庄

青山环碧任逶迤，为子衔诗上月陂。疏影暗香逢百桂，生宣淡墨画千枝。
身披雪雨心何改，日饮霜风志不移。于此仙居须放醉，觉来帘幕又低垂。

◎谢良喜　江苏省高邮市

虞山秋兴八首

秋到虞山

缆车何意陟层林，秋到虞山未肃森。兴福寺幽真落落，维摩庄古且阴阴。
拾阶来谒仲雍墓，问径始窥言子心。悄立桥头惊万籁，恍听村女捣衣砧。

尚湖怀古

远岫苍林小径斜，晴光日渐洗铅华。湖犹名尚曾抛钓，地合姓虞堪泛槎。
化外今皆守周礼，蛮荒昔自耻胡笳。君来看取吴陵道，若个石坊生土花？

辛峰远眺

千丈辛峰映夕晖，凭栏十里尽依微。望湖亭畔霞光卧，拂水岩前塔影飞。
古刹傍林情自合，庄园隔麓梦空违。忍能辞此清泠甚，翻羡人间物态肥。

昭明台怀古

松下谁耽一局棋，当时举国有馀悲。高台犹是读书处，奇石曾同文选时。
寂寞林泉天共老，飘萧木叶梦空驰。谁知夭折无穷恨，赢得后来何限思？

谒瞿式耜墓

久闻公墓在虞山，幸趁秋光谒此间。蓄意松阴犹落落，含情鸟语自关关。

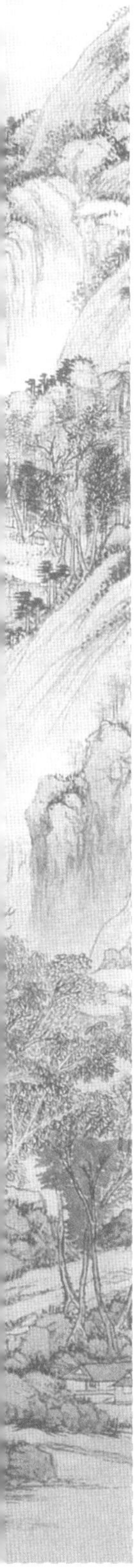

身追明月思赍节，手补梅花岂腆颜？赴死从容宜有记，好彰高节列忠班。

吊钱牧斋

毕竟书生怕断头，好将风雅播千秋。虞山有幸埋羸骨，青史无声载客愁。
已负多情难逐鹿，终亏大节不盟鸥。金陵水冷君休笑，曾掌文坛三百州。

吊柳如是

成仁不就况成功，有美一人天地中。披毳往来多义迹，捐资兴复剩高风。
丹心岂合归香艳，青史终难负软红。记得南楼多少事，曾将皓齿伴衰翁。

虞山怀古

群峰极目尽东迤，万里长江接古陂。历历关河少纤芥，阴阴灌木有孙枝。
壮哉大铁风犹在，已矣牧斋情莫移。千载虞山只如是，人间孰与汗青垂？

◎谢沃初　广东省佛山市

虞山春八首

烟雨凄凄老树林，钟声隐隐寺森森。剑门劈出君王气，高阁衔来晚郭阴。
一带江流连故国，满城风絮乱臣心。犹闻杜宇啼何急，催动人家急杵砧。

杏雨微风燕子斜，楼台几许竞繁华。楚腰长抱添新酒，彼岸初登弃旧槎。
野草书台怜太子，悲风战马踏芦笳。维摩寺里钟依旧，敲落门前簇簇花。

几片芳菲送落晖，卧牛山上晚风微。灯前鬓影书中印，野外螟蛉案上飞。
竹径穿梭从不厌，丝桐抚弄总无违。烹泉静养杯心月，起伏茶芽渐润肥。

老衲山巅一局棋，楚河辽阔马堪悲。春涛汹涌沉舟日，城郭飘摇易主时。
吕尚闲居朝北钓，仲雍回避向南移。斜阳急坠烟波里，子落何方正费思。

春烟春水系春山，无限江南画卷间。两岸桃红飞白鹭，一湖云影涌城关。
清泉古刹藏幽壑，谷雨新茶养玉颜。竹杖闲扶花径入，维摩旭日列仙班。

春风卷上旧城头，吹散凭栏两鬓秋。睡起虞山犹说梦，归来燕子不知愁。
几重湖浪浮红日，一棹琴歌落白鸥。自爱天池无限韵，相携凤侣到灵州。

禅钟撞尽几多功，骚客痴迷国色中。乱卷烟岚三叠石，旋吹雪瀑一山风。

先贤近谒碑生绿，古岸遥看树染红。如是桃花如是柳，扁舟日暮独蓑翁。

十里虞山自坦迤，剑门危坐镇江陂。豪门拚死河豚宴，破寺超生枯树枝。

壁上龙鳞唯久伏，波中棹楫任漂移。霏霏细雨斜归燕，满城红杏尽低垂。

壁上龙鳞，指虞山摩崖石刻。

◎ **徐　峰**　　江苏省苏州市

步韵《秋兴八首》（选四）

清明日沙家浜凭吊江抗战士墓

三月新雏初出林，路旁芦苇已森森。英雄像后青山远，壮士碑前白日阴。

未忘艰难常入梦，应伤破碎总惊心。鱼沉月落孤舟冷，风静波平送夜砧。

暮春游唐市石板街

尤泾河头古巷斜，风霜未尽洗铅华。山歌迎送四方棹，水埠往来万里槎。

楚客咿呀学土语，吴娃呜咽弄胡笳。邻翁解识韩忠献，呼我来簪芍药花。

自相城至常熟沿江

阳澄湖畔望虞山，夕照朦明渺莽间。七水平出连海雾，一桥飞跨锁江关。

欣闻同伴夸新景，苦恨无缘识旧颜。看尽千帆犹未足，画图满纸羡扬班。

戏题尚湖牡丹园钓叟像

坐思造化鬼神功，真戏原非在戏中。岂独多情怀故国，本来无意钓春风。

早知芍药年年绿，惯看牡丹岁岁红。不是那人爱猎水，依然江海一渔翁。

◎ **徐中美**　　浙江省台州市

咏虞山八贤

言子

高垄虞峰谒空林，旧庐墨井气森森。御书亭内思潮涌，孔圣尊前鲁域阴。

道启东南归圣意，文开吴会鼓民心。龙头石上眠东岭，长教弦歌覆捣砧。

张旭

起若龙腾顿入山，神明卧虎下凡间。胡床泼墨传千里，长史流泉破百关。

落纸云烟惊李杜，满堂风雨沐崔颜。知非世教狂尊圣，名副颠张醉素班。

黄公望

料得山居细柳斜，大痴前世入南华。谋生岂只寻幽径，卖卜何如泛远槎？

玉树丹崖传喜讯，天池石壁隐悲笳。当年霁月光风里，相伴春江几浪花。

王石谷

南北逢源接远晖，两宗妙合悟幽微。桃潭碧水凭鱼跃，宋壑唐天任鸟飞。
乌目山前青未了，剑门笔下意难违。耕烟墨法超然韵，绘尽千家瘦与肥。

严天池

多情御曲弈高棋，三百年前诵大悲。邵武平冤经世处，城隍发誓赴任时。
川流素练音声久，琴重虞山雨泪迟。道澈天心欣有谱，松弦馆外发幽思。

钱谦益

虞山入画势逶迤，蒙叟愁端染陌陂。安桨曾圆如是梦，裁红岂作等闲枝？
西湖水冷情犹暖，东涧桥横志未移。细雨清樽萧瑟夜，钱塘还忆柳丝垂。

翁同龢

经年百六占鳌头，授读同光两代秋。天放瓶庐无限意，家藏宝瓠万千愁。
学通汉宋参新政，书向桐城拜故鸥。自古雍雍弘德殿，松禅朴茂誉神州。

曹大铁

疑荫慈悲远祖功，才情洋溢一生中。呈词补画檐头露，废铁临池夜半风。
北野楼前春草绿，菱花馆上绛云红。洋场十里曾飞凤，名满江南若木翁。

◎**许建平** 江苏省常熟市

游客行

青山绿水似摇篮，客里童年入梦酣。吴草碧从千载后，淮云白自一江南。
日浮两泽分朝暮，风动连峰起雾岚。临别问君何限思，七弦河畔久高谈。

◎**许卯松** 北京市朝阳区

步韵杜甫《秋兴八首》（选二）

北国高秋落日斜，仆夫告老退京华。采风画仿三春柳，写意诗随八月槎。
陶冶情操听竹笛，修身养性赏胡笳。箫音入耳无眠夜，梦里窗前蝶戏花。

归心似箭路逶迤，高速悬空过泽陂。曲道浮沉车马线，霓虹映照竹林枝。
草房早拆新楼代，柏树仍存小径移。的士靠停门院外，喷香饭菜口涎垂。

◎**闫海清** 吉林省长春市

咏钱谦益

一考成名入翰林，不谙宦海气严森。文章彩丽如朝日，世事繁纭似瘴阴。

掩卷难酬兴汉志，临窗犹叹匡时心。东林口笔流丹墨，只染消沉片石砧。

独骑徐行日影斜，多年落寞客京华。庙堂望断三生影，江海飞孤一叶槎。
宇内竖阉倾社稷，塞边猛虎奏胡笳。清风不管兴亡事，依旧纷纷吹落花。

山乡脉脉映朝晖，一片彤云落翠微。疏竹无端临窗舞，诗心有意满天飞。
忽惊世变七情乱，顿悟前程百事违。失节终成千古憾，莫怨绿瘦与红肥。

冷看天下似盘棋，落子声含喜或悲。史馆新朝听曙漏，章台旧梦感春时。
仕途半载风云变，归路一夕车马驰。回望京师心已淡，家山老守赋乡思。

背时犹念效东山，身陷无端谳狱间。牢房烦忧囚生死，少妻恸哭感天关。
放归已是惊魂鸟，入梦难能带笑颜。剩有绛云楼里乐，强过违意入朝班。

南明旧部起潮头，卷尽残枝已晚秋。满目苍烟哀故国，漫天风雨吊乡愁。
东南结羽成空梦，上下翻飞变瘦鸥。可叹一腔龙虎愿，倾囊憾未复神州。

大江鏖战郑成功，猎猎雄戈半宇中。故国山河流碧血，汉家祠庙刮膻风。
情高喜极赋诗句，败北哀鸣落叶红。收拾残书横卧榻，看空一切老山翁。

相伴红颜乐逶迤，老来犹自惑烟陂。千年落叶思泥土，万里归鸿恋故枝。
撒手人寰情未断，望穿地府风已移。小妻魂魄随君去，烈女贞名万古垂。

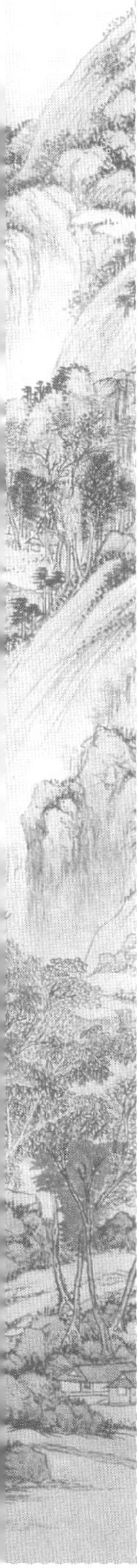

◎闫圣江 北京市朝阳区

常熟八咏（选四）

虞山赋

霜染风华画入林，肥黄瘦紫荟丛森。天翻秋色胜春色，峦脱青阴献锦阴。
十载水乡知古寺，几经焦尾识琴心。文开吴会清芬远，道启东南息斧砧。

登望海楼赋

望海楼头夕照斜，遍山烂漫逞秋华。海隅今日非畴日，常熟花槎共月槎。
依约城皋飞玉镜，曾闻县邑绝长笳。君看山满丹枫色，可是前人血做花。

与常熟文友兴福寺禅茶一味

禅茶一盏漾秋晖，潭影空心映翠微。丹桂落花香茗饮，朋侪谈笑逸才飞。
前贤教化长相合，后俊继承总不违。我入琴川争几度，万千风物识嘉肥。

常熟文脉承传赞

秋光绚烂自然功，薪火传承百姓中。稚子临窗调玉征，老耆倚阁画金风。
赋兴十万芦花白，点染千年赭石红。人杰俊流凭厚土，高标岂只帝师翁？

◎**杨登荣** 贵州省兴义市

步韵《秋兴八首》（选六）

虞山福地美园林，古木参天气势森。南国长城呈壮伟，江山胜迹着晴阴。
危岩三叠神工手，拂水双桥巧匠心。遥想当年浣纱女，湖边处处捣衣砧。

晓月星空银汉晖，金风掀浪渐波微。如闻鼓角连营起，恍见旌头破阵飞。
尚水守鱼能直钓，吴山亮德自无违。阳澄一带湖多美，最是芦黄闸蟹肥。

论道纹枰星作棋，九宫颠草忘忧悲。清微浅远开琴派，古朴苍浑入画时。
家国情怀诗史演，文宗才女梦魂驰。熔金落日铺秋水，霞骛长天尽所思。

霜天红叶满枝头，夕照辛峰暮色秋。水阔渔舟犹唱晚，山高缆索不牵愁。
松风亭上观风景，藏海寺中闻海鸥。西子尚湖重作比，佳名自不让杭州。

古邑沧桑造化功，青山十里半城中。中原位让仁和志，吴会文开教化风。
今赏书台晴雪白，昔怀吾谷晚枫红。剑门览胜登峰去，不觉随人是老翁。

一山横看岭逶迤，文脉勾吴比渼陂。千古三公留胜迹，群才各派占高枝。
先贤开拓功堪颂，后辈承传志不移。耕读清风今更盛，琴川不绝大名垂！

◎**杨定朝** 湖南省益阳市

步韵《秋兴八首》

入虞山

车逐岚光入远林，深岩树色转幽森。交横枝叶倾繁绿，烂漫烟霞破积阴。
山照西湖舒有影，云辞北郭卷无心。激滩白浪梅花散，声似泠泠往古砧。

宿渔村

茅舍参差江畔斜，红林隔岸谢繁华。巷深遥吠谁家犬，苇白虚浮月下槎。
绕树炊烟融主客，流波灯火起芦笳。邻翁沽酒归来处，野菊篱边欲着花。

维摩山庄观日出

不待金鸡啼晓晖，穿林荷月踏熹微。荒村四野俱沉寂，白鸟孤峰独奋飞。
藏海寺风朝气涌，望江楼客岁华违。跳丸一脱红云外，忘了青山瘦与肥。

柳如是墓前

惊破深闺一局棋，中原风雨使人悲。不堪天地沉浮日，犹卜荷塘冷暖时。
绝世情怀空偃蹇，百年荣辱费驱驰。孤魂独与斜阳隔，木叶萧萧惹客思。

虞山远眺

楼台十万半依山，付与游人指顾间。湖气衔云吞日月，天风吹雨洒江关。
归周避纣苍生意，断发文身帝子颜。渔艇蓼花流往古，郊虞胜迹正班班。

常熟田

南亩鳞鳞最上头，风流占尽满天秋。八荒黍稻但常熟，四海黎民敢莫愁。
笑我黄粱片时梦，惊它沧漭一声鸥。而今富国有奇术，不以农桑课九州。

过虞仲周章墓

开国茫茫谁者功，行人遥指有无中。山河几度历秦火，城郭依然存古风。
零雨千年碑字剥，斜阳一霎树烟红。少年不识陈年事，挥扇高谈听老翁。

虞山剑门

郁郁青松逶以迤，吴王旌鼓动山陂。劈开混沌石千仞，寻觅阴阳剑一枝。
耿耿星河只西坠，堪堪天地又东移。迂回鸟道虚空里，独立苍茫云四垂。

◎杨计然　上海市静安区

春游常熟咏和诗友

向晚烟霞染栗林，微光映案影森森。欲吟新曲风花淡，且究麟经玉树阴。
吕尚垂纶怀远志，仲雍断发示仁心。当承盛世民安乐，溪畔如闻月下砧。
香径人稀墓道斜，蘼芜一去念韶华。风清对酒曾延客，酒热联诗已逝槎。
情重长望欢凤曲，兵荒怎奈怨胡笳。感叹嘉誉随寒水，百载浮沉似藻花。
晴窗日暖映春晖，晨起犹存宿醉微。落絮绵绵云似坠，飘风习习羽争飞。

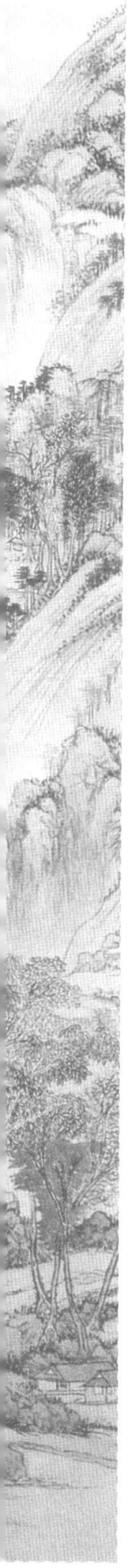

思君沉郁期重会，留客殷勤盼莫违。堪解昔时张翰意，湖边久伫忆鲈肥。

世事浑如几局棋，兴亡成败转欢悲。若无泰伯留至德，岂有勾吴称霸时？
日落西山堪目送，云归东海自神驰。何当借取龙渊舞，奉佐飞熊逐梦思。

寻芳信步访溪山，蕙芷浮香曲水间。轻霭升腾遮越岭，长虹泻玉入吴关。
方闻乳燕啼新语，还挹明泉洗倦颜。夕照行空风欲住，春云暗度动仙班。

淡烟细雨立船头，独对湖山寂似秋。幸有琼浆邀漫醉，休吟桂魄惹闲愁。
飞流溅玉藏青壑，荡楫分波狎白鸥。更喜牡丹花似锦，佳声远播冠吴州。

素闻造化夺天工，犹叹岩分一剑中。已觉雄心难断水，自期高阁欲乘风。
云边杜宇千声苦，涧畔山鹃半壁红。忆得当年吴越影，劝君莫笑弄泉翁。

霞雾锁岭路斜迤，杳杳钟声荡北陂。翠绕辛峰流急濑，苍围古冢压虬枝。
剑门王去星犹转，石窟仙来海已移。当念江东存俊秀，一朝鹏翼似云垂。

◎杨文祥　江苏省扬州市

步韵杜甫《秋兴八首》

咏虞山

遥望群峰烟笼林，虬松翠柏道森森。水翔鸥鹭携雏子，光落棋枰消午阴。
异景纷呈名海内，精英荟萃激人心。青牛静卧尚湖畔，怕是千年听晚砧。

瞻仰仲雍之墓

古木参天红日斜，石坊廊道满芳华。让贤渭水彪青史，采药东南泛钓槎。
泽国长空呈曙色，人生蝶梦去清笳。感恩情注三千载，化作坟前野草花。

咏黄公望及《富春山居图》

丹青百代沐其晖，墨写轻烟绕翠微。草木华滋秋意逸，山川浑厚彩云飞。
两分自此须应合，一统从来不可违。冈上祠堂阴古树，阶前廊外尽红肥。

凭吊柳如是之墓

才艺双馨诗画棋，山河破碎枉含悲。绛云楼阁酬君日，红豆村庄分韵时。
强敌当前惟汝勇，清波赴死比谁迟？短冈有幸埋香骨，贼子乱臣应有思。

凭吊钱益谦之墓

文章泰斗仰高山，江左草堂又一间。前后秋兴为领袖，浮沉身世历津关。

绛云楼阁寻珍宝，红豆村庄博笑颜。冈上黄莺叫声脆，定讥君列贰臣班。

凭吊翁同龢之墓

虞山学子上鳌头，两代帝师三十秋。力挽狂澜空有志，风吹朽木枉怀愁。
悬鱼辞客昭青史，挥笔腾龙狎白鸥。松柏才能庇阴宅，敕封怎得到灵州？

凭吊曾朴之墓

自幼不求名与功，为官实业笑谈中。金针刺世良医手，妙笔生花国士风。
公使夫人几回赫，法兰文化九州红。野花灵鸟集坟圹，怕是后人怀朴翁。

今日之虞山

勾吴牛卧自逶迤，古墓星罗南北陂。霞蔚云蒸九华日，龙翔凤翥万年枝。
奇松怪柏景称最，地理人文谁可移？又是天青淫雨过，彩虹飞架接鹏垂。

◎姚　佳　　浙江省杭州市

秋兴八首

虞山商吹动修林，一叶知秋正郁森。留盼好风摇黍秀，待期明月转棠阴。
两三其意为何事，亿万斯年知此心。历劫红羊哀白雁，辽阳应和几声砧。

忆曾水曲竹敧斜，侧伫仙人萼绿华。已许桃源辟蹊径，宁教沧海返星槎。
三生石影惊清跸，一线天风送暮笳。掩苒何穷柳如是，纷红骇绿万般花。

白白朱朱趁落晖，丹崖玉树渐霏微。无心与共参差舞，转眼相看各自飞。
金马玉堂空寂寞，竹篱茅屋苦依违。悬知浅绛深绯外，雨过天青绿正肥。

光阴输与烂柯棋，燕拆莺离不解悲。白首还乡蝉蜕久，青云得路雁回时。
徒嗟霜色甚难甚，苟惜桂香迟复迟。龙德在田凭挹秀，可堪周粟怕寻思。

封墓终归乌目山，辛峰仿佛翠屏间。两湖如镜元应月，万树连云底用关。
似我天涯赊俗骨，笑他社稷换红颜。吴王点将越王卧，几度轮回旧殿班。

绝壁云扶最上头，剑门奇石自鸣秋。干霄蔽日独天醉，牛斗弢光特地愁。
风月无边来远客，江山有主属闲鸥。熊车曾载帝师出，尺树寸泓争九州。

东海之滨思勒功，铁琴铜剑指麾中。祖龙一炬留馀火，白虎复夷开大风。

十里苍松飞雨碧，半山夕照卷云红。螺鬟烟发存灵化，渭水垂纶负此翁。

秋山萧寺路逶迤，泉石琴鸣下野陂。赋竹偏宜如许叶，听松更着可怜枝。
忘忧孽海神牛渡，极目天池玉蟹移。铁佛清凉饶接福，俟望方塔七星垂。

◎叶兆辉　重庆市荣昌区

虞山怀古

谒言子游墓

虞峰墨井重儒林，高垄遗庐古树森。问孝不妨归逸事，戏言只合度清阴。
独持绝学承先圣，更遣弦歌慰壮心。灵萃东南闻道启，风传断续是寒砧。

谒瞿式耜墓

王气凋零与日斜，欲燃灰烬复中华。一轮明月空怀楚，五百葡兵亦泛槎。
侠骨双忠馀古涧，名山八桂隐寒笳。凄清阡道苔痕满，伫立风前有泪花。

谒翁同龢墓

墓道阡丘馀落晖，维新未许振衰微。书成一体堪名世，鸟待三年故不飞。
紫气已倾随世变，宿仇终误与心违。舰沉其奈为凶兆，亡国知非李合肥。

谒钱牧斋墓

遭逢季世复弹棋，名刻贰臣独可悲。越甲水寒微有耻，楚弓梦碎异当时。
史修薄海功难述，望重东林谁与驰？旧燕孤花残照里，临风蜀客蕴幽思。

谒黄公望墓

闲居且隐富春山，云水襟怀天海间。破钵全真销俗迹，青囊卖卜踏江关。
乘风归去遗书简，展墓迟来识鬓颜。残卷今时分两地，有元论画列前班。

谒王石谷墓

画圣清初君出头，耕烟樵客凛千秋。胸中丘壑原无恙，纸上云烟未染愁。
萧寺林前怜妙笔，虞山墓侧慨孤鸥。苔碑翠墨依然在，异世声名重帝州。

谒柳如是墓

得气桃花复楚功，佳人别传耀寰中。楼孤灯照娉婷影，世乱心伤落寞风。
迟揖残碑怜柳绿，长留抔土掩脂红。欲投清冷一池水，节慨何曾让牧翁？

谒仲雍墓

虞山趺宕自逶迤，南国友恭归险陂。断发勾吴怀故土，行舟渭水别先枝。
斯人应与松梅近，峻节岂同星斗移？墓道荒凉阡表下，临风怅望泪空垂。

◎尹赛萍　湖南省湘潭市

步杜甫《秋兴八首》韵

南村掩映茂深林，湖上山间雾霭森。鸥翥长天双翼展，花飞新舍一篱阴。
翩翩绮梦青云志，朗朗情怀赤子心。诗画吴风文脉远，松云径里听疏砧。

山庄凝望日西斜，烟景迷离隐物华。紫霭晴岚青嶂瀑，波光云影尚湖槎。
欣看粉蕊飞新蝶，恍听回廊响古笳。歌尽舞低人欲睡，玉蟾初透绿窗花。

梦溪绿水漾春晖，双燕呢喃细雨微。九曲迷宫舟楫竞，一湾烟浦鹭鸥飞。
柳堤吻浪情犹爽，芳草盈眸愿岂违？风展酒旗斜郭外，阳澄湖里蟹鱼肥。

寻问春秋一局棋，夫差故事实堪悲。数年犹盼升平日，一剑焉忘忿恨时？
怪石临空肝胆裂，群峰耸翠雨雷驰。烟岚高旷皇家笔，霸业风云掩卷思。

咏起重檐叠翠山，达观亭在白云间。黄墙黛瓦环千竹，桑梓秋鸿过几关？
清晓凭轩飞雅韵，长歌对酒醉苍颜。居高不减流连意，欲效青莲列玉班。

江上波涛袭岸头，清凉山寺几春秋？林间鸟语含花韵，石上泉声醒客愁。
柳梦独缠风外笛，闲云偏恋画中鸥。无尘境地知何处，一点红摇烟雨州。

诗颂情崖拂水功，氧吧迤逦画屏中。晶帘玉漱花香雨，幽壑情牵鸟语风。
命舛时艰存志远，霜欺露冷染枫红。天边月色樽前赏，韵叠园林醉放翁。

虞湖柳绿岸逶迤，细雨丝丝润翠陂。鱼跃东风飞画舫，鸥旋南浦占高枝。
汤王遇士龙图展，吕尚钓波江海移。千古英雄多憾事，登场一瞬幕帘垂。

◎袁人瑞　上海市崇明县

秋兴八首

斜阳一抹染高林，草自萋萋柏自森。雁向南天知冷暖，霜飞北国念晴阴。
人生易老还难老，世事随心却用心。正值秋风萧瑟起，照山湖上听寒砧。

辛峰迢递夕阳斜，云卷云舒石蕴华。藏海禅林寻古木，尚湖碧水荡轻槎。

曾攀东岭观朝日，也坐山庄听夜笳。异代知音何觅处，读书台畔数秋花。

虞峰挺秀沐朝晖，望海楼头阅翠微。漠漠长林松子落，茵茵芳草鹧鸪飞。
丹青仳裂仍无价，山水相依不可违。逸出红尘身已倦，故园归去念鲈肥。

世事非常变局棋，河山岌岌帝师悲。踌躇刑部平冤日，慷慨辽东论战时。
柔主临朝多意惑，清流谋国费神驰。伤心一贬三千里，寂寞瓶庐带泪思。

尚湖明镜对虞山，一片枫红橘绿间。缕缕秋光多采撷，纷纷尘世不相关。
洞桥月影寻幽境，烟雨荷香识丽颜。百鸟旋空随起落，声声嘹唳动仙班。

禹域长龙一仰头，物华宝地誉千秋。风调雨顺称常熟，人寿年丰自不愁。
红石村中观古俗，沙家浜上看闲鸥。马蹄催乘驱前路，富庶江南第一州。

南来虞仲立丰功，言圣文开吴会中。岁月有情留胜迹，湖山无语对秋风。
芦花似雪飞头白，枫叶如丹照眼红。珍重晚霞心底暖，悠然柳下作渔翁。

卧牛山势自逶迤，半入虞城半入陂。应喜新篁披晓雾，还宜老凤唱虬枝。
宏图妙笔真堪绘，伟梦雄心岂可移？旖旎三吴看不足，红阳霭霭渐西垂。

◎翟红本　河南省鲁山县

咏常熟八景

虞山

半是城台半是林，名高吴越气森森。两肩鸟语弹成曲，一径花香转入阴。
暮鼓悠来萦古寺，新篱小住适闲心。云飞可识周虞仲，也卧山头忆捣砧。

宝岩景区

渐入幽深路转斜，抖尘衣袂撷云华。宜抛心事浑忘我，好借林涛任泛槎。
众里莳香虔敬客，江南宝刹抑扬笳。杨梅时节红争紫，蝶把清风引向花。

铁琴铜剑楼

楼开气象浴清晖，足慰骚人每见微。曾抚铁琴何以啸，还抽铜剑自如飞。
史经子集心相许，家国诗书志不违。古里春风年复岁，文华毓得梦花肥。

辛峰亭

湖山望里一盘棋，不意欢欣不意悲。但爱春烟将雨处，还怜秋叶又霜时。
敞怀只许清风顾，纵笔且由豪气驰。人在峰巅皆是小，却因雁字惹相思。

方塔

凌虚之势压虞山，紫气收来市井间。八百年风铃不断，三千里客念相关。
扶疏花木惟新意，古朴檐廊只旧颜。阅尽江南多少塔，谁堪方整列齐班？

读书台

帝子书声在上头，云笺舒卷几多秋？登台月共今和昔，思古心同爱与愁。
泉冷山间馀积雪，湖青亭外近飞鸥。乐乎入座风来扫，不废斯文读故州。

尚湖

波涌虞山造化功，把城镶在水云中。烟生柳外啼闲鸟，篙点洲前载爽风。
橘共荷争难让白，枫同桃比不输红。憩心莫过垂新月，也学太公当钓翁。

沙家浜

稻香柳浪两迤迤，风起芦低压满陂。高喊三腔云落水，轻划一桨鸟离枝。
枪声急骤时空响，画面依稀脑海移。大美横泾谁换取，那人笑处化鹏垂。

◎张会忠　河北省保定市

步韵杜甫《秋兴八首》

虞山远眺

万象冲融满凤林，湖山入眼感妍森。时闻梵呗出林表，总有花光匝地阴。
乡野风淳仓廪足，高天日暖庶黎心。七弦河水流经处，迸溅珍珠敲玉砧。

吊钱谦益

落木萧萧风雨斜，绛云楼里惜馀华。渐无霞拥西山日，犹望潮回南海槎。
百二雄关倾累卵，十三叠韵泣胡笳。秋残唯有柳如是，相守依依对落花。

题沙家浜

一片归帆挟落晖，鳞光闪闪晚风微。烟生大泽芦花舞，神逐长天凫鹜飞。
雅曲萦回多属和，清波激荡久依违。铜壶煮沸三江水，好品茶香闸蟹肥。

吊翁同龢

夷寇犯疆争弈棋，神州板荡不胜悲。情知印绶加身日，应是书生报国时。
棠芾平冤亲勘验，宸轩授业勉驱驰。长才到底成何事，独立苍茫有所思。

辛峰夕照

登临极目览湖山，身在岚光蜃气间。二水横陈开玉镜，千峰叠翠锁吴关。

金墙待客题佳句，红叶向人呈醉颜。更挽曦轮挂檐角，祥云七彩列班班。

尚湖泛舟

眼底琼田无尽头，画船掠过一湖秋。风生爽籁云烟绕，瀑滚轻雷鳞介愁。
杨柳阴遮太公钓，蒹葭渚狎忘机鸥。凭舷心共沧波远，向海连江达九州。

题言子墓

儒学南行第一功，凭临沉浸感怀中。清泠有韵琴川水，骀荡无形鲁国风。
礼教宣时石头点，讲坛起处杏花红。弦歌声里中华梦，抃舞康衢击壤翁。

吊瞿式耜

云封草障路逶迤，奔走山陂复海陂。碧水深涵明月影，苍松高挺柱天枝。
八旗席卷秋风劲，九域支离夏鼎移。坐守孤城谈笑罢，吟成浩气史昭垂。

◎张丽霞　江苏省常熟市

次韵《秋兴八首》

过虞山

蹊径缘岩入古林，十方空象育青森。澄潭尽涤浮云影，秀岭重迎薄暮阴。
弹指平生违幻世，拈花一笑论初心。萧疏人共斜阳老，木叶乘风过野砧。

游尚湖

夕照垂杨疏影斜，浮光潋滟荡清华。漫观钓客如真隐，更望闲云似远槎。
拂水新居依旧址，弹弦雅韵胜胡笳。百年若使人依旧，谁立芳洲看藕花？

辛峰亭

极目辛峰满落晖，烟霞笼翠晚风微。登临不觉千山幻，久伫犹迎一雁飞。
草木枯荣生有运，朝昏轮转理无违。莫言今日东篱远，看我青山野菊肥。

梦游桃源涧

梦与仙人对弈棋，何论世相喜和悲？君将驾鹤胜游日，我自乘风长别时。
林涧幽幽流水急，山岚淡淡片云驰。望中古月总相似，一任桃花逐远思。

虞山琴派

东吴雅韵望虞山，千载风华一曲间。流水梅花常作伴，阳春白雪总相关。
清微心境弹松月，淡远弦音颂玉颜。世上湖山传道处，不知何处是仙班？

过柳如是墓

锦峰岩下一坟头，草长莺飞几度秋。拂水诗书怀旧梦，濒湖杨柳织新愁。
曾凭才韵吟红豆，更与谁人盟白鸥？怜影美人存玉骨，海隅儒士誉神州。

剑门佳境

西山神蕴亿年功，无限风光望眼中。杳石凌霄仙佛手，摩崖映月帝王风。

垂纶尚系游云白，埋剑犹存泣血红。漫道雄关猿影渺，入林须问拾柴翁。

瓶隐庐

欲兴国祚路逶迤，托病衰颜隐泽陂。馆内常闻趋阙雁，坟前尚见向阳枝。

中流豪语谁堪说，蹈海雄心幸未移。褒贬百年终化碧，倭颅何日尽低垂？

◎张少林　湖北省武汉市

写意虞山

水墨园林叠孔林，铁琴铜剑角楼森。砚田云渡龙蛇迹，罗带城环草木阴。

方塔凌空擎皓月，长河入髓鉴丹心。勾吴藤蔓牵于越，直破烟波共捣砧。

散落霓虹夜影斜，浓妆卸后现铅华。诗声在耳同光味，岁序流云博浪槎。

大道枝繁栖越鸟，长亭石暖听胡笳。山湖月晕杯中酒，隔岸何人种杏花？

桥东柳隐绽初晖，半野堂前薄命微。至德齐光唯墓碣，帝师工部若灰飞。

万千门派佁然止，一二峰巅未可违。既往雄才云集处，今来国运惠风肥。

抗战烽烟一局棋，水深火热齿茹悲。芦花柳絮飘飞日，弹洞残垣结满时。

觉醒华夷挥剑早，执迷邻壑改弦迟。东南饿虎舔窗纸，梅李沙园作反思。

长江口外几重山，初乳浓汤抿嘴间。必备芦羹防毒汁，何须令箭过昭关？

桂花栗子糖揉粉，大叶杨梅酒酿颜。负笈西洋回味否，煨鸡鳝片误朝班。

含香吹笛鹤楼头，风动江南未接秋。银翼盘旋生紫气，铁龙惊吼了闲愁。

谋篇只合灵犀角，酌句还怜折翅鸥。欲坐冰轮常稔望，几回送梦耀神州。

诸般美誉万民功，夺冠名城宝掌中。后浪频催双鬓雪，前程精进一帆风。

掀开腐案层层黑，敲响廉钟片片红。魅力常随生态驻，打通天道有愚翁。

乾坤第一道逶迤，领命中兴剑削陂。膏沃家山亲故土，梅疏老树吻虬枝。

推墙搅局门添缝，抓铁留痕志怎移？锐锷含光迎崛起，东篱日漫月西垂。

◎张涌　江西省景德镇市

步韵杜甫《秋兴八首》（选一）

秋月

江涛八月涨潮头，玉宇清宵桂子秋。千里婵娟缘故土，十年颠沛惹乡愁。
虞山岭上青枫叶，芦荡滩前白水鸥。常念儿时观海地，沧桑几度旧沙州。

◎张跃彬　四川省泸州市

虞山放歌

几代名臣归此林，虞山峦黛郁森森。尚湖垂钓沐阳晚，石屋饮泉悲日阴。
峭壁留题骚客意，轻舟尤系丽人心。荷香岛上园林雅，岁岁清波吻岸砧。

望海楼观日影斜，依稀蜃阁缀繁华。登临每怀世昌舰，读史多思甲午槎。
鬼蜮魅魂参靖社，神州励志拒胡笳。艇船云影遏波处，犹似汹涛卷浪花。

辛峰夕照沐斜晖，极目虞山赏翠微。丹桂飘香行处嗅，百灵婉转望中飞。
园林梦绕叹新颖，俗务身缠恨久违。国是扶农兴稼策，桑麻赋免稻鱼肥。

一代文宗步险棋，当年往事或堪悲。牧斋掩面事新主，如是投波明志时。
孤雁南飞愁欲绝，虞山北望绪遐驰。秋兴叠韵遗臣恨，史册新翻可有思？

蓬莱宫阙落虞山，讶我神游到此间。罗汉冥思因梵座，剑门绝壁为谁关？
烟岚缥缈菩提树，銮驾依稀王母颜。一自丰都沉泊后，居然有鬼入仙班！

枫飞片片坠波头，漫染湖光映晚秋。凌顶攀巅识大美，凭高眺远解闲愁。
岭丹乌目戏黄雀，水碧尚湖醉白鸥。不愧曾经歌舞地，江南景色冠神州。

剑门鬼斧是谁功，骚客吁嘘感叹中。巨石嶙峋连鸟道，重峦叠翠沐熏风。
溪帘倒卷飞珠灿，沟壑斜穿抹绿红。万籁和声情缱绻，迷癫关外倚阑翁。

嵯峨叠嶂路逶迤，似叩群峰谒墓陂。明暗繁星参北斗，春秋皓月照南枝。
沉浮尽向逝波去，叱咤都随史海移。笔拙情长雕技老，八章吟罢日西垂。

◎张志康　江苏省苏州市

虞山访柳如是遗迹

久闻如是盛名传，寻迹琴川金桂天。红豆树梢仍翠绿，河东君像永婵娟。
绛云楼址花无色，拂水岩前柳似烟。一代奇才魂断处，舜湖来客夜难眠。

◎赵术龙　湖南省湘潭市

虞山春韵

春游兴福寺

千秋宝刹隐深林，楼殿多姿气宇森。烟霭晴岚青嶂叠，山光潭影白云阴。
时催胜迹添春色，景换新容悦客心。回望鸟鸣风爽处，石桥泉漱似闻砧。

辛峰夕眺

青松翠竹任横斜，亭自玲珑景自华。数叠烟岚双墓冢，一湖春水几仙槎。
穿林鸟语喧幽境，绕壑溪声胜古笳。别有风光牵逸兴，夕阳如酒醉山花。

三峰览胜

清凉禅寺沐春晖，雨雾三峰翠入微。径曲廊幽宾小驻，松青柏秀燕初飞。
高僧授法恩犹重，天放藏经愿不违。静听云溪钟袅袅，东风送暖百花肥。

谒钱谦益墓

谁悟人生未解棋，暮烟萦冢亦堪悲。残碑犹载峥嵘事，旧燕偏寻寂寞时。
俊逸儒流千古仰，斑斓文采九州驰。清香一炷虔诚在，聊寄虞山万缕思。

咏黄公望

大痴一轴富春山，意蓄千丘万壑间。醉墨凝香皴画卷，雄毫蕴秀逼荆关。
烟云静锁苍茫韵，泉石幽生淡雅颜。道骨清风融胜景，高深造诣出仙班。

尚湖春晓

霞映湖天烟水头，人间何计几春秋？青山隐隐藏仙迹，碧浪粼粼浣客愁。
堤畔花迎云外日，柳边风起画中鸥。情牵吕尚垂纶地，胸次盈韬壮九州。

剑门春韵

分崖一剑记谁功，高旷烟岚彩画中。绝壁流云疑堕石，晴岩拂水欲牵风。
峰前玉瀑潺潺碧，眼底春花簇簇红。胜景如斯情未了，绿荫深处啸诗翁。

湖桥夜语

湖光潋滟岸逶迤，十里虞山万顷陂。游客流连佳境晚，珍禽栖息茂林枝。
萦烟舫弋箫声起，串月桥横波影移。灯火阑珊人欲寐，柳丝偏向梦边垂。

◎赵怡　江苏省常熟市

步杜甫《秋兴八首》韵

虞城感怀

风物何曾逊上林，流云飞瀑木森森。连江夜雨输新绿，叠岭朝岚育故阴。
梦里塔铃催远客，山巅亭柱示雄心。明墙清瓦今犹在，漫步琴川忆捣砧。

尚湖

明灭波光幻日晖，袭人桂馥远风微。碧琉璃破兰舟过，青黛痕开鹭影飞。
钓叟遗踪差可觅，诗翁旧址久相违。诸君莫笑秋来瘦，为爱湖山薄袷肥。

沙家浜

野店无人酒帜斜，苇乡芦荡远繁华。爱他米酿藏瓷瓮，顾尔菱歌起竹槎。
京韵犹传新火种，村谣翻唱旧胡笳。秋来最喜持螯看，淡菊西邻已着花。

兴福寺

世事从来一局棋，推枰何必有馀悲？通幽还入花深处，去俗频迷雾漫时。
竹外晨钟随日起，潭心落叶逐波驰。泠泠泉作琴中韵，滟漾天光动远思。

虞山

玲珑秋月出虞山，一瞬明辉满世间。隐约琴音金缕曲，依稀城堞玉门关。
东林清议仍同气，红豆深情屡破颜。莫道人心无皂白，他年青史写班班。

桃源涧

长闻野老话从头，菊艳何妨鬓上秋。细嚼栗羹尝至味，乱抛莲子解闲愁。
桑麻依旧连阡陌，烟水时常宿鹭鸥。斯是桃源真乐土，只今不必觅瀛洲。

瓶隐庐

湖山凭仗百年功，鹁鸽峰青望眼中。渫井已知忠士志，新阡终见帝师风。
径深人少草长绿，园小尘清桂欲红。料得如瓶吾不可，穷庐何以养衰翁？

拂水山庄

数峰列岸见逶迤，日耀楼台水漾陂。柳短未逢沾露手，豆红先挂向阳枝。
秋光纵与颜同改，修竹应持节不移。太息百年弹指过，满湖依旧白云垂。

◎赵毓志　河北省邯郸市

虞山春日感怀八首

又是东风拂泮林，异时同地景清森。三千岁月随毫末，十里江山惜寸阴。
举世来参霜雨路，长思领略圣贤心。能凭毓秀琴川上，闻得勾吴击柝砧。

古公何必虑攲斜，更有虞山植秀华。伫立罗城陶墨井，相期海渚泛星槎。
台存翰藻摛云水，壁响清音动鼓笳。道启东南文有续，关联红豆几枝花。

辛峰岁岁瞰韶晖，圣手丹青易烛微。石洞天开浮雪霁，程桥笔落点禽飞。
山居火殉情相照，玄烨南巡意不违。尽染虞城如画册，林间清福胜甘肥。

绛云楼上夜敲棋，昔日婚船未觉悲。艳数秦淮圆素志，冷生池水导新时。
阴间闻贬幽魂累，岩下兴吟爱意驰。莫道才名山斗誉，天兵照雪引余思。

剑门明月照青山，影落松枝盛世间。给事数陈曾警觉，临刑一笑对攸关。
将军作战藏神气，烈士当朝不赧颜。已备长眠安故国，风华何止励从班？

东去长江不尽头，曾经恶浪几春秋。当年倭寇还浮影，此处忠魂未断愁。
吴越先河驱虎豹，海天初霁任鱼鸥。难忘靖国民兵策，星挂高冥照九州。

司农清末有元功，所建瓶庐视野中。召对曾经谋变法，闲居未敢任传风。
平杨冤案人称绝，进御条陈势走红。谁贵尊师连两帝，大魁天下一高翁。

七溪通海势长迤，新旧江垠焕泽陂。齐女巫咸荣百草，鼎元院士耀千枝。
皆言若木文惊世，独赋词章史补遗。何故风流人辈出，早分明月在玄垂。

◎赵忠亮　山东省昌邑县

咏虞山美景

普仁秋爽

铁佛端居隐密林，双泉绕寺气清森。遥看树艳疑春半，静煮茶香入午阴。
洗夜钟声充俗耳，生凉梵语护禅心。应消尘世邯郸梦，何处风催捣月砧？

桃源春霖

细雨如丝燕子斜，武陵人失旧春华。飞泉自护桃源涧，崖岸堪思江汉槎。
香压枝头垂玉蕊，风生山外动清笳。堪怜客老如年少，短鬓犹镶带泪花。

书台积雪

雪霁高台弄晚晖，寂寥寒夜一灯微。杯浇心逐云鸿舞，诗暖泉开龙剑飞。
胸次犹存江海阔，生涯岂逐世情违？勒碑当共闻鸡客，久掩书香髀肉肥。

维摩旭日

望海楼中看布棋，长江着子演尘悲。千军化浪吴宫夜，一炬成灰铜雀时。
问世禅心怀月动，散愁旭日共神驰。园林数毁烽烟里，古寺长存费客思。

剑门奇石

登高四望更无山，险绝犹怜一剑间。玉几思飞坠高顶，神舟欲渡出雄关。
遍看石刻群情谱，随动尘雕老客颜。心海已藏奇异世，归来自可列仙班。

藕渠渔乐

叫卖鱼虾古渡头，夕霞浮浪拥高秋。杯浇海味催诗兴，风渡渔歌散客愁。
帆影侵云疑积雪，霜丝垂席狎盟鸥。可怜富足怡情地，惟梦堪逢古沃州。

西城楼阁

耸云高阁叹神功，更倚青山掩树中。放眼常教迷远道，披襟真可沐清风。
尚湖吹浪宫墙碧，夕日浮霞寺瓦红。堪记长空邀过雁，扶盏谁识老仙翁？

湖甸烟雨

竹篱曲径势逶迤，门对浮银千顷陂。渔笠悠闲悬矮舍，鸟声清朗滑高枝。
洗山细雨随风逝，照岸残阳逐画移。自笑田园归未得，武陵舟楫梦重垂。

◎郑付启　河南省商丘市

咏虞山

霜染虞山七彩林，溪亭幽径木森森。浪花洁白随苍鹭，枫叶火红偷绿阴。
日暖云闲游子意，天高风急故人心。谁家善解思乡曲，向晚声声响暮砧。

秋草漫堤曲径斜，碧波荡漾映光华。游鱼有意湖边柳，归鸟无心水上槎。
醉戏涟漪销浊酒，懒听浣女响清笳。西风唤醒骚人梦，邀月提壶对菊花。

辛峰夕照洒馀晖，七彩层林染翠微。影逐西风霜叶舞，梦回南浦暮云飞。
黄花冷冷游人散，斜月沉沉宿鸟违。寒树江村烟袅袅，酒香扑鼻蟹膏肥。

一样输赢似弈棋，风尘女子可堪悲。娇颜悦目情深日，豪气冲天国破时。
红豆馆中人去远，绛云楼上客来迟。愿将妩媚章台柳，换取东君夜夜思。

西风飒飒染青山，寻梦江南石洞间。落日熔金人噪噪，溢泉成泽鸟关关。
清辉易续旧时貌，神笔难描今世颜。古树横斜迎远客，溪流汩汩月班班。

霜魂凋落北山头，石屋涧寒笼晚秋。万树苍烟诗达意，一畦明月酒消愁。
溪云初起遮人眼，霜草低垂唱夜鸥。曲径徘徊思雅意，携来纸笔颂神州。

虞山形胜夺神功，秋意江南尽眼中。玉宇苍茫千里雁，烟波缥缈一帆风。
牛窝潭滑苔衣绿，鹁鸽峰高木叶红。林海随行无计较，残霞落照伴樵翁。
绿阴深浅路逶迤，茭白蒹葭缀碧陂。菊吐暗香侵古道，风摇疏影戏青枝。
几亭曲径农家乐，一岭老牛泥海移。流水喁喁渔唱晚，柳丝常伴钓丝垂。

◎郑红云　江苏省盐城市

虞山写景

众鸟归飞投晚林，风牵岸柳水森森。应知叶落如伊去，不觉云低为我阴。
一枕诗书安客梦，半窗花月了尘心。素娥犹是寒阶立，独自年年听暮砧。
树色穿帘影自斜，尘寰次第误芳华。寒阶白露归云翼，细柳澄波渡月槎。
一段相思肩上蝶，百年悲悯耳边笳。可怜名利兼情愫，雨后东篱满地花。

客居杯酒守馀晖，暮鸟喧鸣入翠微。一径黄花和梦老，两行秋雁带霜飞。
但愁尘念常相错，且喜诗心总不违。四十年来何所获，空教亲友笑痴肥。

世事纷争一局棋，人心不惑却何悲？双双彩蝶花开日，冷冷秋窗叶落时。
若得香浓和月醉，都因梦老与风驰。今番偶向阶前立，念及平生有所思。
飞甍鳞次接秋山，又送归鸿落照间。败叶堆阶情有数，寒霜附枕梦无关。
心怀愧恨休回首，笔有浮夸足汗颜。应掬清波除俗垢，只随诗国列朝班。

一轮清月柳梢头，取次江南已近秋。露湿窗纱消暑气，风催落叶起乡愁。
添香煮酒须红袖，旧约新盟待白鸥。若问今生留恋处，萍踪只肯在苏州。

半生求索却无功，壮志凋零岁月中。触手犹香花上露，卷帘渐冷枕边风。
一湖垂柳添愁绿，几户寒阶砌乱红。懵懂少年曾自许，如今已是白头翁。

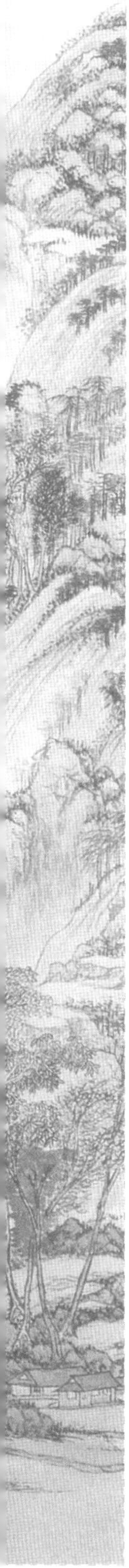

秋山渐入故逶迤，暮雨飘飞湿路陂。老客他乡添白发，幽芳僻处剩残枝。
休言世事全无奈，但觉情怀总不移。便是寒霜犹劲直，青松焉肯学低垂？

◎钟　宇　江西省瑞金市

次韵杜工部《秋兴八首》

登吴王点将台感赋

乱石参差杂翠林，河山披甲禁森森。飓风疾扫廷中腐，烈火狂撕幕后阴。
点将声传惊鬼胆，登台剑拔振人心。一番急雨当空洗，鼓点相催似捣砧。

题辛峰夕照

烟水微茫映日斜，风撩亭角散英华。神闲倚座凭移目，心动随波任放槎。
古迹犹妆今岁景，新弦更胜旧时笳。山光湖色云相间，染透黄昏令眼花。

题照山湖

黄昏夕照竟馀晖，浓抹丹青入细微。未见姜公湖上钓，但由白鹭眼前飞。
帝辛悔不怜民苦，王道何堪与世违？幸有前车资后鉴，得来今日乐鱼肥。

题维摩山庄

山水新开一局棋，今人安识古人悲？晓登峰顶斟随意，日出江滨赏及时。
沧海横波如锦织，碧泉流彩有星驰。钟声鼓韵相萦绕，许我参禅入定思。

题小石洞

深藏洞府在奇山，聚露为泉数尺间。上有紫藤嵌石隙，横陈绿树掩机关。
一番顿悟长生诀，百岁犹新不老颜。舍却功名归素朴，红尘洗净列仙班。

石屋涧怀古

虞山稽古觅源头，逸史沉凝石涧秋。避俗谁居千岁老，倚泉烟笼一心愁。
懒言抱负闲垂钓，直觉江山好放鸥。待得天时宜振志，鱼竿指处是神州。

题柳如是

专精乐律与诗功，不意花开俗世中。楚楚衣冠怜薄命，纤纤身段领高风。
青楼难守名声洁，素性未移肝胆红。有道人生知己贵，何妨玉面对衰翁？

昭明读书台

虞山丘壑起逶迤，似筑茫茫万顷陂。头上天明宜阅卷，台边风动乱摇枝。
百篇精选书何贵，六礼常温志不移。怅望湖山思太子，浑忘斜日渐西垂。

◎周冠军　江苏省扬州市

虞山风物八首次杜甫《秋兴八首》韵

仲雍墓

凤兮惜羽故投林，秀水灵山自郁森。德业几人身可仰，光风百代柏成阴。
清权有节盈时雨，赭石无言鉴赤心。肇启虞城天下熟，但教岁岁远刀砧。

言子墓

倚槛西山烟树斜，文开吴会出瑶华。玉弦初试武城乐，白袷相随东海槎。
心抱至仁承大雅，身归高哲绝胡笳。可怜自有千秋月，照得碑前字若花。

兴福寺

郁郁枫香沐夕晖，檐铃动处辨风微。花延曲径僧长过，云绕禅房鸟暗飞。
潭影空明安可驻，丘山兀立岂相违？经声护佑华严地，拂拂芭蕉叶正肥。

辛峰亭

千古兴亡一局棋，大江如带不须悲。时看灯火繁华地，漫听人潮寂寞时。
晦雨凄风檐上过，碧云皎月梦中驰。此身知向最高处，极目茫茫慎独思。

昭明太子读书台

南风浩荡与看山，云树烟萝醉醒间。书枕溪流来野老，鸟衔花叶叩清关。
梳文秉烛长游夜，协律调阳独解颜。纵是青春犹一瞬，才名千载并扬班。

钱谦益与柳如是

东林寥落作鳌头，老得身名已暮秋。信许风花能欲舞，翻怜杨柳不须愁。
绛云有约多纵鹤，红豆分吟共狎鸥。其志栖迟人莫怪，青山妩媚在齐州。

虞山琴

弦上松吟百世功，鸿征雁负夕烟中。忘言一片心头月，会意千重袖底风。
竹影当窗摇水绿，云帆入画动莲红。琴川自有当归日，相与溪山作壤翁。

虞山画派

笔墨苍茫写逦迤，淘融今古到烟陂。尊元借宋曾千卷，散叶开花正满枝。
水气清滋神自远，山容厚重势非移。画图无限江南好，杨柳春风带露垂。

◎周慧卿　辽宁省大连市

咏虞山

读书台

千岁金声绕竹林，诗风墨雨助萧森。山悬碧帐斜阳坠，禽啭珠簧古木阴。
懒作行歌酬胜景，凭将经卷孕初心。书台积雪梅方绽，月下书声息捣砧。

拂水山庄

绿柳长堤日影斜，闲行缓踏帐芳华。浅深流水弦中意，远近青山画里槎。
昨日自能倾腊酒，今番谁与趁寒笳？海棠缕缕飘零去，石涧无声数落花。

藏海寺

尚湖水碧浸晨晖，金刹巍巍隐翠微。风动棘林孤鹤起，帘垂天幕五云飞。
梵音缥缈心头绕，禅语悠然世事违。前日烟云皆过眼，西风起处正秋肥。

瓶隐庐

感慨人生若弈棋，楸枰试问几欣悲？皇恩浩荡皆仙客，宦海沉浮迥旧时。
谈笑早同风雨去，文章仍共水云驰。帝师偏到瓶庐隐，留得深心任汝思。

燕园

归来燕子望西山，秀木浓阴曲水间。晨起烟岚环画阁，晚来明月映重关。
虬桥无意横深涧，幽谷多情带醉颜。梦里生涯休打扰，飞歌迤逦出仙班。

辛峰亭

亭间极目望西头，开谢寒花又一秋。缥缈云天朝夕暖，凄清湖水古今愁。
待回眸处惊鸿雁，及转身时见海鸥。寄宿虞山终是客，归舟破暮下凉州。

点将台

将台耸峙万年功，烽火虞山泪眼中。毕竟岁寒多夜雨，哪堪秋末甚西风？
三更剑影旗墩黑，一抹刀光芳草红。世事苍茫残梦里，夕阳泣血洒吴翁。

聚沙园

亭台水榭各逶迤，荷浦熏风入葛陂。云汉重重开暮景，凤凰袅袅憩高枝。
久观塔影灵心至，方悟平沙众手移。才枕松声闻涧响，又观晨气紫芝垂。

◎周　鹏　甘肃成县

秋兴八首次杜少陵韵

千觞醉吴染秋林，悬锦虞山诗阵森。遍地虫吟寒子夜，一声鹤唳破层阴。
风光梦绕江南路，岁月神摇陇右心。吴越雄谈今古事，瑶琴玉管换寒砧。

丝路阳关大漠斜，万邦迤逦仰中华。江南使渡沧浪水，塞上臣归汗漫槎。
宏略又颁兴汉策，瑶音广布胜唐笳。虞山已树冲天纛，诗赋纷然夺锦花。

仰首九州共日晖，吟襟放胆叙幽微。魂牵擂鼓千舟竞，画忆落霞孤鹜飞。

琴韵绕梁淮水远，知音击节陇天违。秋风我欲随张翰，把酒持螯蟹正肥。

千古兴亡似弈棋，成王败寇总堪悲。诸侯攻伐尊周日，列国纵横问鼎时。
天下共争秦鹿失，九垓欲治汉檄驰。风云际会非人事，血染霸图不胜思。

江南胜迹虎丘山，宫苑馆娃烟水间。挂剑延陵能让国，吹箫伍子愤逃关。
三吴旧恨呈降表，百越讳谈献玉颜。唯有忠魂千载勇，怒潮拍岸似朝班。

雪浪嘉陵江水头，乘槎直下五湖秋。一声欸乃随渔乐，百世因缘访莫愁。
野渡桥边闻玉笛，白云乡里戏闲鸥。兰舟浩梦烟波渺，落木萧萧风雨州。

文盛三吴千载功，坛坫高耸宇寰中。青琴绛树才如雨，彩凤长蛟士啸风。
世美鲈莼烟水碧，剑号渊布冶炉红。江山鼎易诗人恨，峰峙江南一牧翁。

约略清游梦逦迤，五湖澜灏锁烟陂。奇峰胸贮唐伯虎，妙境毫挥祝六枝。
雅集兰亭幽韵畅，神追莲社古风移。人生所遇骋怀抱，感悟千秋青眼垂。

◎周一清　江苏省无锡市

虞山八韵

黄公望

行尽江南问旧林，一峰危峙列森森。可怜经史沽浑酒，幸有丹青积晚阴。
楮墨长研湖海泪，山河还表鹤云心。仰天掷笔无吟处，烟雨风高听暮砧。

钱谦益

遥送楚天征雁斜，不堪战血染昆华。文章无补金瓯裂，兵马徒劳南海槎。
身废胡营惊铁锷，心随汉旆起清笳。愧羞翻覆问忠佞，临水如何对藕花？

王石谷

万重林壑起清晖，痴坐茅亭写翠微。出世宋元神髓足，翻身董巨逸怀飞。
案头翰墨宸州动，画里春秋帝诏违。搜讨千山成一稿，不闻人报蟹黄肥。

吴渔山

廿年回望旧家山，烟浦渔矶一水间。破屋谈诗呵冻笔，布衣鬻画睨春关。
身从苦架怜神影，性索真原劳鹤颜。莫道离尘持杖晚，白头犹列圣贤班。

柳如是

江北江南似斗棋，断栏频倚忍伤悲。霜风泪尽秦淮月，铁骑功亏唐汉时。

书剑欲谋难蹈厉，罗裙终恨未驱驰。鸾笺从此凌波去，碧水悠悠泛绎思。

瞿式耜

国难如何惜此头，书生论剑桂城秋。支离鸾辂丹心切，辗转血旗孤将愁。

满地暴骸惊楚帐，斜肩腥雨负江鸥。临刀一笑男儿事，毅魄煌煌曜九州。

翁同龢

漫云世宦太平功，搔首沉浮清浊中。国步艰虞忧海内，政机惕厉眄夷风。

欲防魑魅骄兵戾，堪恨关河残日红。持论两歧愁捉管，萧萧白发一诗翁。

严天池

琴心世路两逶迤，终好晴岚浮暖陂。案牍虽能劳雅士，丝桐不误发新枝。

且行松磴风烟静，惯看梧江云影移。曲尽青天山月小，汀芦瑟瑟露微垂。

◎朱保平

江苏省常熟市

步韵杜甫《秋兴八首》

虞山镇

十里文山隐翠林，千年古迹自森森。两湖秋水连城碧，一塔晴阳隔树阴。

礼敬先贤瞻圣墓，诚修至德洗尘心。风光最美琴川景，独爱书台听晚砧。

梅李镇

吴越屯兵旌影斜，开蒙立市聚菁华。祥庵佛佑千年众，宝塔慈航万里槎。

孝爱风行乡墅地，俚歌妍唱瑞清笳。今朝借得祯卿笔，烟月江南树树花。

董浜镇

虞城东望沐朝晖，咫尺长江伴翠微。古刹梵音桑井绕，名乡文虎韵辞飞。

知原治学流风盛，庆嫂营商心事违。不忘前贤承厚望，亲民勤政稻鱼肥。

古刹，智林寺，据传有两千多年历史。知原，钱观复，字知原，董浜徐市李墓人，政和年间进士。庆嫂，阿庆嫂的原型，是董浜镇的陈二妹。

古里镇

沧海桑田似着棋，新风已送旧人悲。山歌嘹亮摘新奖，红豆荣华旺昔时。

钱柳奇缘诗韵得，书楼瑰宝美名驰。江南古镇谋发展，万里扬帆动远思。

支塘镇

人文古镇近虞山，千载风流沃野间。井陌青檐存雅韵，陶桥漕水出重关。

王张勋业成邦栋，朱顾高才悦圣颜。潋滟芝溪琴瑟美，书声琅琅少年班。

陶桥，支塘的陶公桥。王张，王淦昌、张青莲。朱顾，朱文铭、顾虞东。

沙家浜镇

撑篙看景立船头，云淡风轻好个秋。葭絮翩翩添百媚，渔帆点点解千愁。
长杆闲钓阳澄鲫，碧浪勤飞靓丽鸥。芦荡英雄名赫赫，沙家浜剧唱神州。

碧溪新区

碧溪之路立勋功，百姓从来幸福中。巧借春潮航快舰，勤开新路起罡风。
筑巢邀凤滨江艳，建港通商旌帜红。七水成溪通四海，虾肥蟹壮乐渔翁。

海虞镇

海虞胜境临沧海，千载遗风见路陂。慈寺梵音融软语，仙林古杏绿琼枝。
七峰迤逦猿声闹，六水清涟帆影移。借我今生神韵笔，难描一景得长垂。

◎朱名良　广西壮族自治区阳朔县

诗咏虞山

望西城楼阁

虞山亭阁自成林，万木争荣气象森。城堞宫檐相耸峙，春晖秋月共晴阴。
登楼漫品千年事，处世常存万古心。我与牌坊风里望，欲从喧暮听衣砧。

湖甸烟雨

雨后平湖披暮晖，春风拂柳软微微。烟笼岸畔百花艳，浪拍汀洲群鸟飞。
听竹闻莺犹自乐，日耕夜读不相违。斜檐黛瓦波光里，水面吹涟鱼正肥。

维摩晨望

春耘锦绣集虞山，曙色初开云雾间。碧水东流归浩海，长空北望漫雄关。
繁荣市井千年古，典雅园林七彩颜。诗意历磨牵远客，相思欲寄借航班。

咏拂水晴岩

双桥凌渡势逶迤，谷满溪声云满陂。壁削斑痕书小篆，烟笼奇石隐琼枝。
飞珠漫顶何因起，潺涧缠山不忍移。应是瀛台真妙境，千寻瀑练自天垂。

游辛峰怀古

浩荡平湖柳影斜，曾经吴仲主京华。浪淘往事碑中读，岁更前因何处查？
夕影幽明浣古韵，蝉声断续似胡笳。登楼凭吊烟波里，隐约山城十里花。

剑门寄兴

仰望危危云上头，如舟如斛屹春秋。谁开旷野千寻石，我散尘嚣万古愁。
世态炎凉伤暮色，清风来去载闲鸥。废兴帝业纷纭事，不改熙阳耀九州。

书台怀古

凭栏阡陌纵如棋，太子攻书可有悲。短暂人生成后话，兴衰世事恰当时。
寒风凛凛梅花早，紫燕茫茫春讯迟。白雪何辜湮浩气，无从问鼎总相思。

破山清晓

岁月不磨兴寺功，沉浮物理隐禅中。酣泉清澈洗晨雾，古阁沧桑摇夜风。
情似熙阳蒸叶绿，名如朝露映花红。坎坷过后佛还在，勘破箴言皓首翁。

◎朱玉明　江苏省泗洪县

步韵杜甫《秋兴八首》

东林党首领、诗坛盟主钱谦益

府学生员入翰林，虞山虞水倍清森。波推宦海风掀浪，兵困金陵晴转阴。
运拙犹操工部笔，时艰未改故臣心。碑前痛洒红颜泪，五味杂陈听暮砧。

两代帝师翁同龢

天骨开张目不斜，推行新政动京华。清流湔洗重臣面，浊浪掀翻帝党槎。
甲午风云滴铅泪，三更庐墓听霜笳。虞山有幸埋人杰，岁岁杜鹃啼落花。

草圣张旭

平生醉素沐灵晖，卓尔不群官位微。笔走龙蛇多变幻，山行鸟兽竞驰飞。
毫端流韵王孙老，室内传经俗士违。发蘸松烟狂落纸，羞她燕瘦与环肥。

印派传人赵古泥

走好人生无悔棋，清贫一世未吞悲。挥刀问石工馀后，凿壁偷光夜半时。
临汉摹秦求独具，分朱布白自酣驰。行于方寸出机杼，巧手镌成有所思。

清初画圣王石谷

江南美景数虞山，墨彩纷华传世间。广采众家非拟古，独成一格苦攻关。
润滋浑厚书长卷，山水清晖展笑颜。小阁临溪秋树老，青衫驾鹤列仙班。

清音正气严天池

松弦悦耳溯源头，花落花开五百秋。任上举言除腐恶，乡间治水解忧愁。
归来心重万民伞，廉洁身轻一只鸥。四库全书琴谱在，清音正气满神州。

奇人曹大铁

老来未负少时功，名列江南才子中。彩墨华章英杰气，长歌古调大儒风。
流沙无意洲呈绿，藏籍有情心献红。杨爱若逢曹北野，重施粉黛谢仙翁。

画家黄公望

九峰展望竞逶迤，雪霁冰融水涨陂。情醉富春挥梦笔，身居大岭悟禅枝。
丹青每共林峦转，彩错相随岁月移。残卷不堪分两地，如今合璧解玄垂。

◎左群涛

江苏省常州市

步韵杜甫《秋兴八首》

伯仲开吴

涉水登山越万林，南途佳木碧森森。文身祝发馀乡梦，兴国安邦惜故阴。
后世因开吴越地，此情为肇太王心。轩辕鼎上英名着，归去尘寰听暮砧。

闲吟尚湖

烟笼粉黛翠横斜，凌镜初开照物华。兴至拟抛姜尚钓，闲来堪泛大痴槎。
牧斋诗笔犹刀剑，道澈松弦胜鼓笳。万顷碧涛鸥弄影，汀洲处处向阳花。

剑阁览胜

山门巍屹沐朝晖，四望嶙峋笼碧微。石洞泉生藤树蔽，鸽峰云过雁鸿飞。
楚君有道何须策，干将无踪愿莫违。拂水撩开今古事，摩崖依旧薄衫肥。

谒谦益墓

秋雨春风一局棋，孤亭荒冢几分悲。何堪金榜题名日，添作南台寂寞时。
纵有痴心空凛冽，还将瘦骨枉驱驰。朝堂乡野几番过，回首东林总费思。

钱柳之盟

一任流言万座山，金陵艳绝酒诗间。娇娘寻梦歌南曲，高士怜香愤北关。
生死相随连理愿，兴亡不弃故人颜。绛云阁事随烟去，何必新臣或旧班？

谒如是墓

锦峰拂水望西头，松柏萧森几度秋。艳冠秦淮商女恨，名垂青史少陵愁。
飘零浮世觅知己，不羁红尘笑信鸥。临乱不输巾帼志，琴中画里寄神州。

咏翁同龢

魁首鼎元当见功，帝师两代庙堂中。翰林院捋三司治，弘德门行宝鉴风。
海战多因蒙国辱，维新未果断头红。清流永绕虞山麓，瓶隐庐前谒宰翁。

咏曹大铁

生来秉直路逶迤，柳恽声名满九陂。字逐精深新韵语，心求臻善老琼枝。
攻专术业志成就，习绘藏珍趣未移。半野菱花追往迹，长歌当向万年垂。

词作

终评委作品

◎王蛰堪

齐天乐·梦翁诞辰九十周年祭

水西吟屐经行地，萋萋绿迷芳草。晓月低檐，馀曛渡牖，依是当年残照。斜街梦杳。剩啼血鹃声，向人能道。笛外愁痕，漫凭泥雪认鸿爪。

佳辰怕还对酒。楚魂谁唤醒，尘世颠倒。绛帐传灯，芸窗授砚，愧煞闲云襟抱。深情未了。待化鹤归来，倦栖华表。望断蓬山，碧烟天际绕。

贺新郎·京口登北固亭怀稼轩

八百年前事。恍当时、酒边长啸，霸才雄睨。翘首中原吟望处，曾忆先生垂涕。非掇拾、山河无计。满眼风光登览罢，算空馀、虎虎吞江气。千古恨，锁青兕。

凭栏小伫伤怀地。漫重嗟、英雄消尽，浪萍东逝。一曲悲歌残照外，招得词魂归未。问此日、风标谁继？太息苍元忧乐与，但孤衷、一点差堪拟。听雁阵，动凄厉。

贺新郎·迦陵生辰作

世相凭谁问？甚千年、楚骚馀绪，一朝灰烬。铁板红牙俱已矣，换作迪科摇滚。感苍生、几多悲悯。尸位嗟无医国手，枉教人、引醉思尧舜。一息在，未应泯。

画眉新样与时进。便操觚、续貂狗尾，佛头着粪。何事风流遗我辈，敢惜残年衰鬓。算只有、孤怀差近。唤起词魂和月饮，共先生、万古同销恨。情与泪，漫弹揾。

迦陵指陈其年。

◎熊盛元

水龙吟·谒文芸阁墓即用其『落花飞絮茫茫』韵

绿烟低护荒坟，梵钟消尽凄凉意。花飞石罅，鹃啼林表，不知何世。漫拂碑尘，重招词魄，芳春归矣！向空山一啸，清泉四溅，谁人解，松筠志？

拔戟西江兀傲，梦惊回、乱鸦声里。青衫泪湿，红椒味永，幽怀无际。萍实潜踪，蕙风盈袖，夕岚横翠。剩苍茫万感，都融落照，伴孤云起。

贺新郎·贺新河兄华诞效陈其年体

驭电驰风马。伴仙娥、银湾吹笛，露台呼斝。翠绕珠围钗影乱，花雨霏霏轻洒。漫掬得、馨香盈把。为恐豪情销蚀尽，倚云端、抚剑长悲咤。摇桂殿，震鸳瓦。　九天挥袂飘然下。叹尘寰、枯槐蚁聚，败垣潮打。今古茫茫无量劫，都入渔樵闲话。便欲隐、泉根岩罅。湖海楼高聊送目，渺荒寒、谁是知君者？但一笑，醉题帕。

贺新郎·登台州白云阁，步稼轩『甚矣吾衰矣』韵，兼答尤悠

阁上神迷矣。望椒江、云回水去，幽怀能几。漫对仙山思刘阮，太息如烟往事。泯千载、人天悲喜。检点囊中诗酒渍，问悠悠、梦境非耶是。今与古，料难似。　凭阑目断溪云里。自销凝、一时谙尽，茗边滋味。筝柱清音回碧海，谁解玄玄乐理？葭浦外、鹭飞鸥起。笑我疏狂图避世，汲流泉、欲洗巢由耳。幽愤积，付之子。

初评委作品

◎抱琴客

贺新郎·菱花馆咏怀

百载江山改。甚蟫林、依然尽说，旧家丰采。柳拂菱塘如有意，可惜斯贤不再。但问取、拏云慷慨。精卫东条俱休矣，料人间正道关成败。羡彩笔，胜殷诫。　华城故馆书香在。怅西风、摧红变绿，赋心无奈。满箧雄辞谁能识！长恨无闻謦欬。叹此际、人天都殆。幸有几俦循风雅，振金声铜吼传中外。对画影，气澎湃。

◎高　凉

贺新郎

也是池中友，数年来、樽中常满，击壶敲缶。自负平生唯此物，同醉同怜同瘦。凭者问、刘伶病否。饮罢生徒扬子宅，又扶摇借与山公寿。对月影，梦回久。　倩谁系马门前柳？且开怀、雁弦初试，水云飞袖。

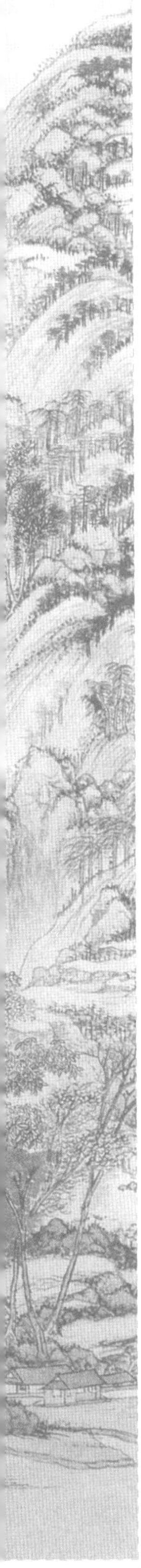

一样浮云皆过眼，消得流光几斗。管甚是、功名身后。但得梅花开二度，便蠡波千棹长相守。都为尔，半壶酒。

◎种桃道人

高阳台

夜有丝竹画舫，隐隐声近，一青衣女子怀抱琵琶曰：白公乐天已候先生多时。余随之登舟，行至江上，忽闻鸦噪，惊之，复寻仙舟，杳无踪迹，梦破。吟成此调以寄怀。

枫叶霜红，荻英露紫，浔阳久故骝骅。算几回游，溢川口岸人家。商弦客马一吟别，渐忘怀、炉火琼花。杳西斋，竹苦芦黄，月瘦山华。

年来惯是南柯短，又心惊逸女，魂断神鸦。何处楼船，沉沉古水岚霞？西风冽冽辰星寂，卷寒波、合作琵琶。惹青衫，浩叹寻时，物老天涯。

一等奖作品

◎谢良喜　江苏省高邮市

贺新郎

丙申初春，南通老友抱朴堂主兄邀余同游常熟虞山，余向慕虞山风景秀美，人文荟萃，乃欣然答允，然天不遂人意，适余耽于生计，诸事纷扰，竟脱身不得，因借览《虞山风物志》聊以排遣。排遣之馀，颇震诧于虞山故老曹大铁先生其人其事，盖其人半生侘傺，晚境安恬，境况与余仿佛，惜余知之也晚，不得当面聆教，颇以为憾，如是者再三，夜来忽梦游菱塘，亲阅斯人风雅，觉来怅然，因作『金缕曲』三章以记，兼表后学悠悠之怀云耳。

梦谒菱花馆。正江南、莺飞草长，柳明花粲。满目春光南阮宅，尽日何人偃蹇？伫望处、心驰神倦。百劫斯文今底在，叹风流、一去终难返。人不见，影空乱。

是真名士皆狂狷。忆当初、兰台倚马，菽门牵犬。误尽平生何事也，酒债诗名各半。更晚境、门庭疏散。曩昔魂销金缕曲，到如今、几许成经典。沧海句，复谁撰？

倾尽平生恨，恁当年、禅机未透，道心难逋。冷眼人间多少事，惯看诸公衮衮。长叹息、生如朝菌。梓匠因缘何足道，只诗文、尚许留分寸。谶与劫，总相近。　从来际会随茵溷。且由他、浮尘扰攘，世情消顿。赢得馀生褒大雅，万事无如海蜃。算此外、多成灰烬。纵把丰华归一瞬，试重头、肯作《过秦论》。生死事，岂堪问？

大道之行也。百年来、烟消日落，水流花谢。不是雄才多落魄，争肯求田问舍。任块垒、深埋书画。漫道缁尘曾洒脱，笑谈间、万事归桑柘。安与乐，总无价。　草玄谁是悠悠者？任平生、簪花冷落，漉巾狂且。却忆红羊多少恨，晚境翻如啖蔗。凭啸傲、声倾朝野。此后斯文谁见得，纵追寻、何处求流亚？空怅惘，对风雅。

二等奖作品

◎黄宁辉　湖南省长沙市

贺新郎·因牧斋削籍事感明末党争

烟锁空庭树。惜春浓，波分下苑，草侵宫路。清漏移迟鸡人唱，空费千金作赋。罢鼓乐，琼楼日暮。五色诏稀悬国是，正衣冠、高议轮台戍。望紫塞，雨如注。　竹西歌吹犹佳处。更辞归，娄江迁客，翰林盟主。纵使娥眉消愁怨，谁解东山老趣？托去雁，隔江传语。迢递星关终不报，又兼程、羽檄来旁午。且买醉，莫停箸。

上阕言辽事日艰而朝臣党争日剧，神宗因立储之争长年怠政情状。下阕言牧斋不见用而屡谋复出不果情状。

贺新郎·感牧斋于明清易代之际兴黍离之悲

秋冷吴江月。渐霜侵，长干晚唱，东山衰叶。宁锦遥看烽烟骤，表鹤乡关呜咽。渺去路，扁舟初发。如是萧条云水老，幸西泠杨柳风姿绝。和咏絮，解千结。　女娲不补苍天裂。忆神州，都门走马，上林泣血。

当日金陵宫车罢，北海谁持汉节？只好句，还吟扫穴。惯听秦淮弦语恨，更馀音青史空悲切。灯已烬，雨难歇。

金陵宫车罢，指南明弘光朝覆亡。还吟扫穴，牧斋《后秋兴》有句『扫穴金陵还地肺』。

贺新郎·感牧斋奔走复明无果

寄梦江湖远。忆当年，梁园夜会，都门文宴。难料功名浮云事，但剩等身诗卷。急走马，花欺雾眼。南渡新亭谁洒泪，正楼台、长夜消弦管。且折柳，赋离怨。

金陵潮涌行人晚。向西风，寒喑青鸟，嶂迷翠辇。帆隔蓬山无涯水，恰似鸿蒙未判。念精卫，一抔犹遗。灯烬棋枰嗟成败，任蜀山、望帝春心断。寻旧句，有残简。

向西风，寒喑青鸟，嶂迷翠辇，指南明永历朝覆亡。帆隔蓬山无涯水，恰似鸿蒙未判，指郑成功克复金陵之役以败北告终，退据海上。

◎**沈双建**　江苏省南通市

贺新郎·读《梓人韵语》

铸此神州铁。想当时、陆沉悲壮，金瓯长缺。起作狂歌秋夜里，正是平生奇节。冷眼看、涛生云灭。莫道梓人多韵语，是男儿耿耿心头血。读至此，听呜咽。

无言起视虞山月。百年来、菱花依旧，十分激烈。馆阁分明斯人在，未许壮怀稍歇。更莫道、人间长别。阳羡曾留词史在，与先生一笑成双绝。风袂举，词声裂。

贺新郎·菱花馆

甚矣翁其大。算才人、分明儒雅，岂惟名播？一笔丹青虞山画，一笔书成江左。又一笔、奏刀如火。偶作闲吟传绝调，更闲来漫拥书城坐。人间事，原非琐。

大风堂里曾相过。便坚持、百年师弟，一番因果。一索千金真容易，一纸飞来曰可。中有个、犹疑不作。我立门前长不语，叹古来名士谁堪伙？如翁者，可知么？

贺新郎·曹大铁墓

我向先生拜。想先生、不应着意，萧条异代。欲辨濠梁鱼自乐，岂作因人惊骇？浑忘了、观鱼人在。或遣悲欢来笔底，是心如赤子才如海。虞山下，萧然态。

春风化雨听天籁。更谁言、墓碑拂拭，风光堪爱。进退由来真无谓，方解词人气派。悠悠处、白云如待。万古江山多代谢，想此间真意先生会。吾不语，笑而再。

三等奖作品

◎郭珍爱

湖北省宜昌市

贺新郎·游常熟怀曹大铁先生

载列清华地。亦千年、良田沃土，高标贤裔。追数江南真名士，心折菱花馆里。问何故、鸿声遐迩。一代奇才谁与证，理兼文、写就风流史。今与古，端能几？　先生咳唾珠玑璀。漫留得、梓人韵语，雅章深致。尘劫沧桑新亭泪，都做悲歌浩气。未负却、潜心孤诣。铁板铿锵经纶手，更与传、香色犹能继。看是处，艳桃李。

贺新郎·忆辛卯初夏游虞山森林公园

向晓虞城去。梦千回、江南秀色，吴侬娇语。栖鸟迎人鸣芳径，相引幽林深处。讶胜景、前游都误。古刹联珠玄气象，又云崖、一剑开天路。文脉涌，凤凰翥。　舒眉最是凭栏伫。翠微巅、维摩妙境，释劳消虑。词笔春秋烟波意，大钓无钩记取。但觅得、雁朋鸥侣。一盏碧螺三四友，坐辛峰、品得桃源趣。虽别久，频回顾。

◎许君昊

江苏省苏州市

丙申二春，吴风缱绻，南北旧盟，破劳尘践约；高怀催拍，飞花弄影，浅酡传句，绕虞山都红！况值牙弦拂水，径须忘言在此。但迟返家山家湖，季鹰有愧；纵趁兴狂览狂鉴，客眼难足！幸主人祖别，襞笺代柳，愧江南竖子，始认词伯！须高山流水情余，尤清响不绝归路。莫非逡巡捧读，捃拾铁骨，袭蹈遗风，底里梦魂千酿，襟灵山积，寸衷何欤？嗟乎！风枯海寒，差攀高韵，续貂佳会之剩义，语次但及；附庸形胜，肩随俊游，习劳高怀之仆心，端的圆哉！更适铁翁百诞，惟疏拙追咏，顿首遥谒。

贺新郎·次韵曹大铁先生《赠黄异庵次曹贞吉赠柳敬亭韵》

不信支离叟。信平生、空中言语，恼他苍狗！无事云天凭开合，南北流波竞走。逍遥是、菱花对久。点检兴亡成写意，算古愁拍绿庭前柳。横一铁，虞山口。　六州块垒消磨后，更何烦、从头再错，文章千斗！星汉兢兢飞如颤，颠入词人杯酒。溅浩气、要存兰友。见说高怀终寂寞，按吟肠九转如前否？披皓月，一稽首。

贺新郎·次韵曹大铁先生《酬擎夫悼葱玉四首其一》

流景飘然去。又浮生、匆匆梦断，几家炊黍？盲骑临渊惊回勒，依约白云归路。背壮气、还烦霞骛。抖落闲情肩左右，教梓人斫作陶庐遽。惟冷月，解参预。孤臣冢上流光溥。算都来、钓璜未足，胥涛争赴。门掩江山愁还静，准拟小园信步。况难罢、峭风鸣树。半野词心催引手，最销魂接舆逢时务！残稿怕，投其所。

贺新郎·次韵《赋汪逆精卫书狱中词折扇》

尘事从头箑。为当年、剑歌冲斗，回风都咽。盘秤钉锤何高等，一入圜扉俱铁！要赚煞、江东人杰。不恨才情逢左右，恨吴山不及新题发。搜短梦，造文业。　区区侧首三千劫。揽菱花、昭昭歌馆，应添银发！收拾人间《离骚》尽，总待玉城弃妾。这况味、竟成苦节！暂送拂衣人去远，染玲珑水月都通黠。天与地，吟花雪。

◎赵　怡　江苏省常熟市

贺新郎·读铁公《虞山林壑图》

笔底春来早。荡东风，纸鸢舞处，翠烟绵渺。城外青峰连湖碧，犹向波中颠倒。过晚棹，渔歌袅袅。柳外鸣禽随乱絮，逐飞花，香积菰芦岛。师造化，尺图好。　丹青已是人间少。赖平生，建安风骨，海湖鸿藻。豪气千金能轻掷，尤得蟫林称道。痛白发，年华草草。劫后雄心藏文字，寄行踪、只合江南老。书在箧，曲音杳。

一九四六年在北京的张大千因购九卷古代名画，手头缺钱，电告曹大铁『有急用，速寄一千万元至颐和园听鹂馆』，曹立即兑售黄金一百一十两汇去，遂有『曹大派头』之雅号。

贺新郎·谒铁公旧居

雪霁人休扫。谒菱塘，斜阳疏竹，白云荒草。经眼梅枝霜欺瘦，还向寒陂倾倒。怅远目，层岩皓皓。警句从来多寄托，涤襟怀、翻觉江湖小。淡俗念，衲衣好。　浮生不恨知音少。数风流，铁公任侠，恨公生早。风骨文章咸推重，志学东南问道。只恐惕，中年怀抱。裘马清狂长追想，惜此身、已共梅花老。树尚在，达人杳。

贺新郎·梦铁公

清梦由来好。验秋光，二三鸥侣，校详残稿。随意村醪馀欢尽，作玉山徐倾倒。抚绿绮，馀音袅袅。还得铁公夸韵语，赞新词、尤较同人好。恨滴漏，觉惊早。　嘉宾座上知多少。记当年，昏黄灯火，盏盘匆草。

忧国悲歌存慷慨，欲探诗坛大道。志汉魏，曾书渺渺。六法融通蟫林重，重收藏、留待时人考。惜世易，素怀杳。

优秀奖作品

◎ **曹成龙** 江苏省常熟市

贺新郎·次韵海虞大铁先生《送叔崖奉节使日本公审战犯》

耳畔江风吼。怅乡关、梦随飞雁，夜凉星斗。心系红尘追名利，都向丹陛辐辏。劝雅客、琴歌休奏。转瞬人间春事了，纵多情、取次难消受。消愤懑，凭诗酒。

翻成憾恨还依旧，任消磨、好花新月，山川蕴秀。对影持杯微醺里，认作樽前执友。堪笑尔，陌途穷寇。一夕浮华如烟散，愿学他、采菊篱边走。吟啸毕，闻清漏。

贺新郎·次韵海虞大铁先生《酬邻翁其一》

草色辞寒冽。渐侵阶、晚林斜照，春云暮合。谁与樽前邀同饮，眉月枝头幽寂。应难得、这番闲逸。江湖落魄和梦冷，待追寻、亦是无踪迹。幸雅客，日群集。

未耽名利都成劫，念飞雁、关河万里，梦惊矰弋。独对窗边风帘影，怕记流离经历。几曾识、揽弓鸣镝。漂纱人去荒冢在，问汉侯、恩仇将何极。销孤愤，励清节。

贺新郎·用曹大铁赠黄异庵韵

愿作扶犁叟，等闲看、清风明月，白云苍狗。春日田头和衣卧，休向俗尘奔走。应已晓、浮华难久。今在海虞城外住，鸥鹭栖、曲水舒烟柳。纵苦闷，莫张口。

蝶飞园圃花开后。凭君问、少年意气，同谁争斗？笔下平生无限事，许我新词换酒。须不枉、以书为友。梦断江南香氛永，趁这番、一醉君能否。便强似，几回首。

◎ **顾敏燕** 江苏省常熟市

贺新郎·乙未岁末雪后游虞山

总把晶莹赠，料天公、昨宵残醉，便来乘兴。披腹芬芳都堪付，小立梅花双影。高处去、旧时泉冷。百万松涛凌绝顶，看锋芒、犹露真情性。谁似我，风骚领？

银龙舞罢山川静。遍游踪、东西南北，尽成佳景。曾有弦歌遥空起，回想当年胜境。却又恐、无端梦醒。闲倚晴园寒茶下，此芳心、被雪天然净。细读取，与同病。

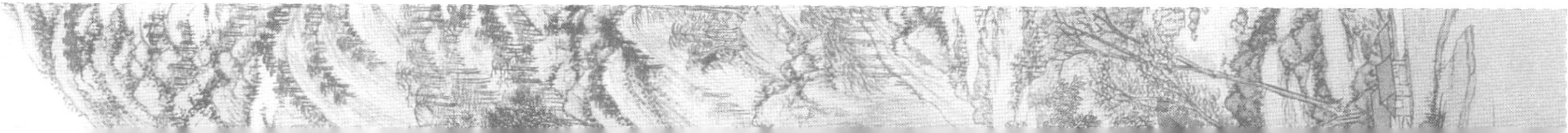

贺新郎·曾园忆

碧水准桥倚，款行来、凌波风袖，深心长记。门掩梨花千枝雪，或可丝弦轻试。怎料得、天涯如咫。竹映朱颜非昨日，鬓边秋、冷暖曾交替。又听那、莺声脆。　百年流幻豪情起，且莫愁、喜忧淘尽，乘槎月底。红豆重开留云驻，春在闲庭弄蕊。待追忆、如烟往事。文采当时称绝妙，几人禁、日月常磨洗。谁更写、相思字？

贺新郎·游拂水山庄

仿佛柔情在，看秋波、桃花得气，碧烟凝霭。深院无人横琴对，坐听竹间清籁。都道是、风流文采。劲草疾风方识尔，向东流、敢问谁潇洒？幽绪理、动深慨。　青山已惯描眉黛，空忆及、朱栏斜倚，夕阳楼外。尘事如棋应相惜，但得初心未改。剩莹洁，清辉自爱。镜里山庄闲拂水，任君评、戏也终须罢。唯岸柳、犹轻摆。

◎李亮之　上海市杨浦区

贺新郎·赞常熟景

日破山中雾。看峰头，西城楼阁，矫龙盘踞。上有维摩花满院，莫负梅芬桂露。更望海鸿飞远渚。问讯桃源何人晓？正岩栖境界应为赋！松翠里，自凝伫。　山容海色谁能主？想当年、潮生福港，万舟争渡。往事悠悠凭遥望，胜景前朝熔铸。叹百载风流无数。但以奇情挥彩笔，继耕烟、霜楮传幽愫休再道，七弦误。

贺新郎·颂大铁师

大雅谁能补？想曹公当年尽得，俊贤天赋。史鉴词心名更显，韵语生涯贯注。恨欲觅残编无处。才比苏辛何须说，有人间正道丹心谱。波浪起，日吞吐。　时艰仗义人多助。叹闲来呼朋奋笔，屡尝甘苦。曾记虞山星几转，空惹烽烟无数。颂抗战中原搏兔。又值中年遭文祸，幸铮铮铁骨非辜负。半野曲，且歌舞。

◎王中伟　江苏省江阴市

贺新郎·吊虞山黄公望墓

玄默看千古。傍高栖、纤云舒卷，野禽鸣树。彩笔今时犹未歇，轻点闲花无数。追远意、坊前久伫。道性从来疏世眼，更何忧、榛草遮幽路。依白石，坐微雨。　溪山长是耽行旅。宿天池，松风相唤，和吟岩峿。

一叶翩然鸥影外，漫把乾坤收取。谁为解、痴人心素？望极烟光真梦幻，想丹青、化作龙鸾舞。空永啸，屡回顾。

贺新郎·读虞山曹大铁先生诗词有怀

望里山河裂。似挥戈，援毫相抗，鲁阳难屈。间道狼烟伤远目，湖水波风凄切。染九土，玄黄龙血。百战功成妖祲散，剑倚天、击碎长鲸窟。闻捷报，哭难绝。　红羊赤马逢凶孽。恨无端，南冠幽絷，四围如铁。草市沉沦聊屠狗，醉把杯壶敲缺。对冷夜，心香未灭。日暖坚冰终泄水、漫回眸，毕竟谁高节？青竹简，照明月。

贺新郎·听虞山琴派古曲《良宵引》

夜户清风满。任悠悠、弦间细语，传行天远。疏影参差闲阶碎，滴露衣衿初泫。当此夕，徽音谁辨？唯有冰蟾如夙昔，到中庭、犹照青瑶案。惊雀起，正凄怨。　桃溪旧地何重返？自刘郎，春山别后，绮霞零乱。梦去劳劳寻千里，醒对寒屏烟篆。虚籁绝，幽怀难遣。坐久杯尊无渌酒，看星河，雁外空流转。明镜里，鬓丝短。

◎闫圣江　北京市朝阳区

贺新郎·梦游菱花馆

梦入菱花馆。正悚听、台儿庄赞，大刀鏖战。雠寇词人春秋笔，记录家国兵燹。恨苟且、羞为寇犬。穿越尸横生死路。更那堪、国破民涂炭。拜巨擘，叹忧患。　丹青腕底胸中典。想当年、江南才子，掷金千万，名画生辉南张苑。『反右』『十年劫难』，且消受、风霜漫卷。沧海横流玲珑胆。梦醒处、日照菱花馆。师化羽，璞玉璨！

贺新郎·谒河东君墓

倾倒天人媚！想当年、金陵八艳，淡妆眉翠。风舞鲛绡河船唱，薄幸仙郎嬉戏。最堪怜、红羞粉坠。鸾侣山盟萍水去，怎禁得、竹影撩无寐。薛笺泪，倩谁寄？　天心日晦民为匪。那堪说、淮侯刍狗，史迁如妓！投水成仁君莫道，纾难柳姬身遂！看耿耿、风尘侠义。画里虞山收艳骨，到而今、得气桃花美！孤冢在，乌迤逦。

◎**周冠军**　江苏省扬州市

贺新郎·有怀曹大铁

大纛沉如铁。踞高牙，淡然荣贵，岂能风折？雄视八方无匹矣，精气优游万物。一百岁、春华秋月。诗发沧桑成绚烂，更云林、书画容清绝。金石艺，梓人杰。　奇哉居士虞山骨。共江南、水明烟淡，画船摇兀。兼以苍苍嘉木秀，芳草柔条轻拂。向北野、吹香浓烈。亦有柔肠怜婉转，恰平生、红翠分襟雪。歌不尽，梦中蝶。

半野堂前拜。正多情、春风锦幛，雨赊烟债。铁板红牙声欲住，阅尽浮华百态。又岂是、忘形一芥？年少轻狂忧患里，到中年、块垒相浇再。开气象，迅无碍。　掣鲸手可翻江海。渺生涯，诗酣词猛，妙如天籁。一片赤心随人剖，漫道悠悠何待？仗金缕、运斤风快。社稷家山千古恨，立涛头、心与沙鸥在。大隐者，俗尘外。

情寄菱花馆。傍虞山、婆娑林壑，水冷风婉。铁画银钩无俗韵，更得烟云汗漫。想气格、大千曾见。出入晋唐龙蛇舞，最痴然、独饮斜阳晚。清与浊，自分辨。　此身窈窕思无限。问当时、高怀别抱，为谁排遣？月到空明星亦渺，拈取花香几瓣。料已是、如蚕破茧。老骥奋蹄千里意，举壮心、郁郁惊雷电。天下物，在君眼。

◎**周　文**　湖北省宜昌市

贺新郎·追怀虞山曹公大铁前辈

肝胆凭谁诉？记曾经、开樽能饮，登高即赋。历劫湖山依然在，往事杳然飘絮。尽都付、参差烟树。锦句频裁吹海立，引丹青、自忍风和雨。细检校，古缣素。　楼台纵目成今古。甚当时、纫兰佩芷，早随尘土。芳草轻回春如醉，莫怅遗珍难护。报国梦、安能轻误？壮气奇情成皓月，照关山、咫尺天涯路。铁笛起，翠蛟舞。

◎**朱建波**　辽宁省抚顺市

贺新郎·怀曹大铁先生用其词韵并首句

夫子何为者？鼓填然、轩昂意气，百年而下。遗墨淋漓犹飞动，把臂陈髯并驾。漫赋作、春云秋社。触目中原都破碎，倩高声、激起龙蛇怕。

灵与血，亟能化。范张鸡黍应堪画。却惊心、飘飘舟楫，故人长谢。羞向明时摧风骨，蚀尽修兰大雅。尽废铁、真成笑骂。颠踣须存书生志，更骎骎、暮齿驱羸马。家国事，汗青写。

贺新郎·怀杨云史用其词韵

无限销魂意。但凭他、清尊万感，宿愁如醉。漫道新诗须绝代，绿鬓遽何衰矣。算剩有、疏狂而已。惆怅花时犹侧帽，看江蓠、摇落西风底。回两泪，镇相对。

金笺久负凌云气。最堪说、元龙湖海，牙樯高倚。走马十年荆楚地，烽火惊心却起。画长策、君其能事。便拟青衫浑作客，耸一肩、那是归来计。山水外，梦中耳。

贺新郎·怀黄摩西用其词韵

韵渍胭脂血。恍神交、清才秀帜，吴中人杰。攀桂看云修仙史，缓驻青丝油壁。入一派、众香倾国。击鼓吹箫才仿佛，却绿阴、红粉相歌泣。樽底事，几年节。

暗尘销尽珍珠铁。更那堪、荆榛狐兔，败巢危穴。枉立西风无着处，明月幽心照彻。任忧患、死生同劫。剑气三千知何所，只狂奴、瘦损崚嶒骨。身已矣，梦能说。

特别奖作品

◎陆美娟　美籍华人

贺新郎·奇才曹大铁

千古文章秀。吐雄辞，诗词书画，筑营成就。秋水长风情激荡，慷慨悲歌气宙。侠义胆，蒙冤心透。邹菊凌霜何所惧，雪遮冰封傲梅依旧。铮骨品，不低首。

凌波墨韵清荷瘦。大千风，提神醒目，石涛痕构。落落大方无俗气，寂寞衰荷心灸。落款处，龙游锋扣。夕照霞飞孜不倦，崇山峻岭茂林不朽。星辰耀，年恒久。

贺新郎·望虞山忆大铁恩师

锦绣词章载。望虞山、拥城十里此情何待？剑劈层峦临屏嶂，四季风松竹海。如伫看、风光全览。虞仲易居安逸迹，孔门言游普儒功盖。话俊杰，忆当代。

鳞波万叠真魂在。借金风、斟茶酌酒，咏馨肥蟹。时仰菱塘唯再拜，辜负朝晖暮霭。叹世上，师恩似泰。誓守孤衷频回首，念音容犹自传中外。唯雅韵，更添彩。

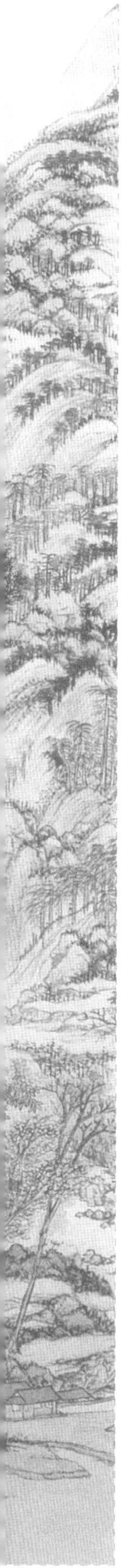

人编作品

◎安　杰　河北省邢台市

贺新郎·怀钱牧斋宗伯

安得浣腥膻！叹天地，黄云枯草，漫随风卷。江表词人瞻马首，嗤他青庐象简。终未是，谈天老衍。皈依如是菩萨座，装点成功罗汉钱。喜英雄、美人两不负，鹰奋翼，鱼喋嗛。　铁锏摩久应圆。盼东南，施经纶手，擎日虞渊。披发含须空啐血，中夜齿爪惊穿。再莫问，岛瘦郊寒。千叠青辞新着就，学巫阳、一力祷苍天。不闭目，中行偃！

『青庐象简』句，古代承值大内叫『值庐』。钱牧斋谦益虽然失节臣清，但很快弃官归隐。较其他死心事敌的『铁杆汉奸』还是有区别的。『谈天老衍』指西晋末只会空谈、不能救国的大臣王衍。『罗汉钱』指钱牧斋在河东君的支持下毁家助军，以『簪珥钱』装点『五百罗汉』，即为五百明军治装备粮。『学巫阳』句指钱牧斋晚年诗风大变，有杜甫沉郁顿挫、为国祈命的『诗史之风』。中行偃为晋伐齐，为己赎罪（他曾弑杀晋厉公），大功未成，死不瞑目。

◎陈　磊　河北省邯郸市

贺新郎·纪念虞山先生钱谦益

冷眼喧尘热。谙纷繁，网尘蜃海，镜花烟月。念昔江山漂沦里，望处灰埃楼阙。更几许，风携雨挈。久慕林泉长啸傲，奈此身惭愧临江节。垂泪处，余愁绝。　荒村寂历连城堞。又斜阳，残存箫鼓，哀吟鶗鴂。白首人非流光外，恨满倩谁能说？想今古，豪英更迭。剩伴寒灯焰似豆，怅平生湖海从兹歇。堪酒酹，合心灭。

贺新郎·纪念民族英雄瞿式耜

欲濯烦襟热。只心头，梅边幽洁，一襟孤月。运化难乖销兵戈，望处颓垣荒阙。嗟塞外，几番愁挈。灰劫人间桑海幻，更那堪迟暮悲风节。揾老泪，黄埃绝。　山街落日迷楼堞。掩重闉，径芜蔓草，声残鶗鴂。浩气平生歌慷慨，磊块尊前凭说。复牢落，津涯变迭。未许此身耆英列，笑青编彤史烟云歇。身后事，尘磨灭。

贺新郎·纪念曹大铁先生百年冥诞

无意趋炎热。想风流，悠扬蝶梦，清凉蟾月。路曲烟尘耽久事，叹渭溪山云阙。记辙迹，岁华难挈。转觉归心窥砚海，更八叉才俊清姱节。椽笔写，殊奇绝。　苍生沙界蚍蜉堞。蹈前贤，仰山怀抱，藏林鹎鸩。狐貉洋场嚣氛里，其奈闲情争说。寓书史，撰词调迭。岁岁菱花勤磨拭，问几番风雨何时歇？魂梦外，孤灯灭。

◎ **邓寿康**　　广东省乳源县

贺新郎·登虞山剑门

猎猎罡风袭，仰垂鞭、崚嶒仄径，篆云扶石。步履无惊环险象，好揽奇光异色。欣万里、长空澄碧。欲鉴吴王争试剑，但苍茫、霸气徒遗迹。兴废事，喟难述。　披襟负手巅峰立。骋遥眸、远峦衔翠，紫霞阡陌。目尽六朝形胜地，鼓乐繁华不息。羡自在、流岚飘逸。底事如烟浑若梦，肯吾心、一啸虚浮掷。高阁卧、听清笛。

◎ **董云成**　　福建省厦门市

贺新郎·咏柳如是

日落溪云起。自天边、一波苇动，满城声碎。菡萏竞残留不住，滴雨何消新翠？算不似当时滋味。最是离魂情意少，逐流光一瞬成千里。看故我，正欢恣。　钿花易委萧萧地。叹凝脂、早嗔水滑，晚愁绫细。料得木瓜应遗恨，轻许胡儿抛指。总不敌流年如水。旧带寻常无剩眼，到如今日日嫌宽系。烛泪尽，倩谁替！

猎猎西风急。看鼙吹、天关声动，乱云狂入。不抵黄龙何处饮，一指先鞭北国。恨万里长江轻坼。无觅英雄东逝水，纵百馀直向中流击。凭吊古，最难息。　故人血化山河碧。欲淹留、楼台日月，换君高魄。只道江南长别后，庾信从今萧瑟。岂愿作伤时词客？彩笔昔曾闲却手，白了头弹铗歌筹策。身后事，几时得？

梦向春阴尽。醒来时、斜阳深院，照人愁闷。飞絮流连铺满席，犹解冰肌娇嫩。恼死个檀郎无信。银箸拨炉常偷暖，驻游丝袅袅迷香阵。门半掩，

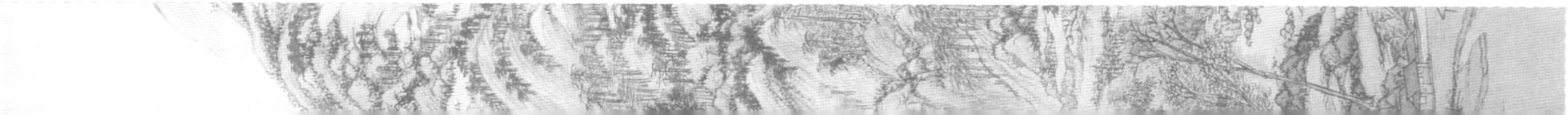

月初晕。　东风共把闲云恨。约今宵、婵娟低下，舞腰轻趁。天妒人间团圆意，故使楼心遮损。枉费了红窗睡稳。一夜无眠如何抵，忽紫骝嘶过桥东认。忙对镜，理云鬓。

◎杜　均

四川省成都市

贺新郎·常熟

坐拥山川秀。料神州，几番灵气，特来成就。草长江南三月暮，万顷湖田叠绣。掬一把、香风入袖。翠羽丹霞方永日，任江声海气融和透。芳草意，尽消受。　相传一脉斯文久。算良才，五千年里，惯能奔凑。金薤琳琅功业在，更起经纶巨手。正好是、芝兰为友。图报江山情未切，况持身许国蛟龙吼。人尽力，自天佑。

贺新郎·虞山

记取湖山碧。算江南，区区一角，翠堆香积。云接海门春色净，惯历风晨月夕。任满地，琅玕相击。晚照辛峰佳气好，想三生石上千金值。开剑阁，正豪逸。　年年博得英雄迹。念曾经，尚湖波浪，也曾翻激。断发文身来绝国，更启乾坤勋绩。幸又得、凌云健笔。慷慨书生非弱骨，肯危时热血轻抛掷。如画地，望无极。

贺新郎·柳如是

忍使轻攀折。想章台，几多风雨，一怀凄咽。料得红尘生鹤羽，敢上蟾宫醉惬。同气类，英雄豪杰。艳艳桃花应有主，况西泠得气真欢悦。重邂逅，正情切。　帘前寒柳愁千叠。纵胭脂，亦能抛掷，向来烟月。满目兴亡都看尽，湖水由他冷热。落日里、悲风骚屑。襟抱冰霜巾帼气，把平生亲付香消歇。春草碧，护芳洁。

◎冯德宏

江苏省无锡市

贺新郎·古城家世

自古三吴地，只琴川、松连天目，汐归江水。登览维摩观烟日，漫忆春秋旧事。正几度、吟情堪醉。乱入林泉寻铁佛，问昔时、楼塔居何址？曰勿访，七星桧。　世人难料沧桑意。羡因仍，翰林笔墨，水乡情味。还惜文恭瓶庵冷，但识铭珊遗美。试远溯、文开吴会。千载弦歌犹未老，望城垣、重现腾山势。信骜杰，已无悔。

尚湖春影

红绿江南岸，又东风，杏花无绪，柳丝轻暖。吟雪书台稀人迹，遥想昭明应倦。怅几许、灵泉遮半。踏水重为湖甸客，过津桥、月影连堤畔。却枉度，出渔乱。　桃源旧梦浮云卷。料难询、耕烟稻绿，一峰坡粲。听尽苍生炎凉事，才识姬雍避远。莫愧负、人间一段。尤喜香洲春似醉，伴天池、调奏朱弦慢。应不念，藕花晚。

虞山秋色

一夜西风渡，渐阑珊、半空秋意，叶黄无数。悬水晴岩扶云坠，但见琼崖飞雾。对叠石、天门斜伫。阁旷桥高云栈动，乍惊猜、几度烟岚举？孤鹜望，锦峰路。　秦坡深涧霜天步。忍回眸、馥芬丹桂，血殷枫树。松落寒潭忠魂在，休怪虞山愆误。叹柳隐、红颜天妒。竟世因缘家国梦，问夕阳、渺渺今何处？钟磬彻，九天暮。

◎傅丁本

江苏省宿迁市

金缕曲·月夜重游尚湖

时新月入水，山翠如沐，故国神游，神迷心醉矣。

一棹烟波里。重游处，多情迓我，湖山添丽。风露疑非人世有，万顷蟾光摇翠。更几点，寒星在水。寻取太公幽栖处，浸苔矶，千古留清气。听琴音，人遥去。　湖波演绎风流事。记当年，泛舟归隐，乱离身世。拂水山庄萦旧梦，今古人间情累。惹白发，无端洒泪。欲共盟鸥同把酒，望虞台，倚槛长歌醉。声声遏，碧云碎。

金缕曲·游虞山循霸王鞭上，穿行怪石密林间，登剑门，倚阁一曲，身化山云

剑阁凌天宇。通曲径，烟霞杖底，龙鳞万树。绝巘灵岩生幻相，碑刻摩崖无数。更花鸟，娇啼曼舞。为赋英雄悲壮曲，记当年，楚霸挥鞭处。铜琵裂，歌大吕。　『烟岚高旷』墨香古。四百年，蓬莱清浅，沧桑几度。君看三生奇石上，嬉笑青春儿女。好一个人间仙府。峭壁瀑吟喷雪浪，向平畴，化作甘霖雨。人醉矣，思高举。

金缕曲·游虞山，登剑门，遥望东南依阁长啸，峰谷偕鸣

百丈屯云里。攀危崖，振衣长啸，雁声足底。极顶扶筇凭远望，水色天光无际。听涛声，鱼龙舞醉。万树千林藏鹤影，洗秋山，雨霁流青翠。

风动处，石欲坠。文明上古史犹记。冶天工，阴阳双壁，人间神器。劈破锦峰剑门险，高阁飞临江水。好一派，东南壁垒。冷眼残柯蝼蚁戏，正扶桑，噩梦死灰起。壮豪情，凌剑气。

◎顾伟林　　江苏省常熟市

贺新郎·咏柳如是

咄咄河东柳。怅归家、惊心乍见，绛云飞牡。故国黄昏孤鹊在，潦倒樽前翠袖。浣不尽、春江波溜。笛里关山吹怨魄，想白头、青眼君知否。听海角，赤风吼。

兰成绮恨飘零久。问当时、奋身池畔，几人能够？辫碧颦青寻常事，消得番番清瘦。只一寸、灵根无纽。雷火心空千般劫，剩枯槎、残枿魂相守。斜日外，一回首。

瑶瑟悲清夜。甚裙边、游丝杂雾，揭来萦惹。几度行危还坐戚，落叶鸣钟方罢。听蚁斗、床头牛马。梦里江皋羞赠答，但惊鸿、一瞥春涛泻。含粉泪，讶罗帕。

麻姑桑海愁迁化。问青天、何因生我，女儿身也。今去披襟凭谁识，要袖风云半野。莽十丈、红尘抛卸。命绝白绫唯三尺，矢悬棺、丘首还诸夏。苍鸟起，月西下。

风雨愁双草。记湖边、行吟载酒，几番停棹。一朵芙蕖刚出水，玉立亭亭霞表。看弱月、孤光自照。山鬼女萝长相约，奈骚心、九辩人应老。归梦里，易安抱。

东山雪唱春寒早。只从来、文茵萋斐，我闻谁晓？箧里相思红豆在，廿载因缘未了。叹逸璞、终难搜讨。此去眈鸡如发覆，倩盲翁、再检麻沙稿。云海思，向天告。

双草，指《戊寅草》《湖上草》。盲翁，指陈寅恪。

◎郭文泽　　江苏省扬州市

贺新郎·柳如是

便作人间柳。见青山、朝朝妩媚，影怜尘垢。翻动真情肠中热，只嫁诗书老叟。哪敢做、降臣命妇？还问尚湖冰冷水，到如今何起诸多皱？大学士，可还丑。

爱家国者为朋友。恨当年、子龙一去，殁于来寇。更恨朝廷宵小聚，万姓皇天不佑。看破碎、江南畎亩。如是我闻成寂寞，只英魂夜夜明星宿。昭故史，愿无咎。

贺新郎·虞山怀古

满目湖山碧。记当时、东南采药，竟奔荒域。兄弟经之营之久，民亦推其功德。文化矣、新开吴国。世代赞称为大让，到如今风尚犹难及。松柏列，养标格。

后来君子承斯脉。古苏州、繁荣昌盛，杰才频出。又作人间清福地，共享先贤遗泽。静寂里、还争朝夕。似我凡夫空俯仰，恨不能一振摩霄翮。看遍野，小花白。

贺新郎·江南雨忆

烟雨青葱外。问翩翩、江南浪子，至今何在？篙橹声中桥孔漾，起伏千家粉黛。到月下、听些市籁。更向幽幽深巷里，被琵琶挑拨朦胧爱。情所至，怎能耐？

凡兮庸矣难豪迈。偶相思、鹭飞白水，鲤钻莼菜。只有心舟常解扣，一任云湍风快。续旧梦、春潮澎湃。不为湖山柔我意，为其间久结人文寨。初似水，复如钙。

◎何正华　江苏省常熟市

贺新郎

江南梦里寄我怀，冬去春何处？水潺潺，虞城三月，蝶蜂飞舞。小巷深深萦柳絮，满耳如歌燕语。曾记否、幽幽山路。陌野青青添翠色，赏牡丹园内芳华吐。更爱那，尚湖雨。

江南梦里怀今古。仲雍贤、子游故里，几番回顾。九曲琴川无限韵，尽入宫商筝柱。春万种、天成谁与？笑看寻常云舒卷，叹大千世界尘和土。路漫漫，有谁诉？

◎江彩平　安徽省宿松县

贺新郎·尚湖四季美如画

姜太公垂钓。尚湖湾，隐居避纣，故园春貌。往事千年催新浪，盛世中华真好！山相映，烟波浩渺。浓淡和宜怀古地，落桃花，再上荷香岛。心自在，看鱼跳。

归来紫燕愁秋老。探楼台，茶庄拂水，画栏斜照。莫叹江南西风起，慢转情深冷傲。喜瑞雪、天机织巧。串月桥边分白色，梦幻间，旋舞翻空闹。逐野趣，向天笑。

◎姜　红　黑龙江省鸡西市

贺新郎·虞山三叠

涧外春花老。有南来、清风吹絮，白云凭吊。行到姜公曾居处，莺破半溪林杪。兹谁记、英雄一笑？挚语三千臣子醉，弃纣商、扶正文王帽。知己遇，情何了？　殷勤莫过平湖棹。转波中、青萍捻碎，粉莲祈祷。东海狼烟谁操舵？不见穿空飞鸟。剑门近、香熏祠庙。试问高堂龙与凤，恁回头、直指南礁岛。天下事，便知晓。

月照菱花寂，更幽禁、箫声不住，涧风还袭。天际茫茫何归路，岭外平湖如席。恰又是、滩闲征辑。雁隐鱼沉无远信，剩宏图、脉脉悬空壁。携入梦，桃园觅。　红尘久做漂流客。笑如今、风清两袖，韵书千尺。三界无缘神来助，未得马良神笔。向彭泽、苦无双翼。算有文章难兑酒，立望楼、愁看人间色。烟霭重，官河黑。

梦断虞山晓。想晴岩、浮烟默默，传钟飘渺。何吝微风吹苔砌，无奈零星野草。更还有、冷鸢疏啸。几处凌崖松独傲，黛眉低、山路僧人早。朱舍静，白云皎。　阴晴惟是天知道。望沧波、官舟已去，尘烟难了。亭外殷红开还闭，细萼幽幽青小。恁百里、平湖未老。龙卷潮头推岸醒，向钱塘、谁甩乌纱帽？咨万事，问三岛。

◎**蒋世鸿**　浙江省义乌市

贺新郎·旅次虞山

寂寞虞山客。渡长江、烟涛万顷，古城重觅。十里青山如旧侣，向我襟怀涌碧。会此意、欣然无隔。约向辛峰亭上坐，望林边、一派苍凉国。鸥鹭起，满湖白。　尚湖尚有春秋迹。料江南、春来秋往，梦繁芦荻。万里人间情到处，便是天涯咫尺。剑门上、苔生消息。蓦听江声殷勤唤，问渔樵、归去当何夕？孤岭外，但闻笛。

贺新郎·瞿式耜

浩也瞿公烈！忆当时、焉能撼动，荩臣名节？辗转捐身纾国难，未见斯腰少折。浩气与、江山同列。最是刀前轻一死，祭人间、滴滴英雄血。谁识取，满腔热？　精诚到底真如铁。并虞山、青青挺立，凛然孤孑。况有长江涛声伴，日夜绵绵不绝。待唤醒、纷纷人杰。纵使云烟因风起，共胸襟、白日和明月。天广大，为君设。

贺新郎·感钱牧斋事步曹大铁『八尺金刚体』韵

矩矱原同体。看先生、文监二代，屈伸心志。忆取东林为领袖，猎猎旗从礼祭。有日月、照人难寐。一望虞山深到碧，问当年、笔下云何似？

遗墨沛，恨方炽。　从容写得风流字。信风流、营营未泯，者番天地。
或有文章堪补缺，焉补清明曲致？待如是、情传尘史。要插旌旗坛坫上，
后来人、比德分于二。以体用，说行止。

◎李　波　　辽宁省葫芦岛市

贺新郎·虞山三首（选一）

恒有惊人句。忆千秋、虞山座上，酒朋诗侣。锤炼炎黄铮铮骨，长记修
诚进取。叹自秉、恩荣殊遇。身在黄公图画里，倚轩窗、细听吴侬语。
于此地，得佳趣。　登临谁继《滕王序》？倩英才、挥毫濡墨，笔惊风雨。
吴会还寻江南梦，独与幽人来去。便醉了、柔情千缕。贤哲仁心昭后世，
迄今朝、再看风鹏举。钦正气，满寰宇。

◎李红星　　河南省安阳县

贺新郎·虞山旧事

南国重飞絮。更重游、熏香紫陌，啭莺烟渚。遥认伊人芳踪已，不是当
年心绪。空剩这、流云溪路。漫漫征尘还囿我，绕衷情、多少韶华负。

山十里，难回顾。　危亭伫望凭无据。向东南、入帘海燕，信音何处？
寻得荒丘耽如是，谦益曾今自许。叹寥落、黯然失语。倦客江南红颜老，
共暮空，淅沥芭蕉雨。挥泪别，此归去。

贺新郎·梦江南

遗梦江南久。种相思、几番寻觅，怎生消受？青石板桥依流水，黛瓦雕
窗隐秀。伫凝望、乌篷船后。双燕掠飞池榭苑，又蜂围、蝶会蔷薇嗅。
认紫陌，娉婷柳。　更阑深巷街杯酒。剪西窗、忆将谁知，添香红袖。
千里归来题诗懒，岁月蹉跎人瘦。漫感慨、白云苍狗。壮岁转蓬尘埋去，
笛数声、向远山青岫。中有泪，倩回首？

◎李家祥　　江苏省常熟市

贺新郎·江南史疑

远古谁知谜？究蛮夷、巫咸、胶鬲，璧良崧丽。妇好坟存商帝相，更有
吴鱼玉祭？怎掩饰，虞朝亡敝？立志灭商周积怨？况泰仲祖迹循传继？
夷越地，九黎壻。　刑天刃铁蚩尤掣。族遗诸、寻无可迹，或西陲诣？
卯榫屋牛犁皆弃。笨重途遭重挨？彻骨痛、多成奴隶？北御狄戎居留地。

继绝世、赖伯雍昆弟。兴水利，牧耕励。

◎ 李汝启　　江西省萍乡市

贺新郎·拟钱牧斋、柳如是问答

钱寄柳

惆怅难为忆。想当年，同车万里，风尘颜色。却怪东风偏多事，吹散飘萍踪迹。又恰似、鸡群孤立。一瞥眼前惊鸿影，算衷情未负湘灵瑟。文字幸、因缘觅。

秦淮水软今犹昔。想当年、才情花貌，云英先得。纵是天涯同沦落，宛转相怜相惜。也曾教、无端歌泣。侠骨江湖原可爱，叹浮云、身世何从白？且郑重，相思极。

柳寄钱

滚滚长江水。叹人生，来来去去，不过如此。名相马牛都参透，善养浩然之气。惟有此、塞乎天地。取义成仁当大难，试一翻廿二兴亡史。此等辈，何曾死？

匹夫莫负澄清志。最可叹，西山久遁，东山不起。时局如棋谁应付，狗苟蝇营而已。纵地大、物博堪恃。其奈鹰扬同虎踞，只成就、无穷亡国耻。虽百世，可知矣。

钱答柳

屈指谁堪数？只文山，乾坤正气，凛然千古。大义微言当日事，征伐原非汤武。况又是，腥膻胡虏。气灯不同心更异，看旌旗南下纷纷渡。遍宇内，非吾土。

冬青处处啼鹃苦。纵有人，西台痛哭，于时何补？纵有勤王兵四起，已是山河非故。但自念，此心酸楚。海上惊涛湖上草，任词人、写入新乐府。多少恨，茹难吐。

◎ 李锡庆　　四川省攀枝花市

贺新郎·常熟同学聚会

醉里相携手。忆当年，同窗聚会，晚春时候。远望虞山天剪影，楼阁亭台如镂。记多少，前朝箕斗。山下尚湖拭明镜，看游船，来往如梭走。山旖旎，水灵秀。

幽篁林里清溪口。有农家，盈盈笑脸，玉肴琼酒。谈笑风生说故事，芦荡风云激骤。唱一曲、京腔醇厚。我道吴侬软语里，服装城，天下心仪久。名在外，欲知否？

◎李晓兰

山西省昔阳县

贺新郎·感柳如是事赋此寄怀

百世芙蓉骨。恍仙姝，临波尘起，佩环声切。回首沧桑那时路，重映江南壁月。簸弄里，未教磨涅。满目花光凝望处，甚妍芳弥散清殊绝。泥涴玉，倚骚屑。　凭栏可奈伤心阕。漫咨嗟，萍踪消逝，断肠谁阅？街泪新亭无穷意，肯让须眉碧血？更识得、文宗奇节。一曲悲歌千古恨，剩吟怀，拂水常明彻。风雨起，落香雪。

◎李英然

山东省聊城市

贺新郎·柳如是墓前吟

谁怅寒潮柳？总凄凉、无情日雨，舞腰还瘦。轻问王孙知何处，惟有飞花独守。渐玉枕、沉情依旧。帘外潇潇春去也，忆从前，憔悴虞山负。烟浪里，暗伤久。　江南往事休重扣。遍天涯，几真女子，约梅魂揪？春日秋愁随风起，数隔重帘也漏。待约个、黄昏风口。香骨铮铮归草木，枉男儿、恬学寒松寿。三百载，有人否？

贺新郎·虞山琴音吟

淡雅开元叟。道天池、并谁语者，清音盈牖。还吐心肝余仙骨，放眼云山乱走。一丝绽、凝香思久。滑抹轻柔烟暗绕，远含春，浅绿淹黄柳。兰指意，种梅手。　风林弄月千秋后。雪原青、光藏剑气，直冲牛斗。听筑英雄行天理，一别高台置酒。泪揾把、拍栏人瘦。弹破西风残阳血，问苍茫、一曲《离骚》否？寥廓慨，任星守。

◎廖国华

湖北省荆州市

贺新郎·题拂水山庄

四面荷风拥。问当年、一湾清碧，藕花谁种？生死同心心事了，三径盟鸥许共。正笔下、奔如潮涌。一点东风勤爱惜，算今朝不负前时梦。争料得，祸旋踵。　平泉咽作灵均恸。怕相看、无情残照，乱鸦荒冢。瘦损形容风不定，难损心头沉重。更忍顾、陵移天动。楼外绛云飘已杳，剩诗文凝作深深痛。人与事，为之诵。

贺新郎·登虞山怀泰伯

名重神州久。矗东南、峰峦突兀，揽云挑斗。滚滚大江奔脚下，洗出此

山神秀。人道是、南来渡口。想象勾吴基始奠，拓穷荒不负回天手。兴纺织，力田亩。　纹身断发知何偶？赖当时、潜移默化，淳风布够。山海襟怀高纵处，咸集贤能长幼。垂雅范，视民如友。正此凭高思前哲，任频来耳际天风吼。名与利，更何有？

贺新郎·题昭明太子读书台

路转书台在。历沧桑、坐朝虞麓，风华千载。何处书声还朗朗，隐约合鸣天籁。更化作、松涛澎湃。想象斯人宵秉烛，把文章不厌从头改。心所用，慎无怠。　平生自有痴和爱。处山林、兼收广蓄，勤同耕溉。山鸟山花皆胜友，思绪高飞云外。临此慕、先贤境界。有幸今来沐遗泽，慨流光一逝知难再，途纵远，许重迈。

◎刘晓燕　安徽省合肥市

贺新郎·谒虞山柳如是墓

拂水岩边月。照碑亭、松林叠翠，暗香盈雪。如是青山多妩媚，共此千秋女侠。三百载、回眸未歇。绝世风华堪漱玉，忆绛云楼绾同心结。恨积毁，竟销骨。　铜驼荆棘愁肠裂。救危亡、醉摩霜剑，仰天悲崛。长夜迷茫燃犀烛，沧海孤帆开豁。梦碎矣、何人能说？十载病躯磨铁砚，叹陈公瞽目真澄澈！歌哭泪，古今血。

◎刘音　陕西省西安市

贺新郎·虞山赋

江左千峰阅，莽山川、周流六漠，气吞吴越。星破天河杯中泻，一饮梦云衮雪。峡谷尽、大江横截。飞起玉龙三百万，向天涯、化作神州月。风万壑，翠微叠。　一帘幽梦诗香结。水云间、虞舜留迹，地灵人杰。无限江山垂青史，望断孤鸿明灭。获麟笔、杜陵声绝。墨飚乡心千百度，问何人、家国思无歇？掬桂酒，酹先哲！

贺新郎·咏虞山兼赋曹大铁先生

梅柳春江渡，水云间、熏风又绿，竹溪深处。惆怅灵山花千谷，欹枕江南烟雨。遣词客、梦游云渚。水枕横裁山俯仰，望风船、解与婵娟舞。霜满月，乌啼树。　江南梦里寻桃坞。任灵均、携来西子，篆烟微度。花逐禅心云流水，此地瀛洲尽睹。更虞派、诗名千古。大铁文章凝史泪，料青山、总把风流赋。遮不住，铿锵谱！

贺新郎·虞中情

骋目江山丽，抹微云、辛峰亭外，渔乡沉醉。山逐飞花溪流月，一枕灵风如水。更望尽、万山青翠。千里莺啼穿峡谷，荡虞中、山色浮幽蕙。风乍起，琼瑶坠。

江南画里寻诗味。尚湖东、彩舟听雨，便携西子。词客挥来春风笔，江左文华旖旎。望家国、杜陵遥寄。水墨丹青融今古，梦萦纡、未解庄生谛。雪浪涌，尘寰蜕。

◎吕小明　　安徽省太湖县

贺新郎·虞山魂

兄弟真情笃。至虞山、纹身断发，入乡随俗。不惧蛮荒餐饮露，筑起茅庐木屋。传技艺、蚕渔耕牧。愚浊澄清花解语，为江南、点亮文明烛。衣与食，渐丰足。

真情殷切民臣服。护尘寰、仁风化雨，德心凝玉。环绕子牙垂钓处，崛起新生吴国。尚水润、长天赐福。薪火相传魂梦接，数千年、慢写风云录。青史外，遍葱郁。

贺新郎·虞山情

万古峰峦翠。总随缘、高飞青鸟，遍开香蕾。似梦清泉岩下出，汇作盈盈碧水。许岸柳、千株联袂。一脉春山城中半，向红尘、舒展天然美。邀北斗，降祥瑞。

子游归后儒风起。着华章、熏陶贞德，拓宽心智。沉湎公望丹青里，还被天池琴醉。更念念、文姝如是，真性刚柔诗韵雅，让人生、读懂真情味。今拜谒，几倾泪。

◎马守祥　　安徽省怀远县

贺新郎·恋江南

且住兰舟桨。看天涯，茫茫暮色，浪黏天上。千里江南烟水路，多少相思难忘。挥铁板，铜琶高唱。果是人生如梦矣，却为何遣我身飘荡？明月照，更惆怅。

人间离别谁能状？约他年，重游故地，冀君无恙。凝泪凭窗东风里，消竭豪情万丈。任浊酒，时光埋葬。伏案风惊南柯梦，语姮娥可懂孤芳赏。波影动，汐潮涨。

隐隐吴山杳。向东南，凄然回首，断肠如绞。十载江南身寄处，空剩夕阳芳草。情黯黯，馀怀渺渺。又是长宵风雨急，有谁怜花落悲啼鸟？如此梦，到天晓。

多情自是多烦恼。且由他，江湖相忘，两厢安好。莫使萦怀成恨事，唤取年轮清扫。人背后，怆然一笑。有幸他年回故地，怕已然物是人非了。微信里，寄词稿。

且做江南别。忍回眸，吴山万里，楚云千叠。滚滚潮流堆巨浪，身似扁舟一叶。人海里，随风摇曳。气傲心高怀揣志，是丈夫总想争豪杰。艰苦路，任凭越。

体疲形累心流血。处江湖，萍踪不定，沐霜经雪。幸有知音能识我，偷空诗歌同阅。心里事，填之词阕。客寄他乡多少岁，十四年早已生华发。归去也，泪偷滑。

◎**莫增清**　广西壮族自治区忻城县

贺新郎·曹大铁先生逝世七周年祭

风雨黄昏后。念先生，浑如小睡，便终圆寿。明月清风都追去，馆里菱花依旧。书与画，欣然不朽。入地六龙今又上，笑苍山如海云如狗。慷且慨，几人有？

问谁阅尽江南柳？算虞山，诸多灵气，与人同秀。今古文章高深处，把作杯中清酒。更何况，多师多友。万里投缘轻一掷，比鸿飞仗剑风中吼。情与貌，两长久。

◎**聂德祥**　吉林省珲春市

贺新郎·曹大铁先生百年诞辰有作

常熟多名士。羡千秋、星光灿烂，海潮无已。更有奇人曹大铁，的是江南才子！叹卓荦、风华盖世。跌宕平生藏侠气，又从容尔雅春风里。逢诞日，百年矣。

人间总有因缘会。记曾经、飞鸿北上，以词相寄。慷慨凌云三千里，壮我关东韵事。望不尽、虞山仰止。情系神州承一脉，纵天涯赤子吟怀似。倾大白，为公祭。

◎**邱志敏**　江苏省苏州市

贺新郎·虞山吟怀

散发清秋色。倚书台，一时收尽，平林烟迹。漫敞高怀忙呼酒，醉我青山吟屐。但回首，剑门孤立。涤尽梓尘残照里，望寒汀，远楫纷收拾。云渡水，芦吹笛。

双桥拂水今尤忆。只海隅栽梦去后，仙踪难觅。

争道双跌谁人识，翠管幽然林侧。坠清远，溪澜千尺。文采愁他无裁处，柳鞭传，千咏唯今夕。谁误了，生花笔？

贺新郎·虞山雅集诗友嘱咏曹大铁

仗剑悲风骤。正江南，残山剩水，暮春时候。云路遥遥连沧海，千古书台依旧。钿车过、酒栏击缶。乌目天然书画里，怅清游、何必追桓柳？姑一笑，虞山叟。　屠龙事业经纶手。待醉也，一笔浮生，大千参透。弹冠飞花粘无数，散作文章如绣。赋不尽，啼鹃新瘦。身似孤亭檐下铁，只声声，听倦黄昏后。凭泪渍，凝衫袖。

溪与流云接。海隅山，琼枝带玉，紫烟笼阙。书剑江湖人难了，回首繁华都歇。怕误却，等闲风月。结绮诗心飞旧浦，柳帘招，几点萧骚屑。情入骨，思成铁。　古今词史从头越。更谁把，商征弹遍，吟壶敲缺。堤上长条愁堪折，相惜相逢相别。叹鹃血，替人言说。一阕残词凄凉犯，问来春，何处歈歌切？细看取，梅花洁。

痛饮虞城夜。醉江南，雅园圈虎，春郊随马。风物翩然书高阙，文藻樽前开社。渐入破，诗裳舞罢。鬓影菱花同比瘦，倚碧箫，冷月清辉射。斯景误，叹存者。　浮空白鸟离帆挂。怅平生，文章事业，风流难画。千古江山凭诗眼，堤上梅枝低亚。黯归去，黍黎悲写。千劫何曾风吹去，对屠沽，无愧今生也。坚铸铁，吴钩打。

◎申闰平

湖南省洪江市

贺新郎·游虞山

倚棹观寥廓。讶奇峰，蹴波遥耸，削如锋锷。昂首高歌云飞起，逸兴居然不薄。但时见，沙鸥穿掠。湖上涛声生迭迭，荡豪情，直欲凌山岳。呼啸去，入岩壑。　山中幽僻多花萼。想仙翁，乘云时采，千年奇药。我自来寻高人墓，行遍岭头崖角。为探险，有前无却。最爱清泉鸣溪石，起童心，戏把游鱼捉。何忍返，此间乐。

贺新郎·怀钱谦益

谁把琏瑚许？看奇才，挥毫落纸，气雄如虎。可叹时穷身偏蹇，北阙上书无补。丧家犬，栖惶无所。沧海横流家国破，理残书，欲续春秋谱。惊噩梦，泪如雨。　绛云楼上神仙侣。听瑶琴，红妆红豆，蕙风和煦。

次罢杜陵秋兴韵，应比梅村心苦。暗奔走，木孤难拄。毕竟复明成春梦，抱穷愁，先后归黄土。唯大雅，烁今古。

◎孙双平　　河北省赞皇县

贺新郎·题虞山藏海寺

何寺能藏海？望高崖、云垂刹影，霞涂檐彩。天下波涛关墙内，任他恣狂澎湃。但呵护、柳姿花态。丽日清风环宇净，一堵墙、仿佛成边塞。守住了，清平界。　应知世上多尘霭。更人生，顺舛穷通，几多无奈。谁有通天乾坤手，赚得有成无败？恐还是、空馀感慨。最好胸墙能容物，淡悲欢、能把波澜戒。一笑这，恨和爱。

◎孙晓峰　　广东省深圳市

贺新郎·谒柳如是墓

望断虞山路。漫倾听、尚湖杨柳，锦峰烟雨。昔日小楼寻无迹，但见亭边丘墓。两对立、唏嘘如故。绝代风华梦断此，问何人、再为河东赋？情不已，万千绪。　暗中谁吟燕台句？是吴蛩、一声凄厉，一声愁苦。应惜红颜为枯骨，岂料青山无语？风吹过、添些酸楚。为有香魂魂未散，日又斜、兀自还凝伫。谁共我，唱金缕？

◎涂宇晶　　山东省济南市

金缕曲·钱谦益

狷也钱谦益。想当年、文坛盟主，雍容吟席。领袖东林轩昂气，风节曾经披挹。掌国史、贯通经籍。红豆绛云终大雅，纵偷香、韩寿何堪匹？初学集，自超逸。　陆沉桑海真难测。看投湖、逊却河东，水凉撜溺。剃发因称头皮痒，留得青山第一。降顺治，无须挑剔。首鼠两端诚可笑，辨忠奸、何必凭皇室？无祸国，是贞则。

金缕曲·翁同龢

开启维新史。荐康梁、方堪救国，才堪经世。必欲其才为所用，冒险何辞万死。草诏令、昭明国是。瞬忽憎然遭革职，欠转圜、或怨书生气。肝胆在，瓶庐里。　忧民忧国真廉吏。展经纶，两任帝师，一门父子。殿试魁元回文曲，翰墨诗书余事。雪冤狱，律严法理。豆剖瓜分悲危局，护金瓯，激浊清流沸。河岳碧，唤公起！

金缕曲·曹大铁

金缕云和曲。唱风流、虞山名士，奇才若木。书画诗词兼篆刻，气象苍浑渊穆。菱花馆、有谁能属？文物典章甄版本，漫收藏、只眼看图录。声价重，满常熟。

童年湖甸吟家塾。进三师，受业名家，桂增芬馥。草圣画仙传衣钵，挥翰霞飞凤逐。筑杰构、云衢高矗。机械工程天工巧，更译编、鸿着辉金策。尘世外，觅仙躅！

◎**翁钦润**　广东省深圳市

贺新郎·咏虞山书派印派

冰绢金蛇舞。任恣狂，霜毫纵逸，骤风催雨。悟取佳人挥剑器，落笔龙翔凤翥。驰醉眼，癫骸痴语。纸上烟云神鬼妒，对金樽，老杜悲难诉。凭遗墨，睨千古。

繁华宫阙皆离黍。溯春秋，秦风汉韵，秉刀重铸。礼乐诗书铭钟鼎，小篆金文石鼓。叹拙朴，林皋幽趣。繁简相参流清雅，更雄苍，海内称高誉。方寸内，气吞吐。

贺新郎·咏虞山画派

蘅渚蒹葭曳。正归鸦，西风啸冷，暮秋时节。十载匠心穷妙笔，绘尽富春桂楫。烟水笼，沧江霜月。苇絮孤舟横野渡，叹飘零，颠沛云山裂。悲散乱，恨残缺。

关荆董巨流风骨。对清晖，丹青国手，俊才高绝。湖海耕烟催华发，看取寒林暮雪。更峻岫，兰幽梅洁。漫策青驴堪载酒，过松溪，琴籁凋黄叶。听石谷，杜鹃咽。

贺新郎·咏虞山琴派

雅乐流千古。袅桐音，清微淡远，尽销荣辱。蕉叶龟纹鸣秋鹤，绿绮春雷漫抚。理遗韵，天池传谱。凤沼龙池容天地，向溪山，琴况君知否。音意合，变寒暑。

焦琴弦断天涯路。正飘零，江南望断，洛阳春树。明月谁操《广陵散》，漫寄云台离绪。聆绝响，松风相诉。塞上胡笳惊落雁，问渔樵，云水潇湘去。梅影乱，叹离黍。

◎**吴建华**　湖南省安化县

贺新郎·三让话高踪

烟雨秦淮望，忆梅村，芦花旧巷，野舟残浆。断木僵横蛇虫瘴，满目荒流纵莽。苦跋涉，芒鞋藜杖。断发纹身藤萝帐，卧僚棚，凿井开芒砀。卜星象，烹泉酿。

江南万里云帆涨。弟兄恭，五湖荡漾，渎河云舫。

阡陌田畴桑麻傍，一眺江天极旷。背父意，不封侯相，远赴荆蛮为三让。仰岐山，千古风高尚。歌欲放，九州唱。

贺新郎·江南寻梦

梦里江南路，望姑苏，乌篷远渡，芳郊云树。往哲先贤思如故，伯仲句吴羁旅，启国祚，阖闾城署。季子延陵申浦墓，袭儒风，言偃经堂雨。归鸿处，听吴语。

丹青翰墨淳风煦。洒千盅，烟云顿舞，张癫神斧。一扇清晖耕烟渚，尽道山居雅趣。角羽韵，焦桐和吕，调寄菱花传今古。共流觞，笔醉兰亭序。携诗侣，缀金缕。

贺新郎·登虞山怀古

久慕虞山妙，怅迟来，斜阳古道，仲雍祠庙。谒拜寻宗香烟袅，伫立虞诚祈祷。思未表，东吴封号。南国友恭天难老，树森森，孤冢音容杳。撩荒草，细凭吊。

文开吴会传儒教。伴青灯，水云襟抱，经堂形槁。自此文风开先肇，洒脱林泉啸傲。地毓秀，兰舟词藻，冠带苏韩多情调。抚幽琴，一曲鸣清操。登仙峤，趁春早。

◎徐　兵　山东省青岛市

贺新郎·柳如是

未断春时节。叹年年、章台旧地，柳眉初发。堪挽尘埃蒙英气，误了人家清绝。倩谁惜、南楼蛱蝶？慧眼还输梁氏胆，任金陵遗老朝新阙。风过语，似凝噎。

贰臣稀具雄夫骨。但还知、柔肠入泪，一般澄澈。幽夜窗前霜飞影，依旧当时明月。问照冷、几多情切？拼尽此生姻缘恶，共初心化作梨花雪。如带露，莫轻折。

贺新郎·访翁同龢墓

柏老天难老。料经年、墓田风雨，未知情貌。如有幽魂怜望眼，还借后生登眺。休记省、帝师荣耀。欲遣庞鲸吞恨海，奈丹墀细数奇人少。空涕泪，伴凄悄。

花翎残落同枯草。祭长风、燎原星火，熊熊破晓。烧尽清流陈年耻，换取青山一笑。悬望处、时时相报。取次妍华俱意切，掩白头惆怅归来道。惟日影，尚相照。

贺新郎·怀大铁居士

百岁光阴已。问相投、飞毫歌咏，梓人能几？珍重清狂滋侠骨，嫉也庸朱俗翠。恐佳兴、渐趋孤味。故向天工陈六法，恰天工格致还相似。心返璞，境高峙。仙乡杳杳烟云里，阻而今、净宣银管，未成真意。文苑梧桐应犹在，荫得闲苔铺地。待谁听、凤鸣声起？若许蓬壶良夜路，念墨池时序余灵气。香翰暖，共风细。

◎徐克明　江苏省常熟市

贺新郎·纪念国学大师钱仲联先生一百零八周年诞辰

国学精深博，问何如，韩潮苏海，许吾蠡勺。八骏日行三万里，早是轻蹄奋跃。胡蝶曲，梅村新拓。更有其清诗纪事，叹鸿儒，八斗罗佳作。丰著述，仰高阁。　又逢九月黄花灼，念先生，梦茗一别，驾鸾乘鹤。只道是南钱北季，犹听东吴振铎。秋烂漫，春风难索。再上虞山诚拜谒，望湖亲，东涧流光掠。斟絮酒，敬请酌。

◎杨定朝　湖南省益阳市

贺新郎·虞山

又一番新绿。醉花期，晨风暮雨，野桃青菽。如画江山谁为主，自古英雄逐鹿。虞仲子，传薪荒服。云岭苍苍波骀荡，恰碧空，舒展春山幅。夜举火、裂图轴。　柳花如梦人如玉。绛云飞，月碎寒潭，荷摇空渌。吴柏秦松碑铭碣，水寺烟亭斜麓。望历历，珍珠盈掬。留白千年丹青卷，待后生，皴染东方旭。唱大调，风敲竹。

贺新郎·尚湖

雨布烟春令。正盈盈，晓来放尽，圆荷千柄。濡沫鱼儿惊还散，一尾参差流荇。又一尾、深潜舴艋。旖旎花光无限意，绿荫浓、深处黄鹂迸。千百啭，山争应。　林泉唤起清游兴。傍丝纶，钓云钓月，亦眠亦醒。思驾长风青天外，鸥鹭新盟未订。振翮远，独怀高迥。笑我情生潮千尺，转头空、潮去无凭证。风吹皱，波间影。

贺新郎·常熟田

时雨江南遍。稻花天，淋淋沥沥，青畴铺展。云影斑斑新禾秀，出水绿茵如翦。有田叟，荷锄往返。活活清流纷上下，两部蛙，鼓吹丰收赞。光似泼，香濡软。　休嗟瘠土南山矸。掺一握、常熟神壤，化成兰畹。沽酒人归熏风里，笑语黄金庭院。四海足、陶陶款款。红树夹墙虚瓦舍，袅炊烟，合做青岚散。垄亩上，走鸡犬。

◎**杨贵泉** 河北省秦皇岛市

贺新郎·虞山春感

山水携灵气，挽东风、琴川俊赏，满怀晴翠。浩渺烟波飞鸣橹，直下沧溟千里。须细品、江南风味。记取披襟吹笛句，甚空蒙、元美还如此。千载过，一弹指。　大痴画里寻春意。步清幽、明湖照影，绿岑遥峙。虞仲文明开蛮土，催发寒枝冻蕊。多少事、渔樵犹记。烟树水亭悬朗月，起瑶筝、如是归来未。杯未举，人先醉。

◎**杨　敏** 陕西省宝鸡市

贺新郎·纪念曹大铁先生诞生一百周年

徙倚清秋节。对萧寥、菱花歌断，一怀抛撇。唤梦江南沉烟里，漫道风流都绝。况剩有、吟踪化蝶。看取篆痕深深处，正丹青绘尽流光睫。将素绪，认梅雪。　凭谁来补梁园缺？耿伤心、环天泪堕，鹤遥云迭。底样襟期岑寂久，还抚霜缣碧血。叹九地、暗香空结。半野堂前春去后，怅幽幽词魄难离别。犹挂住，故山月。

◎**杨治同** 湖北省荆州市

贺新郎·在通向江苏常熟南湖湿地访友的路上

未送登临目。几曾知、花间非雅，坊间非俗。铁板铜琶疏格律，都与苏辛竞逐。堪对此、词林簇簇。说得便须行得也，你偏偏、要把虞山读。有境界，待匡复？　空中兴象旗斜矗。老雕虫、枉抛心力，精神难赎。不减唐人高处在，七宝楼台巧筑。能管得、书藏奚毒？摘句寻章新制作，又无端、堕入销魂谷。就爱这，草和木！

◎**杨忠喜** 湖南省岳阳市

贺新郎

最响虞山笛。御天心，麟腾云步，凤张霞翼。秋兴声和金缕曲，唱出江南春色。凭圣手，频挥画笔。朗朗乾坤装一纸，点龙睛，震碎昆仑石。天地转，鬼神栗。　词林又沐尧天日。启后人，弄潮学海，采芹阡陌。礼义延承光祖武，开敞文窗胸槅。融万汇、磨成酽墨。笑对苍黔频点首，亮心灯，续写文明集。开慧锁，赋东极。

◎于　鹏　　江苏省常熟市

贺新郎·虞山留别

雾隐林中路。看参差，吴山一带，乱云飞渡。江绕华城轻舟急，翘首明波相顾。念此际，芳菲无绪。慰语淹留三峰晦，乍还寒，只恐前尘误。方寸里，两三步。

风催时雨长如注。挽天河，青崖碧洗，海隅何处？拂水堤边无穷柳，堪把流年辜负。正燕子，归巢寻侣。偷换晨昏无定数。恨不能，了死生惊怖。还伫立，浥花露。

◎余振民　　江苏省无锡市

贺新郎·虞山

胜地君知否，枕江潮，翠岚济海，梦窗人妒。风入琴川丝弦响，妍丽纷呈烟渚。笑常叹，太仓难负。沃壤旱涝能造物，使身闲，盈耳多情语。闻曲径，通幽处。

陂山方塔高如许。任时迁，影潭沉碧，鉴开堪悟。书卷亭台归儒雅，金榜题名有序。倚城郭，凤翔龙翥。句里春秋循明月，但回首，依旧花无数。轻拭泪，远相顾。

贺新郎·方塔

独秀清灵与，垒高风，远瞻沧海，仰离尘土。闲弄纤云分吴楚，兴福崇教千古。赖文用，法渊推举。宋构偏怜书生气，仗规方，层叠无言语。非突兀，避风雨。

奔牛业已神拴住，便思量，三春相守，九秋呵护。逢客东来虚尊位，谦让明分有主。此光彩，任由天许。上苑花开君休问，竞纷谢，都在登临处。虚日影，送朝暮。

贺新郎·尚湖

依约仙家女，漾风华，翠鬟云鬓，少年思绪。涯际骋眸芳菲隐，含怨情倾佳侣。合留恋，偶尔相遇。空照娇然飞鸿影，恰参差，荷叶翩翩舞。微浪歇，流光煦。

皇天钦赐玲珑釜，为何来，润香滋彩，着些烟雾？堤上桃红间毵柳，妍丽纷披有度。对冰鉴，浅眉凝虑。不与炎凉同憔悴，自珍惜，那落霞朝露。谁共我，会南浦？

◎张　明　　江苏省泗洪县

贺新郎

何处风光秀？踏昆仑、长河大漠，武夷崇岫。但得平生常快意，不畏囊

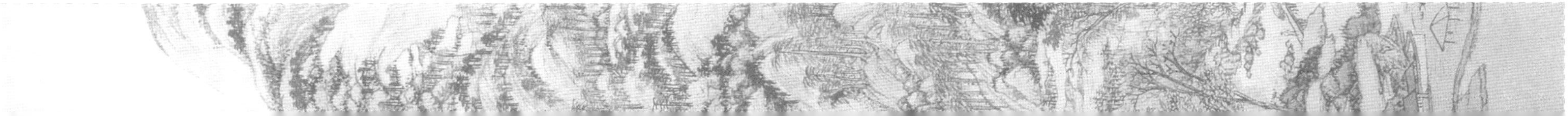

羞骨瘦。越万里、霜寒风吼。直到江南常熟后，聚风流、始见虞山厚。知几许、问童叟。

鸥声鹭影平湖皱，说张颠、狂书蘸发，酒酣行走。举目状元楼树扁，又是书坛领袖。访画圣、闲来安否？近有菱花曹馆主，赋长歌、一泻汪洋骤。烟水地，怎参透？

◎ **张瑞芹**　　河北省石家庄市

贺新郎·咏曹大铁

一卷天成语。谅非功、文如翻水，势如飞虎。血泪沾凝辛酸史，消瘦韶光难补。料耿耿、词心堪许。更把虞山嵌画里，漫相看笔底春风舞。知远意，唤春曙。

高台置酒清歌举。想而今、昭明泼墨，仲雍喧鼓。半野堂中书四壁，夜静犹闻佳叙。叹只叹、无缘感遇。不恨红尘多变幻，恨红尘不叫人长住。遥一拜，自来去。

◎ **赵　旦**　　江苏省常熟市

贺新郎·咏铁公

为有文华路，但希贤，杨门立雪，夜来锥股。窗外鸡鸣寻常事，伏案不知寒暑。甚赋得，灯前黠鼠。报国犹能攻土木，看人间，平地高楼竖。天堑上，白虹渡。

时危倭寇贪如虎，恨书生，缚鸡无力，运毫如斧。强虏终成灰烟灭，喜见黎民为主。览壮阔，诗词以赋。老去犹培桃李圃，到今朝，香透山青处。文脉在，桂枝舞。

◎ **赵凯龙**　　山西省晋城市

贺新郎·虞山

都说虞山好。那风光，有田常熟，逢春偏早。湖畔春风花枝影，九曲桥边夕照。小石洞，紫藤盘绕。瀑下九天声似鼓，溅玉珠，上有烟飘渺。慨此地，景多少！

登山临水情难了。想当年，仲雍治国，伯高狂草。山畔清风唐朝客，曲径几闻啼鸟。入古寺，可曾悟道？水墨画中逢今日，但青山、依旧湖边妙。谁共我，复长啸？

我爱虞山景。且追寻，辛峰夕照，破山晨影。抽剑劈开云中石，人道吴王之猛。对三怪，词人难咏。扑面南风晴亦雨，洒珍珠，疑是神仙境。谁久立，青山顶？

江南风月敲人醒。想昭明，书香盈袖，风花安静。

今日江山沧桑变，一片繁华相并。望东海，朝阳破暝。红印一枚天上盖，酿良辰，照亮仙乡径。挥不去，登临兴。

快上虞山望。要相逢、云侵山色，水翻沧浪。无尽幽情连何处，我共青山畅想。湖光里，当年姜尚。寂寞金钩垂日月，几春秋，国策藏心上。惊耳畔，磬音响。

虞城脚下妖娆状。对春光，方塔绕云，吴歌对唱。花鼓银弦红枫树，乱影紫街朱巷。客醉了、桂花佳酿。谁画小康中国梦，那波心，激荡三千丈。感此意，乾坤朗。

◎**郑红云** 江苏省盐城市

贺新郎·客居虞城六载感赋

雁阵随云去。渺关河、向谁栖息，野山荒渚。绝岭危崖还不及，弱水三千难渡。空怅望、斜阳落处。半世离魂都一梦，待点检、值此无情绪。今醉也，任痴语。

霜篱冷月阶前路。对昏灯、秋风匝地，乱花飞舞。却恨镜中多华发，终把良辰辜负。尽薄利、虚名尘土。唤取吴刚人间看，欲问他、桂影凄清否。新酿熟，与君酤。

叶向秋风坠。更寒蛩、鸣声凄苦，惹人心碎。半世飘蓬犹是客，多少男儿清泪。今老也、归程无计。刹那光阴留难驻，再回头、检点都如戏。趁此节，且成醉。

这番休与愁相对，任勾留、半城青嶂，七溪流水。古寺钟声禅意永，身在江南福地。却问我、愁来何事？日暮枫林霞光染，渺云端、雁字横天际。终不语，甚滋味。

且做他乡客。任凝眸、七溪流水，半城山色。风送桂香初入户，又是窗前月白。霜夜永、壶开玉液。欲待举杯邀素女，下蟾宫、尘世留芳迹。况醉后，少幽寂。

凉生梦老灯照壁。正无眠，披衣趁步，冷阶闲立。野径枝横秋叶落，更莫愁听促织。论聚散、天涯咫尺。应晓光阴都一霎，问尔曹、何物今堪惜？心事也，凭词笔。

◎**周国庆** 贵州省遵义市

贺新郎·虞山吊柳如是

雨霁汀沙白。洗轻尘，几声鸟语，晴空澄碧。数点飞花凭逐浪，往事悠悠无迹。夕阳下，垂丝如织。却忆当年风月梦，伫长亭，别岸青青色。

思有尽，也朝夕。　卿卿本是飘零客。算人间，兰心蕙质，个中标格。红豆馆前湖上草，拟作春秋词笔。古城外，霜衣一袭。长恨此生非所愿，向虞山，人在云之北。谁与我，晚听笛？

◎周慧卿

辽宁省大连市

贺新郎·拂水山庄

窗对芭蕉展。小园林、风轻云卷，柳丝垂岸。帘外残红春已暮，听得莺吟自懒。问谁把、流年偷换？谁使佳人多薄命，枉教人憔悴思无限。空洒泪，更谁看？　临皋望去西湖远。碧波平、斜阳坠处，几家庭院。月满西楼银烛暗，闻得声声怅叹。湖水冷、舟回人转。一片冰心君可见，理徐音弦断随风乱。花又落，瑟难按。

贺新郎·藏海寺

竹引登山路。望东方、尚湖水碧，剑门雄踞。金刹巍巍云阶上，慈塔幽篁隐处。野鹤与、孤云飞度。玉殿古庵松掩映，更泉林崖洞犹相顾。听梵呗，悟禅语。　三千世界心头驻。算人生、花开又落，四时依序。只有江河浑不管，日夜东流如故。匆促里，年华虚度。前日烟云皆过眼，剩石狮骋目观今古。名共利，化灰去。

贺新郎·读书台

媚色西湖记。水潺湲、流香透廓，漫山飞翠。还向风中寻旧景，古树浓阴尽蔽。如走进、桃花源里。画阁咏吟声渐远，等闲观酬唱谁人是？酣梦觉，怅然立。　平生自有凌云志。倚轩窗、闲将逸兴，锦文雕缀。翰墨风流藏此处，往事依稀梦底。梅蕊绽、腾腾香溢。笑掷经年风共雨，抚苍苔休道功名事。舟一叶，醉山水。

◎周锦飞

江苏省张家港市

金缕曲·周章

胜事从头说。倚江干、吴绫弄絮，吴盐欺雪。千树桃花随流水，舀取吴蓝飞沫。耕读罢、吴梅消渴。摩洗纹身还照影，向遥岑一笑吴娥靥。披瘴雨，竞渔猎。　驰来诏命云天阔。一霎时、吴戈映日，吴钩擎月。惊橘淮南之淮北，检讨吴歌生活。欲立马、吴山歃血。拱极开疆依牛斗，待三春归雁吴笺发。按甲仗，锻精铁。

金缕曲·瞿式耜

命也何堪说？想年来、哀笳遍野，白头搔屑。明月扬州应存照，此处梅花稍缺。待拾取、桂林香骨。十里青山犹汉土，对黄埃百丈愁肠叠。风不定，旆犹烈。

自来汉贼难同列。睨寒潭、松枝影落，蔓藤横突。千鏊殷雷回声迥，金鼓戛然而绝。渺万里、衣冠仿佛。古道夕阳行人少，顾辙痕无语真凝噎。宁玉碎，心如铁。

金缕曲·曹大铁

意气平生说。忆风流、洋场十里，都曾披涉。金谷神驰荒园里，谁解风怀郁郁？几翻覆、中年时节。残稿飞灰抟赤土，看桥梁横卧烟囱拔。身外事，梦中蝶。

江南才子英姿发。蘸春江、摩挲沙水，染成空阔。诗笔潇潇生花处，一夜小楼吹彻。恨只恨、难吹鬓雪。散尽千金声名累，剩青衫一袭支仙骨。琴水玉，虞山铁。

◎周　鹏　　甘肃成县

贺新郎·梦寻江南

梦里江南路。正年华，征途未倦，热风炎雨。时际三吴秋初讯，倾盖红荷欲语。泛一叶，风光如许。载酒江湖烟水碧，更兰舟桂棹同仙侣。邀素月，共杯举。

书生爱叙英雄谱。向长江，风流总被，浪淘今古。为问江东多豪杰，胜迹纷然故渚。江表传，今谁堪伍？过眼千秋人易老，但江山毕竟归英主。游旧地，草新赋。

◎周一清　　江苏省无锡市

贺新郎·过常熟

又是江南雨。度轻寒，繁红涨绿，梦萦江渚。还道人间天堂好，容易万千诗绪。恰吟客，旧庭闲步。记得前身长驻歇，暗寻他，衡馆题襟处。谁共我，花前伫？

半城湖色依山树。问芳洲，荷水菱风，老鱼几许。何事千年多髦俊，杳杳钟声如故。过巷陌，箫桐低语。妙处与君难说尽。更蟹肥，把酒携俦侣。看荻雁，向天去。

贺新郎·菱花馆主百年诞辰

江左多奇俊。看曹郎，元龙豪气，掷金如粪。年少何曾输词赋，倚马自雄连郡。方起舞，拿云一隼。满座高朋书万卷，对酒酣，咄咄持鸿论。人到此，有高问。

平生不耐丹青困。更记取，翰墨余事，栋梁本分。

裘马清狂终归去，湖海情怀难尽。念旧侣，百忧煎恨。可叹瓣香成奇绝，为当年，了却青山信。身已老，金声振。

贺新郎·虞山吊古

到此江东地。数繁华，家家俊彦，风流如此。遥望平平田畴绿，是处仁山智水。傍隋岸，兰堤烟醉。休说南来皆杏雨，看书生，铁骨横刀死。血与火，周旋起。

千年人杰陈坟史。叹鹃血，诗剑琴心，云天涕泪。愁绪难销惟忧国，撷尽虞湖灵气。但零落，扁舟去矣。营就馀生终一管。且登临，目断春潮外。呼好酒，为公酹。

◎ **朱兆麟** 湖南省益阳市

贺新郎·曹大铁先生百年祭

昨夜西风里。记当时，吴江月冷，秋光如洗。一枕黄粱浑是梦，莫测吴头楚尾。更忍看，潮头弄鬼。翘首长天关塞黑，怅神州一片埋愁地。谁念我，贾生泪？

百年风雨寻常事。下扁舟，悲歌击楫，壮心未已。门外潮平悲白发，只剩一腔豪气。歌与哭，阿谁曾识。寂寞鱼龙秋江冷，只知己倾盖相安慰。风雨梦，死生契。

四海文章伯。有当年，东坡豪气，迦陵才魄。当代诗坛推巨擘，引领虞山文脉。公去后，有谁当得？汉魏齐梁同服膺，赖苍天赐予凌云笔。坡仙体，灵妃瑟。

书生到老仍忧国，九回肠，悲歌慷慨，挥毫泼墨。铁板铿锵和泪写，吐尽胸中悱恻。浑不似，人间闲客。弹尽平生哀怨曲，继离骚万古参天立。为文苑，树词则。

梦绕虞山久。忆当年，菱花开馆，灿如星斗。谁道梓人多韵语，胜似沧溟野叟。直看破，白云苍狗。书生笔底灵均泪，没蒿莱情系吴江口。耿耿在，长不朽。

铭文合向灵山镂。砺风霜，气吞河岳，与天同寿。百载冥辰相吊望，聊备双柑斗酒。又疑似，山阳访旧。多难兴邦堪告慰，看呼风唤雨回澜手。东风劲，凯歌奏。

评述

试论虞山诗派的渊源、传承和艺术成就

◎江苏省常熟市　孙永兴

明末清初，异族问鼎，社会动荡，民族矛盾尖锐，思想斗争激化，拥有得天独厚文化资源的常熟，虞山诗派崛起，为世瞩目。这一诗派影响大，内涵丰富，争议也多，这里试对它的渊源流向和成就，作一番梳理探索。

一、钱谦益和虞山诗派

虞山诗派，百度百科将之定义为：明末清初以常熟虞山命名的东南诗坛重要流派，以钱谦益为首，包括其门生冯舒、冯班、瞿式耜，族孙钱曾、钱陆灿及吴历等。虞山诗派最大的特点是学古而不泥古，积极主张诗歌革新并能取诸家之长而自成风格，对东南诗坛的繁荣作出了一定贡献。

这个定义对虞山诗派的年代、地域、人物构成、艺术特点以及对周边的影响作了界定，可看作部分人对虞山诗派的看法，其间存在问题也不少，值得讨论。

（一）钱谦益其人其事

钱谦益是虞山诗派的领军人物。要了解虞山诗派，首先要了解钱谦益。

钱谦益（一五八二—一六六四），字受之，号牧斋、蒙叟、东涧老人，祖籍常熟西乡奚浦（奚浦为恬庄流向鹿苑的一条塘河，钱姓族人大多聚居鹿苑，少量散居奚浦两岸及其他乡镇）。祖父起，移居常熟城东门大街与大步道巷之间的花园大宅，主楼叫荣木楼。钱氏家族在明代是常熟著名的官宦大族，嘉庆年间的钱籍、隆庆万历年间的钱岱，都是进士，身居御使要职，富甲一方。钱谦益祖父钱顺时，也是一名进士，只是早夭，外祖父顾玉柱是地方大吏，钱谦益是常熟钱氏家族在嘉靖、隆庆、万历三朝科举考取的第八位进士，他的崛起，是明代常熟钱氏家族继钱籍、钱岱后出现的第三位影响巨大的人物。

万历三十八年，二十八岁的钱谦益考取一甲三名进士，循例当翰林编修。这时的朝廷，皇帝不管事，大臣分裂成东林党和宣、齐、楚、浙诸党（党是当时政见相近，交往紧密的人的称谓，非现代意义上的政党）几大派系，『国本之争』闹得不可开交。青年得志的钱谦益自然与同乡的东林学人志同道合。天不遂人愿，进官场第二年，父亲去世，按规矩，回家守孝三年。钱谦益在家一待就是十年，不是他懒惰不愿上班，而是反对党阻挠他出来做官。

到万历皇帝死去，他才重回朝廷，进京路上泰昌皇帝接了一个月的班，也死了。钱谦益第一部自选集《初学集》中的诗歌，从这时开始选入。继位的天启皇帝开始对东林党还算客气，第二年，钱谦益被任命为浙江乡试主考官。他兢兢业业为国选拔人才，监考把关严格。事后，反对党无中生有，捏造「浙闱舞弊案」，攻击他监考不严。一时声浪如潮，最后查证跟他毫无关系，但还是扣了三个月工资。人近中年的他，虽考上了探花，却坐了十年冷板凳，一旦做事，又这么窝囊，一气之下，他托病辞职不干了。

在家游山玩水三年，朝廷东林党得势，党魁叶向高执掌相印，杨涟（曾担任常熟县令）、左光斗、赵南星等东林党要员升任要害部门长官，同志没有忘记他这位探花郎。一道诏书，叫他回京任詹事府少詹事兼侍读学士，参与编写《神宗实录》。这是教太子读书的差使，等于跟未来皇帝打交道，是个未来宰相人选。但是得意日子仅过一年，魏忠贤的阉党一举打败东林党，宰相辞职，杨涟等人惨死狱中。阉党要把东林党赶尽杀绝，编了一本《东林党点将录》。叶向高是第一名「党魁」。钱谦益列名三十六位，座次为「天巧星浪子燕青」。他被削籍回家，永远开除出官员队伍。天启五年五月，他南归写了十首《南归》诗，其中第一首：「破帽青衫出禁城，主恩容易许归耕。趁朝龙尾还如梦，稳卧牛衣得此生。门外天涯迁客路，桥边风雪蹇驴情。汉家中叶正全盛，五噫何劳叹不平。」后人鲁迅先生有「破帽遮颜过闹市，漏船载酒泛中流」句，大概受了此诗启发。其时其景，大致相同。

阉党还不罢休，四处追捕东林党人，激起苏州市民暴动，五市民被杀，复社党魁张溥援笔书写名文《五人墓碑记》，记其事件。距苏州一箭之地的常熟，风声紧，杀气浓。钱谦益搬出老家荣木楼，在虞山东麓买下「半野堂」园林，隐居避祸。他的《移居半野堂》诗：「残生天与慰途穷，是处云霞媚此翁。卜宅已居青嶂里，移家仍在翠微中。映门杨柳萋迷绿，掩户桃花匼匝红。但放秦人鸡犬去，也应识路似新丰。」尾联用「桃花源」与「鸡犬识新丰」两典，表明自己身在草野，心忧朝廷。

阉党专权时间不长。天启七年，皇帝游湖落水受惊而死，皇帝的弟

弟接位，就是崇祯皇帝朱由检。崇祯皇帝灭了魏忠贤一党，东林党再次有了抬头的机会，钱谦益又进京了，官升礼部右侍郎。崇祯下令在官员中遴选宰相（大学士）。钱谦益是幸存下来的东林党魁，声望如日中天，宰相非他莫属。他和学生四处活动，开展竞选。然而他没有想到，同属礼部的尚书温体仁和侍郎周延儒联手对他突然袭击，给他安上『盖世神奸』的绰号，并翻出早已推翻的『浙闱舞弊案』作罪证。崇祯对奸臣极为敏感，生怕重蹈哥哥的老路，下诏将钱谦益革职，『坐杖论赎』，撵回老家。钱谦益这次当官不足一年，满怀希望而去，碰了一鼻子灰回来。他移居虞山南麓，又从常熟世家瞿氏家族手中，买下拂水山庄，筑耦耕堂，招诗人程孟阳同来隐居，诗词唱和。温体仁和周延儒进了内阁，还要把钱谦益往死里整，唆使乡人诬告钱为害乡里，将他打入刑部大狱。钱探花费了九牛二虎之力，四处求爷爷告奶奶，才被放了出来。

这位东林党魁官运不济，艳福却不浅。崇祯十三年十一月，一个小个子书生来半野堂投诗求见，诗云：『声名真似汉扶风，妙理玄规更不同。一室茶烟开淡黯，千行墨妙破冥濛。竺西瓶拂因缘在，江左风流物论雄。今日沾沾诚御李，东山葱岭莫辞从。』把他比作东汉伏波将军马援、东晋宰相谢安，真是句句说到钱谦益的肉痒处。

书生是女扮男装的才女柳如是。两人一拍即合，喜结连理。十二月，婚房『我闻室』落成，钱谦益诗云：『清樽细雨不知愁，鹤引遥空凤下楼。红烛恍如花月夜，绿窗还似木兰舟。曲中杨柳齐舒眼，金管吹来坐两头。从此烟波好乘兴，万山春雪五湖流。』

这时，钱谦益喜得美姝，还有一件喜事令他高兴：朝廷上，东林的延伸组织复社代表人物、鸳湖主人吴昌时，手握复社大佬集资的十二万（一说六万）银两，在朝中疏通各种关节，直至内官的掌权太监，伺机一统权力，举荐钱谦益当宰辅。

希望好似肥皂泡，还是破灭了，宰辅薛国观被吴昌时谗杀，吴昌时不得已推荐周延儒为宰辅，周被皇上追杀，吴昌时机关败露，被崇祯帝棒杀，崇祯帝随即也在景山吊杀，明王朝就此结束。钱谦益因谋划失败，没有卷入此次政治旋涡中心，侥幸捡回一命（黄裳《〈鸳湖曲〉笺证——吴昌时事辑》）。

明朝灭亡了，老朱家在江南还有一多半资产。南京拥有一套完整的中央机构，留置一些不得志的官员。钱谦益作为有名的东林党残存魁首，人们寄予他很大希望。他带了柳如是来到南京，准备拥立一位朱元璋的后代登基称帝，重建明朝。东林党与福王有宿怨，准备拥立潞王朱常淓。但要潞王拿出银子来打理登基事务，双方讨价还价时，凤阳总督马士英纠集军阀拥立福王在南京抢先登基称帝，年号弘光。钱谦益没办法，只得转而投靠马士英，得了个礼部尚书兼翰林院学士加太子太保的官。南明政权从诞生一刻起，内讧不断，腐败如前，彻底继承了晚明的一切恶习。在清军的全力打击下，弘光皇帝在位一年就成为阶下囚，身首异处。南京城下，钱谦益开门投降，成了敌国之臣。

清顺治三年正月，清政府下诏封钱谦益为礼部侍郎管秘书院事，并兼任《明史》副总裁。六月，他便称病回家，秘密投身于反清复明活动。在降清的半年中，他做了一件为后世争议不断的『好事』：为孝庄太后与小叔多尔衮结婚起草诏书，诏告天下：『太后盛年寡居，春花秋月，悄然不怡，日在愁烦抑郁之中，其何以教天下之孝？皇叔摄政王，现方鳏居，其身份容貌，皆为国中第一人。太后颇欲舒尊下嫁。朕仰体慈怀，敬谨遵行。一应典礼，着有司预备。』论者认为，这段文字是招致后来清帝嫉恨钱谦益的一大原因。满族属鞑靼支系，有子孙续娶父祖辈妻妾的传统，就在明代，著名的三娘子有下嫁父子孙三代的风流逸事。清初满族的太后下嫁小叔子，当时应该不犯时忌，但到了严重汉化的乾隆帝时，母仪天下的太后，做出这等不贞之事，是不可容忍的。钱谦益的一纸诏书，开了个恶毒的玩笑。顺治三年冬，好友黄毓祺反清起事，急需钱粮，希望他能慷慨解囊。钱谦益二话没说，马上照办。不料事情泄漏，钱谦益被捕入狱。这次险遇，柳夫人一路陪伴，为之四处奔走，狱缓而被软禁。钱谦益与盛集陶等故友，『相与循故宫，踏落叶，悲歌相和，既而相泣，忘其身为楚囚也』，他诗中写道：『秋老钟山万木稀，凋伤总觉劫尘飞。不知玉露凉风急，只道金陵王气非。倚月素娥徒有树，履霜青女正无衣。华林惨淡如沙漠，万里寒空一雁归。』亡国之悲跃然纸上。出狱后，他『不思悔改』，顺治七年绛云藏书楼遭焚后，多次冒险赶赴金华，策反总兵马进宝。此间，他多次受到清廷打击，但始终不改其志。在行动之外，他还用自己的笔鞭挞满人，咒骂其为『奴』『虏』『杂种』，大力颂扬抗清志士的英勇事迹。

顺治十六年五月，钱谦益的弟子郑成功率领反清义军，从海上浩浩荡荡攻入长江，七月，直抵南京城下。钱谦益得信狂喜，写了《秋兴》

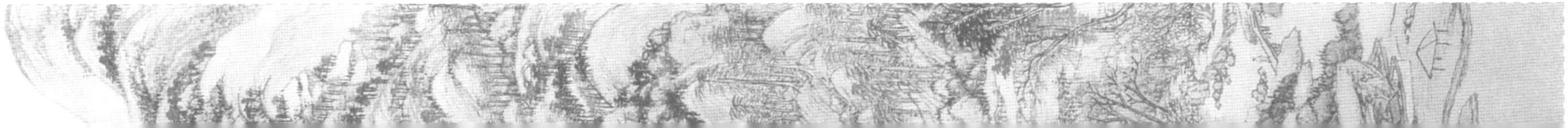

组诗。其一是：『杂虏横戈倒载斜，依然南斗是中华。金银旧识秦淮气，云汉新通博望槎。黑水游魂啼草地，白山新鬼哭胡笳。十年老眼重磨洗，坐看江豚蹴浪花。』首联看好南方的反清义士，颔联写南方的新气象，颈联骂清朝的日暮途穷，尾联等待这次水上行动的胜利消息。诗歌锋芒毕露。

康熙二年，桂王、鲁王去世，学生郑成功英年早逝，一个个不幸消息传来，钱谦益悲愤无奈，作《后秋兴》组诗，其一为：『海角崖山一线斜，从今也不属中华。更无鱼腹捐躯地，况有龙涎泛海槎。望断关河非汉帜，吹残日月是胡笳。姮娥老大无归处，独倚银轮哭桂花。』字字有内涵，句句有暗喻，歌诗歌哭，感人至深。

康熙三年，钱谦益去世，享年八十二岁。终其一生，这位六十年老探花，仅断断续续做了三四年官，并且是受气官、谄媚官、不得已的官。坎坷仕途、悲剧人生，给他积累了大量的文学创作素材，他在诗歌和散文方面取得了巨大成就，成了文坛泰斗。因为他的传奇，成就了他的文学地位；因为他的是是非非，成了人们谈论的热点。这印证了杜甫的名句：『文章憎命达，魑魅喜人过。』

（二）钱谦益诗歌风格的探讨

以上是钱谦益的简历，下面再来讨论上文所引虞山诗派的定义。

定义讲虞山诗派影响『东南诗坛』，地域过于狭窄。清初的『江左三大家』钱谦益、吴伟业、龚鼎孳都是东南人，但影响遍及全国。尤其是钱谦益，门生众多，遍及四海，全国各地来虞山脚下拜师求知的人，用他的话说：『洛中之冠带，汝南之车骑，蜀郡之好事，鄠杜之诸生，闻声造门，希风枉驾，履舄交错，舟船填咽，邑阒然其无人，空山为之成市。』空山，指钱谦益的山居拂水山庄，在虞城西门郊外（《初学集·明发堂记》）。天下人才，纷纷来奔，虞城反倒成了空城。

此等影响力，『东南』一隅哪里包容得下？

其次，把虞山诗派诗人限制在两个条件以内，一是常熟人，二是亲聆牧斋教诲的弟子。这就把牧斋的外地弟子排斥在外，如福建的民族英雄郑成功、浙江的忠臣良将汪乔年，把牧斋视作『生平第一知己』，继牧斋主盟诗坛的山东王士禛，就不在其内了。

虞山诗派创作班子，具体说来，有两班人马。第一班人马：钱谦益和他亲炙的八位名弟子。他们是两位民族英雄，瞿式耜和郑成功；两位名诗人，冯舒和冯班；两位著名经学家，孙永祚和杨彝；两位随身名公子，严熊和钱曾：他们都是当时名倾朝野的风云人物。

第二梯队以钱陆灿为中坚，围绕他的王誉昌、钱良择、张远等，加上众多钱门弟子和再传弟子，时间稍晚于钱谦益活动时期，创作的诗歌丰富多彩，垫实了作为一个诗派的坚实基础。

定义所说的虞山诗派人物，或亲属，或学生，都是亲缘极近的人员组合。他们应该是虞山诗派的核心，而不是全部。

定义论及虞山诗派的艺术特色，用『学古而不泥古』『主张革新并取诸家之长』来说明，实在是一句说了等于没说的话。任何艺术家，都要继承传统，这就是『学古』；都要推陈出新，这叫『不泥古』，所以，这句话套在任何有造诣的艺术家头上都是合适的，普遍性的东西，不能称作『特色』。

定义者为什么把普遍性借用来当作『特色』呢？除了标志它摒弃前后七子泥古的弊端之外，自有论者的难处。牧斋和他的弟子，诗歌风格很不一致，牧斋与冯班的诗风就很不一样；就是冯氏兄弟的诗歌风格，差别也很大，一本冯班诗集，冯舒就有多处眉批『此岂是人语耶』（曹大铁《卜算子·冯已苍评〈钝吟诗草〉》自注），表示不同看法。尤其是第二梯队的钱陆灿，学的是娄东诗派鼻祖吴伟业的精巧，诗名大著后，回乡主盟虞山诗派，续牧斋的香火。如此一个诗派，很难理出他们的总体艺术特色。定义者只能用一顶大帽子套在它头上。说错，这话没错；说合适，实在是大而无当。

论『虞山诗派』的艺术特色，首先要研究钱谦益诗歌的艺术特色。

钱谦益的诗歌主张：『诗者，志之所之也。陶冶性灵，流连景物，各言其所欲言而已。』他进一步说：『古之为诗者有本焉。国风之好色，小雅之怨诽，离骚之疾痛叫呼，结檣于君臣夫妇朋友之间，而发作于身世偪侧，时命连蹇之会，梦而噩，病而吟，春歌而溺笑，皆是物也，故曰有本。』『志』，指生活中领悟到的道理，等于宋诗人的理趣。『本』，指现实生活中接触到的人、事、物的具体形象。钱谦益的诗歌主张，散见于清初他编著的《历朝诗集》中对明代各位诗人的评论和给同时代诗人的诗集所作的序言。

游国恩的《中国文学史》评钱谦益：『实际上他是当时文坛领袖。他力排七子「诗尊盛唐而文学秦汉」，转移当时诗文创作的风气。』『他的诗歌风格接近晚唐和宋代的诗，有些创造性，同时诗歌技巧也相当成熟。』晚唐诗风，就是杜牧的清新，李商隐的华丽朦胧，罗隐、杜荀鹤等人的警辟。宋诗特点是重视理趣。其实，这种评价加之于两冯头上，比较合适，钱谦益的诗歌风格接近杜甫，加之于宋代的苏轼风格，与两冯不同。游国恩举了牧斋早期的闲适小品《蛱蝶词》：『小院回廊日渐西，双双戏影共萋迷。春风自爱闲花草，蛱蝶何曾拣枝栖？』这是首闲适诗，实在不能代表钱诗的主体风格。牧斋最为人称道的是后期作品，特别是《秋兴》《后秋兴》几组诗。请看《后秋兴》中的一首：『海角崖山一线斜，从今也不属中华。更无鱼腹捐躯地，况有龙涎泛海槎。望断关河非汉帜，吹残日月是胡笳。姮娥老大无归处，独倚银轮哭桂花。』明亡的切肤之痛，寄人篱下的沧桑之感，哀怨顽艳而激扬苍凉，笔意恣肆纵横，凌云健笔，与杜甫同类作品相比，难分伯仲。游国恩是不是只读了《初学集》，而漏了《有学集》和《投笔集》？

牧斋同时代的凌凤翔在《初学集序》中称：『前后七子而后，诗派即衰微矣，牧斋宗伯起而振之，而诗家翕然宗之，天下靡然从风，一归于正。其学之淹博、气之雄厚，诚足以囊括诸家，包罗万有，其诗清而绮，和而壮，感叹而不促狭，论事广肆而不诽排，洵大雅元音，诗人之冠冕也！』这样的崇扬之词，反映了钱诗在同时代文人心目中的位置。

清代金俊明评论牧斋：『托志遥深，庀材宏富，情真而体婉，力厚而思沉。』论语言简意赅。

今人陈寅恪认为：『《投笔》一集实为明清之史诗』，『乃三百年来之绝大著作』。陈寅恪把牧斋放在历史长河里考量，自有史学家的道理。

钱仲联《梦苕庵诗话》：『有清一代诗人，工七律者殆无过牧斋。牧斋近体芬芳悱恻，神矣圣矣，义山复生，无以加之。』这是就七律一体说的。

显然，各家的评论侧重点有所不同，但他们都像面对一座高山，惊叹之情溢于言表。钱谦益明亡前的《初学集》、明亡后的《有学集》、生命末期的《投笔集》，在艺术风格上也有很大的不同。如何评估他以及整个虞山诗派的艺术特色，仍然有待后人去探求和争鸣。以我浅见，钱诗的艺术风格，应在内容与形式两方面来评估：内容上，植根于社会，敢于争议社会生活，挑战敏感话题，以至不容于天启、崇祯政界，死后还触乾隆之怒；艺术上沉雄刚健，流丽机巧，事理一体；笔法技巧，波谲云诡，汪洋恣肆，决渎益智。他不仅是清初的卓然大家，而且其现实主义诗风影响了整整有清一代。

虞山诗派似可分『狭义』与『广义』两个范围。『狭义虞山诗派』指钱谦益和他的弟子。『广义虞山诗派』可涵盖明、清、民国三朝的常熟诗人及钱谦益散布各地的弟子。

（三）虞山诗派中坚：钱谦益和八大弟子

虞山诗派创作班子，站在最前列的是钱谦益和他亲炙的八大名弟子。他们是民族英雄瞿式耜和郑成功，著名诗人冯舒和冯班，著名经学家孙永祚和杨彝，名公子严熊和钱曾。

（四）虞山诗派第二梯队：钱陆灿与钱门其他弟子、再传弟子

钱谦益与八大弟子，都是明遗民，不与清代统治者合作，身在曹营心在汉。而第二梯队的虞山诗派人员不同，他们大多孜孜于在新朝廷中谋取一官半职，当然也有一些是遗民隐士。他们是钱陆灿、柳如是、王誉昌、何云、陶式玉、钱龙惕、钱良择、陆贻典、张远等人。

虞山诗派第二梯队的诗人名望没有八大弟子响牌，社会地位较低，不等于说他们的诗艺有欠缺，他们中有些人的诗作质量甚至超越八大弟子。俗话说『诗有别才』，妙手偶得的诗歌历来为人传诵。

二、明代及明代以前的海虞诗歌

常熟地处江南吴地，这里的远古诗歌，《诗经》没有选载，楚国的《楚辞》也没有这方面的吟咏，然而，河姆渡有七千年前的稻作文明，良渚文化有五千年前的精美玉饰，泰伯、仲雍早在商代末期就移民此地，传说吴泰伯创作吴歌而开化南蛮，先秦名著《吴越春秋》记述有春秋末期的历史，应该存有丰富的远古诗歌，可惜散佚殆尽，今天已经很难见到。江南诗歌现在所见的最早篇章，只是汉乐府中的《子夜吴歌》《采莲曲》等歌谣及沈德潜《古诗源》从远古史册中摘录的篇什。

常熟这块地方，深得诗人青睐，晋代常熟最早建制南沙县，迎来的第一任县令，便是著名诗人江淹的父亲江康之，其人『雅有才思』（《常昭合志》）。江淹就是『江郎才尽』的『江郎』，他青年时期才华英发，是否得到了常熟江山之助？南北朝大诗人鲍照，在南朝宋孝武帝登基时，也担任过常熟前身海虞县的县令，『始兴王浚又引为侍郎，孝武初除海虞令，迁太学博士兼中书舍人』（南朝·梁，虞炎《鲍照集序》）。可惜鲍照留存至今的两百来首诗中，没有专写常熟的作品，其中《采菱歌》

七首和《幽兰》五首，依稀能体味到海虞风物的情趣和看到此地模糊的影像。正因为鲍照与海虞的这层渊源关系，道光进士钱振伦要注《鲍参军集》，其孙，本邑名教授钱仲联继续注解此书，于是有《鲍参军集注》的出版。大诗人与大学问家，为海虞诗乡的诗歌繁荣垫实了基础。

（一）唐代的海虞诗歌

唐代留传下来的海虞诗歌数量不多，但每首都是精品，都是山水游赏诗。

盛唐的常建为虞城留下两首名诗：《题破山寺后禅院》《第三峰》。唐代著名诗僧皎然亦有《破山寺》诗两首。唐代破山寺高僧常达有《山居八咏》。

（二）宋元两代的海虞诗歌

宋元两代的海虞诗歌，历任县令作了很大努力，留下了许多佳作。有刘拯的《中峰》，李光的《破山寺》《游智林寺》，程准的《顶山上方院》，孙应时《胜法寺》，徐次铎的《极目亭》。

此外，一代名臣范仲淹有《留题顶山上方院》，状元莫俦有《破山寺》，诗人李堪有《乌目山五题》。本邑进士的作品有陆绾的《游胜法寺兼简深公》，王伯广的《顶山栗》。本邑高士的作品有顾细二的《登虞山怀古》《行乐歌》。大画家黄公望有题画诗。本邑戏剧家汪元亨、王子一有曲词。

南宋渡江，中原的名门望族、能工巧匠、书香世家纷纷移民江南，常熟是他们的落脚地之一，如随康王南渡的碧溪曾姓、门村季姓、莫城邹姓，浙东西来的白茆顾姓、鹿苑钱姓，皖南东下的虞城孙姓、汪姓，等等，他们与东晋永嘉南奔的王姓、谢姓，原有的海虞周姓、吴姓、言姓等会聚。众多人才，各种文化渊源，汇集虞山福地，海虞进入文化全盛时期。

（三）明代海虞诗歌的蓬勃发展

明末清初的虞山诗派崛起，有其基础。九层之台，起于累土，钱氏的崛起，建立在明代常熟诗坛一波接一波涌现的诗坛奇才的基础上。这些才子众星拱月，其中最著名的有明初的陈基，弘治、正德年间的徐祯卿，嘉靖、隆庆年间的钱籍，扬仪等人，明代中后期有桑氏家族、严氏家族、赵氏家族、孙氏家族等诗人群体。

（四）明代中后期的家族诗人群体

明代，常熟的士大夫家族，往往数代科举胜出，成为地方望族，族中诗书传承，诗人迭出。

桑氏家族是明代中期常熟大族，桑琳、桑悦、桑瑾、桑瑜，父子叔侄都是名诗人。

严氏家族，有嘉靖后期大学士严讷、其子邵武知府严澂、第三代信阳知州严栻、栻子钱谦益弟子严熊、熊子榜眼严虞惇，文彩风流跨越明清两代，其家族的诗歌彪炳海虞诗坛。

明代后期的赵氏家族，是虞城的显赫家族，赵用贤是万历朝名臣，站在改革家张居正的对立面，其孙辈赵士锦、赵士春都是进士，留传的诗歌较多。

瞿氏家族从明代中后期崛起，直至明末的瞿式耜，三代冠缨，雄踞常熟名门前列。特别是民族英雄瞿式耜，光照史册，至今常熟人引为骄傲。

孙氏家族也是明代望族。原住跨塘桥北，秀才孙艾移居城西，艾子孙舟中进士，孙孙七政为著名诗人，玄孙孙楼系举人、著名藏书家，孙柚，戏曲家，下一代孙朝肃、孙朝让兄弟进士，孙承恩系清初状元，孙旸系清初举人、著名诗人。

（五）明代海虞戏曲作家的曲辞

明代本邑曲辞作家以徐复祚为最，有传奇《宵光剑》《红梨记》《投梭记》《题塔记》，今存前三种；杂剧《一文钱》《梧桐雨》，今存前一种。孙柚创作的《琴心记》，写西汉辞赋家司马相如和才女卓文君的爱情故事。

明代海虞的戏剧家还有杨静、魏浣初等。

明代常熟诗人，星汉灿烂，宦宦诗人还有张海、吴讷、吴堂、李杰、王鼎、钱仁夫、钱泮、陈儒、王珙等人，民间诗人有周诗、桑孝光等，正因为他们，造就了海虞这块诗的肥田沃土，明末清初，才会崛起钱谦益这样的大诗人。研究钱谦益与明代常熟诸位诗人之间的源流、传承关系，正是今天我们要做的重要课题。

三、清代的海虞诗坛

钱谦益的诗歌，在内容上，参与社会，干预生活，真切地抒情言志，多触及社会敏感话题；在形式上，依凭二杜，转益多师，推陈出新，卓有造树。尽管被乾隆厌恶，有清一代，其作被贬斥为禁书，但他的诗风一直是清代而至民国的基本法式，明代前后七子的盲目模仿，空洞无物的颓风再没有在诗坛重现。谭纪文老师把牧斋诗看作学者诗，梅村诗看作才子诗，可存一说。

整个清代，常熟诗歌创作进一步繁荣，影响更为巨大，我们从以下几个角度来考察评估。

（一）清代初期，海虞科举达人的诗歌

清代前期，朝廷科举，常熟学子屡获魁首，举世瞩目。虞山巍巍，两湖荡荡，蕴藏其间的知识能量，像火山一般爆发开来，蔚为壮观。状元才子的诗歌成了街头巷尾热捧的对象，三尺孩童都要吟咏才子之诗，以便沾染上灵气。清乾隆朝，又把诗词纳入科举考试科目，读书人对诗更加重视，这些状元达人的诗歌也不负众望，写得有板有眼，妙思横溢，奇句迭出，让人见识到什么叫『诗有别才』。

清代探花翁叔元，大学士蒋廷锡、大学士蒋溥、状元归允肃、榜眼严虞惇、状元汪绎、状元汪应铨都是诗界好手。

（二）清代诗坛，各诗歌流派中的海虞诗人

有清一代，诗歌流派纷呈，神韵、格调、肌理、性灵这些流派中，都有本邑诗人参与其中，为之增光溢彩。

清初，文坛盟主王士禛提出的神韵诗论，渊源于唐司空图『自然』『含蓄』和宋严羽『有妙语』『兴趣』之说，以『不著一字，尽得风流』为作诗要诀。常熟的『神韵派』诗人有徐兰、陆辂等。

乾隆年间，内阁学士沈德潜提倡格调说，所谓『格调』，本意是指诗歌的格律、声调，同时也指由此表现出的高华雄壮、富于变化的美感。其说本自明代七子，故沈氏于明诗推崇七子而排斥公安、竟陵，论诗歌体格则宗唐而黜宋。他的所谓『格』，是『不能逾越三唐之格』，并提倡『诗教』，诗为政治服务。标榜『格调派』的常熟诗人众多，有王应奎、陈祖范、宋乐、侯铨等人。

乾隆中后期，书家、诗人翁方纲提倡肌理说，实际上是王士禛的神韵说、沈德潜的格调说的调和与修正。他认为，『肌理』包括两个方面，其一，以儒学经籍为基础的义理与学问；其二，词章的文理。他说：『士生今日，经籍之光，盈溢于世宇，为学必以考证为准，为诗必以肌理为准。』崇尚肌理说的海虞诗人有周昂、许朝等。

清乾嘉道间，杭州袁枚挂帅『性灵派』，性灵即性情也。他以为『诗者，人之性情也，性情之外无诗』。又说：『凡诗之传者，都是性灵，不关堆垛。』他认为诗歌是内心的声音，是性情的真实流露。这是个大诗派，包括当时诗坛巨子常州赵翼，遂宁张问陶，海虞的孙原湘、席佩兰夫妇

以及吴蔚光、赵同钰、赵允怀等都是其中坚。

综上清代各诗派中的海虞诗人，可显示海虞人好学不倦、与时俱进的精神。

（三）海虞女诗人群

清代，女诗人风起云涌，海虞女诗人群体尤其瞩目。早在明代末年，常熟两大才女翁孺安和柳如是，已经闻名于世。柳如是上文已论及。

明末女诗人有翁孺安，清初女诗人有苏陈洁、许在璞、席佩兰、席惠文、归懋仪、苏琇、缪端、曹芸、季瑞贞、钱守璞、屈秉筠、宗婉、宗粲、翁春孙等。

『清末民初的常熟女诗界，同光体、西昆派、开元体、元和体众家纷起，莫衷一是。一时名作如张元默的《双修阁诗存》、邵蘅的《昙影楼遗集》、杨照虹的《拜玉楼问答》、郑道馥的《素心阁遗稿》、姚鸿慧的《群玉山房集》、姚倩的《南湘室诗草》、曾楚生的《天香云外居诗钞》等，呈现出种种风格、种种气象，不一而足。』（沈愈《翁春孙与〈谢楼诗草〉》）加上上文提及的宗婉、宗粲、翁春孙、言氏婆媳妯娌，真是繁花似锦，春色满园。如何研究她们的创作成果，又是我们眼前的一个大课题。

（四）清代几位草根『诗痴』

写诗在清代是高官名流间应酬和寄托情感的一种高雅消遣形式，写诗不能当饭吃，处于社会底层的三家村学究、市井雅士，如果沉湎其中，往往会三餐不继、鹑衣百结，成为众人的笑料。虞城就有一些书生，把身心寄托诗中而成『诗痴』，纷纷世事，以此为大，至今传为佳话。如陈如鎏、龚庸、蒋侯、钱嵘、钱国宝、许行健等人。

以上仅是虞城『诗痴』中的几位，在王应奎的《海虞诗苑》、单学傅的《海虞诗话》、瞿绍基的《续海虞诗苑》中，社会底层的『诗痴』比比皆是。他们挣扎在生活线上，为衣食所困，而吟咏不疲。所作篇什，生活真实感强，意境新型，妙句迭出，往往胜过达官贵人之作。

（五）清代常熟戏剧家的曲辞创作

清代，不管是宫廷戏曲，还是民间戏曲都处于蓬勃发展时期。常熟的戏剧家也作出了杰出的贡献，大批作品被列为保留的传统剧目，其中的曲辞脍炙人口，被到处传唱。

邱园、嵇永仁、瞿颉、周昂、陆曜、许廷录、许名仑、周祥钰、王庭章、言尚炽等人，或宫廷或民间都流传有他们可观的作品。

纵观有清一代，海虞诗人在明末清初的虞山诗派的声名鼓舞下，文采风流，绵延不息，并有所创新。海虞诗人群体明显分为两个营垒，其一是达官贵胄，其一是民间的草根诗人。后者接触的生活面广，艰难时势体会深切，其诗也就有血有肉，容易引起读者共鸣，所以像王应奎、单学傅、瞿绍基这样的大选家所选的本邑诗歌，多为后者。清代虞城女诗人，是一道靓丽的风景线，巾帼不让须眉，她们每一位的篇章，都能跟诗坛巨匠分庭抗礼。

四、清末与民国的海虞诗坛

清末民国，又是一个社会大动荡、思想大冲击的时代，诗坛的黄遵宪等人树起『诗界革命』的旗号。常熟诗界闻风而动，『诗界革命』骨干有本邑高僧宗仰上人，南社悍将有黄人、庞树柏等人，民国的虞社更是人才济济，影响深远。而家族诗人依然众星灿烂，炫人耳目。纵观清末民国诗坛，海虞诗人是一支颇有影响的劲旅。

（一）清末到民国的海虞家族诗人

清末民国，海虞人称有『翁庞杨季，归言屈蒋』八大豪门，他们都是官宦之家，诗书传承，在诗歌创作上有不俗的表现。

翁氏家族，出了翁心存与翁同龢两位父子大学士，翁同龢与翁曾源两位叔侄状元，门庭显赫，弟子满天下，翁氏是清末民国一个广有影响的家族。翁咸封、翁心存、翁同龢、翁端恩、翁春孙都有好诗传世。

清后期杨氏家族，世居本邑西乡恬庄，以奉孝、热衷公益家风传家，其家杨景仁为拔贡，杨泗孙为榜眼，杨沂孙为举人、著名书法家，杨崇伊为进士，杨圻为南元。杨氏家族的诗歌风格基本一致，陆放翁笔法，崇尚毗陵诗派的洪亮吉、赵翼、黄仲则。

常熟是言子故里、弦歌之地，清初皇上御题『文开吴会』『道启东南』，言氏家族是言子后裔，清代到民国，言氏家族诗人代不乏人。言朝标、言有章、言仲远、言百药、丁蕴如、汪雪芬、左小莲等，都有诗集。

宗氏家族是南宋抗金名将宗泽的后裔，近代虽然没出显赫的官宦，但文脉传承不殆，时有出类拔萃的诗人出现，引人注目，从清末的宗庭辅，直到眼下著名戏剧家宗福先。宗庭辅、宗婉、宗粲、宗汝成、宗子威、宗白华都有名于世。

庞氏家族，明初由吴江松陵镇移居本邑西乡塘桥，耕读世家，科举成名。嘉庆间由庞士堃中举后，有庞大奎中嘉庆进士，庞钟璐中道光探花，庞鸿文、庞鸿书兄弟中光绪进士，庞氏一族，科举发达，诗歌造诣也极深。庞士榜、庞泓、庞沛、庞廷槐、庞鸿文、庞鸿书、庞树楷、庞树柏都是常熟诗界的名人。

曾氏家族，相传南宋由福建晋江迁至常熟，宋曾怀后裔，宰相世家。清代乾隆年间曾祖爱、曾济踏上仕途，书香传承。到清末曾朴，文采风流，影响巨大。诗人有曾祖爱、曾济、曾豫谦、曾佑谦、曾朴等人，诗歌造诣极高。

虞城在诗歌方面有造诣的家族，尚有邵姓、俞姓、吴姓、单姓、金姓、王姓、许姓等，不胜枚举。

（二）清末部分官吏的诗歌

处于社会急剧动荡的清末民国初期，官员由帝国大臣转化为社会管理人员，反映在诗坛，这些人员写作的诗歌也颇有特色。

俞钟颖、沈鹏、邵松年、孙雄、张鸿、徐兆玮、俞可师、孙景贤、丁祖荫都有出色之作。

官场中人士的诗作，可看作诗史。记载了那个剧烈变革的时代。

（三）南社中的常熟诗人

南社在辛亥革命中起了很大作用，一九〇九成立于苏州，发起人是柳亚子、高旭和陈去病等。社名取『操南音，不忘本』之意，鼓吹民主革命，讲究民族气节。社员总数一千一百八十馀人。一九二三年解体，以后又有新南社和南社湘集、闽集等组织。前后延续三十馀年。南社中的常熟诗人有公羊寿、冯国鑫、沈汝瑾、孙景贤、萧蜕、沈天行、金鹤翔、杨济、庞树松、庞树柏、施准、蒋塘、姚肖尧、徐啸亚、徐觉、徐宗鉴、徐蕴贞、钱文蓉、钱贞元、黄人、黄宗仰、曾格等。

（四）虞社的兴起和虞社诗人

虞社，全名虞山诗社，成立于一九二〇年春，结束于一九三七年日军的炮声中，前后经历十七年。它受到海内外文人一致的推崇，是民国时期国内最大的文学社团之一，社员遍布十八个省市，甚至还有不少海外人士，有很多是国学界享有盛名的学者，如无锡钱基博、太仓唐文治、湖北樊增祥等。比较著名的常熟籍虞社诗人有邵松年、孙雄、宗子威、缪镐、钱育仁、钱定一、徐枕亚、张鸿、金鹤翔、金老佛、金叔远、丁祖荫、俞钟銮、俞钟颖、俞鸥侣、俞啸琴、徐兆玮、杨圻、杨无恙、陆宝树、蒋祖尧、沈芳畦、吴虞公、李仰轩、朱轶尘、庞树松、庞树阶、翁春孙、花病鹤、李猷等人。

（五）民国时期其他有成就的诗人

文人有孤傲特性，民国时的文人特立独行的习气更浓，其时虞城较有名的诗人，还有萧谷士、王佑南、沈寿松、赵石、王朝阳等人。

清末民国，是社会剧烈动荡时期，诗歌素材多，这一时期的海虞诗人，又回归到钱谦益开辟的虞山诗派的道路上来了，植根社会，反映社会，参与社会的『歌诗为合时而作』的写实轨道，较少风花雪月、文人消遣之作。

五、新中国成立后的虞山诗坛

新中国成立后，万象更新，常熟政协组织诗词组，讴歌新国家，讴歌新生活，组织诗人下农村，进工厂，深入生活，创作时代强音。其时，诗人大都是旧文人，他们扭转文风，向民歌学习，创作了一种近乎顺口溜的白话诗歌形式，后人称之为『老干体』。改革开放后，诗词创作放开束缚，再显蓬勃，并吸引许多年轻人参与其中，红豆诗社、江花诗社的出现，表示海虞的诗词创作上了新的台阶。

（一）前辈名公老树新花

新中国成立初期，清代秀才、南社诗人、民国虞社诗人，多人在世，海虞诗坛以他们为主。新社会新思想，他们的诗歌创作，有一个弃旧图新的适应过程。

钱仲联（一九〇八—二〇〇三），一九二六年毕业于无锡国学专修学校，历任大夏大学、无锡国专、中央大学教授。新中国成立后，先后执教于南京师院、江苏师院（苏州大学）中文系，是中国近代文哲研究所所长，博士研究生导师，并任国家古籍整理出版规划小组顾问、《中国大百科全书·中国文学卷》副主编、中国作家协会会员、中国韵文学会副会长、诗学研究会理事长等职，还是中华诗词学会等单位的顾问。主要著述有《人境庐诗草笺注》《鲍参军集补注》《剑南诗稿校注》等十多种，还主持编成了大型学术专著《清诗纪事》。曾祖钱孚威始读书为秀才，祖父钱振伦是翁同龢的姐夫，道光十八年进士。父亲钱溦，留学日本，患病而中途回国，养病教子。南京大学教授莫砺锋评价钱仲联：『钱先生他是这样一种学者，他完全具有老一辈学者的深厚功底，他跟清末民初在无锡国学专科馆任教的老一辈学者都有过亲身交往，而钱先生从他们那里得到的传统学问，非常深厚，因此钱先生的国学根底非常深厚。现在我们搞这些古代研究的学者，你要我们自己来写骈文，写古诗，一般都写不来，只能研究。钱先生他会写，所以他是处于转折关头的新学问和旧学问都非常好的这样一位学者，这样的学者现在我们国家已经不多了，应该说是国家级的了。』他在古诗文笺注方面下了大量功夫，特别是明清诗文的归纳整理，可以说前无古人。

他的诗词创作也是成果喜人，有梅村体长诗《胡蝶曲》。他的《胡蝶曲》：『罗浮影幻宫妆立，片片春云作裙叶。化出人天绝代姝，前身合是仙山蝶。仙蝶飞来南海家，珊珊锁骨擅容华。明珠擎出争相看，白璧生成未有瑕。豆蔻梢头刚十六，年年揽镜春江绿。谢逸诗篇拟未工，滕王画本摹难足……』《胡蝶曲》借影星胡蝶的感情纠葛，书写『九一八』国难。诗句汪洋恣肆，遣词造句搜尽辞库，几乎无一字无来历，咀华吐翠，馀味重重。不过，胡蝶与张学良的关系子虚乌有，他们一生从未见过面。『九一八』后，张学良淹没在国人谴责声中，上海《时事新报》十一月二十日以『马君武感时近作』为题，发表了《哀沈阳》七绝二首。诗曰：『赵四风流朱五狂，翩翩胡蝶正当行。温柔乡是英雄冢，哪管东师入沈阳？』『告急军书夜半来，开场弦管又相催。沈阳已陷休回顾，更抱阿娇舞几回。』《胡蝶曲》应该是从这两首诗生发开来的。虽然韵事不存在，但少帅的误国是事实。此诗一九三二年发表在《青鹤》杂志上。

新中国成立后，有人诗坛点将，将钱仲联座次排为『及时雨宋江』，可见粉丝对他的推崇。

曹大铁（一九一六—二〇〇九），原名鼎，字大铁，别字尔九、北野，又字若木、若木翁、寂翁。斋名『菱花馆』『双昭堂』。少年学诗于杨圻，学书于于右任，学画于张善孖、大千兄弟，毕业于之江大学，专业营造，馀绪绘事诗词，卓有大成。尝集『文革』劫后馀稿四十余万言，成《梓人韵语》，由南京出版社出版。其诗多鸿篇巨制，动辄数千言，大都叙言本事，可补史缺。纪事翔实，奔放如秋水灌河，壮阔如大野高天。生前为江苏省文史馆馆员、上海大风堂同门会副会长、美国纽约四海诗社终身社友、广西石涛艺术学会理事、《世界名人录》编委会顾问、中华诗词学会会员、苏州市文联委员、常熟市文联艺术指委会委员等。

他的《台儿庄战役赞歌》：『浩浩乎，堂堂师旅山河气，正正旌旗天日蔽。兵家胜败何足言，雷震岳峙动天地。淞沪已沦陷，金陵亦守弃。

石头城下三万人，黎元碧血漂橹逝……』鸿篇巨制，真实再现了这次争取民族生存权的大搏斗。爱国激情动天地，泣鬼神。语辞激越飞扬，土摧石崩，感人心魄，而头绪井然，是一篇真实的史诗。

他写的词比较多，《浣溪沙·题唐老药残荷》：『太液澄波濯素容，亭亭出水百花丛。时光可奈又秋风。 雪个形神明晦际，苦瓜滋味有无中。苍苍好处处鸿蒙。』评画词，上阕画面情态，下阕个中滋味，阐明其美学价值。

《浣溪沙·题自作〈莲塘图〉丈四匹巨幛》：『绣出南塘六月春，露房绿盖浥轻尘。倩魂娇到洛川神。 解释素容心最苦，谁知翠羽梦难真。盈盈一水正愁人。』自题画词，想象丰富，抒情充分，语言流丽。

《卜算子·书冯己苍评〈钝吟诗稿〉》：『昆季共妍媸，识辨风霜字。手蘸隃糜鼎贴翻，一卷山窗秘。 落拓二痴翁，不取西江志。直笔严呵人语耶，胸篆元方异。』大铁先生富于藏书，许多词作记述他的藏书经历。收藏的诗稿，有近体诗一百二十三首，张刊《二冯先生集》未见者三十七首，有冯己苍眉批『此岂人语耶』者三见。显然此诗稿成于明清之交，极有价值。

曹大铁对海虞诗词的贡献，还表现在培养后人上，汪瑞璋、查韵法、王蓥等诗人，都受其指点。

朱剑芒（一八九〇—一九七二），原名长绶，改名慕家，后以剑芒名行世，字仲康，吴江黎里人。早年协办平民小学。清宣统元年，加入南社。平民小学停办，赴上海任寰球中国学生会校教师。后任世界书局编辑，编辑《三民主义国文读本》，是民国初年由孔孟教育转化为现代教育的示范课本，同时考订出版张岱的《陶庵梦忆》、沈复的《浮生六记》等一系列明清小品佳作，影响很大。抗日战争胜利后，任上海市审计处秘书。一九五一年，经柳亚子介绍，到常熟当常熟市中教师，一九五六年起历任常熟县政协副主席、县人大代表。任内，他积极赞襄市政建设及教育文化事业，并在政协创建诗词、书画、金石组。『文化大革命』期间，朱剑芒为虞山公园湖心亭题写匾额『在水一方』，被歪曲为怀念台湾故旧而遭迫害。一九七二年病逝于常熟。他擅长属文、诗词、书法，著有《复泉居士诗文集》《剑庐词存》《南社诗话》《我所知道的南社》等。

他的《客感一律寄亚子》：『寸心如沸复如煎，潦倒风尘又一年。世乱厌闻新甲子，酒酣怕检旧诗篇。欲将家国安盘石，肯把韶华付砚田？

昨夜梦中呼杀贼，手持利剑扫烽烟。』青年诗人以身许国，如燕赵壮士，慷慨悲歌。

《感怀》：『曾把人情冷眼窥，芸芸绝似向阳葵。江山无主吾身贱，狐鼠成群国事危。剑不诛奸磨亦负，书难济世读何为？怜他屈子遭谣诼，泽畔行吟只自悲。』句句珠玉，字字才华，不愧为文章圣手，诗词班头。

《天心》：『天心沉醉人心死，世味尝来总觉酸。宝剑赠人愁不遇，寄怀舛俗岂能宽？征衫泪为中原洒，破壁诗留百代观。寂寞客窗风雨夜，醇醪百斝与谁干？』报国无门，独浇块垒，诗句潇洒风流，自有一股慷慨英拔之气。

花病鹤（一九〇九—一九七九），『名景福，以字行，晚号瘰翁、东平老人。少时就读儒英高等小学，展露文学天赋，受蒋瘦石所赏。一九三〇年入虞社，从金老佛、徐遂公游，与海内诗家唱和。一九三六年成《鹤庐诗草》，宗子威、徐兆玮、金叔远及胡石予、丁道衡等至贺词，常熟沦陷而未刊行。一九五〇年入上海乐天诗社，一九五九年办诗刊《乐府鼓吹》，一期即停刊。『文革』期间，身隐斗室，创作不止，诗词文集定稿，有《速火集》《熸火集》《石火集》，词曲《焦尾琴趣》《续三桥春游曲》，诗话《十朝诗话》《南明诗话》《虞社诗话》等，古籍校勘、文史考证类著作多种』。（花亦明稿）

他的《之园》：『苦忆翁家数亩宫，涨天十丈藕花红。断无鸥梦重圆地，不待春来始恼公。』歌咏本邑名胜，把园林之景与主人身世融合着写，表述别致，引人深思。

《怀曹大铁》：『子美昔曾怀李白，我今念汝亦吞声。十年为客惊流落，四海何人问死生？老去亲朋疏辙迹，新来妻妾割钗盟。六州铸错浑闲事，恩怨些些莫与争。』患难见真情，诗友遭磨难，不但不避嫌，而且抚慰有加，赞颂有加，古道热肠，在当时的环境下，难能可贵。

《寄阳羡沈瘦石拟义山体》：『湖海题襟逐逝波，故人强半在岩阿。众仙同咏霓裳后，独客遥愁锦瑟多。明镜窥花嗟寂寞，玉珰缄札惜蹉跎。秦丝弹到无声处，更续江东白苎歌。』用李商隐体，隐晦表述朋友情谊，希望出山，为世所用。并对当时流行的『老干体』诗风，不无微言。

他的《便面索季今啬画山水》：『拈毫懒画旧山川，日日旗亭抱瓮眠。莫怪啬翁增画值，近来酒价倍从前。』诗句简约清新而有生活情趣。

钱持云（一九一八—二〇〇八），书画家，自幼酷爱书画艺术，早

年临摹王麓台，具苍润灵秀之气，尤善淡墨中忽以中锋深墨勾勒。后师法黄公望、王蒙等，笔墨劲利简练，出人意表。五十岁以后畅游名山大川，深得物象的神髓、造化的天趣，后得力于石涛、八大山人、黄宾虹诸家的笔墨精神，笔墨酣畅而没有痴肥的弊病，笔力挺拔而没有剑拔弩张的霸气。钱持云先生亦擅长草书，得力于孙过庭《书谱》及宋贤各家，天真无邪，冲和恬淡。回想二十世纪七十年代后期，钱先生借住恭达学友后院，莳兰作画，其时许多上山下乡知青，投奔到他的门下学画谋生，一时弟子如云，在他悉心指导下，多有成就，被知青交口赞誉为谦谦长者。他原是梅李中学教师，古诗词造诣极深。

他的《秋日感怀》：『天末凉风起，群山叶乱飞。荣枯不惬意，归去掩柴扉。』一联写景，二联抒情，含蓄蕴藉，想见其为人。此等诗杂于王右丞诗集中，难分伯仲。

《郊行》：『雨霁郊行洗俗尘，萧疏景物倍伤神。半林霜叶胭脂染，万点寒鸦墨色新。木落秋山多见骨，风飘翠茑漫萦身。群峰远隐斜阳外，不掩分明月近人。』画家的观察独具只眼，景物如笔下的色块线条，栩栩如生，尾联似有『大隐隐于市』的感觉。

《村居》：『溪流一曲绕村弯，密竹繁花满目斑。明月有情窥瓮牖，清风无恙叩柴关。缝衣截发仰慈母，灌水滋兰凭小鬟。高卧北窗春昼永，觉来红日下西山。』安贫乐道，清苦生活中品出田园的乐趣，应了某名人的话，生活中并不缺乏美，关键在于搜寻发现。尾联总感到有深意。

《月夜泛舟》：『兴来无远近，遥夜泛清辉。放棹浮虚碧，流槎入太微。吾心澄似淡，况复浴乎沂。乐此怀古意，飘然咏而归。』抒发了他的追求与志趣，他的诗大多有一层淡淡的哀愁，唯此诗明净怡悦。

这些硕学大儒，本身学有专长，搦管写意，笔下如有风雷。他们留下的诗作，是海虞文化遗产中的精华部分。

（二）今日诗星冉冉升起

改革开放后，诗词创作老人奋鞭，新人涌现，形势喜人，特别是红豆诗社、江花诗社的创建，创作出了许多上乘的新篇章，繁荣了海虞诗坛。

言恭达，本邑书画家，国家一级美术师，全国政协委员，中国书法家协会副主席，江苏省文联副主席。

他的《绝句三首》：『悬帘飞雨锁天桥，宛如仙人吹洞箫。万斛明珠喷玉急，泓泓汇入海江潮。』『借得春潮千翼竞，酥风骀荡策纶商。

中枢盛会纾民瘼，化作丹青入锦章。』『风消积雪绛云霞，月动晴岚半笼纱。尚待人间春色满，生机凝雪孕新葩。』咏东风化雨，歌江海大潮，发端于眼前之景，归结于强国盛世，成正能量、主旋律。

《齐天乐·春讯》：『好风催绿匀膏雨，离离破沙生聚。结芷含清，流芳捻翠，玉笏万千丛伫。松涛剪羽，点梅露胭脂，合欢琼宇。半夜诗潮，卧听春水涌天府。　惊雷逐驱豹虎，说沧桑世事，方略神武。一梦宏图，三言诫律，德泽民生无数。中兴业谱，唤开道骅骝，大椿和煦。如此江山，看凤龙起舞。』颂江山，颂强国，颂伟人，唱时代颂歌。

李克为，晚号耆翁，一九二三年生。本邑古文家金叔远弟子，抗战胜利后不久，因撰文抨击时弊，遭逮捕入狱。新中国成立后，任常熟县会、市政协秘书，完中校长，市编志办副主任等。一九九〇年退休。先生与同人创建市诗词协会『红豆诗社』，任会长十三年。

他的《登方塔》：『纵目河山似画图，登临此日得宽馀。攀高总把人看小，都是堂堂七尺躯。』『攀高总把人看小，都是堂堂七尺躯』，针砭时弊佳句，王安石有『不畏浮云遮望眼，只缘身在最高层』，林则徐有『海到天边天作岸，山登绝顶我为峰』，与李老佳句相比，则显局限，这体现了现代人文思想的光耀。

他的《与老伴雪后合影》：『风雨同舟半纪零，冰霜松柏尽知音。但求偕老非虚愿，不必人前说爱心。』『不必人前说爱心』，语句因朴实而有分量，华言多不实，平平常常才是真。

吴建刚，字天逸，别署健刚，书画家，师从顾纯学、朱颖人。中华诗词协会会员、中国楹联协会会员、江苏诗词协会理事、沧浪诗社副社长、苏州市诗词协会副会长、红豆诗社社长、菱花馆艺术社荣誉理事。著有《吴建刚诗画选》《中国画技法入门·兰花要诀》《中国画技法入门·画竹要诀》等。

他的《田家》：『江南五月水田平，细雨迷濛燕子轻。唯恐乡民农事误，蛙声起伏到天明。』步盛唐王孟田园一脉，恬淡、清远，不失真切、机警；『蛙声催农事』一语，造意新颖，古人未及。

他的《馆娃宫遗址怀古》：『又上琴台寻古韵，登临不见旧山河。风云变幻无从说，世事沧桑亦是歌。西子情长非本意，吴王气短奈天何。春秋争霸空留恨，唯有遗民血泪多。』吴越故事一气呵成，语简意深，归结为『遗民血泪多』，民本思想。

顾纯学，一九三三年生，书画家，诗好『性灵』之说，画求活泼生动，中国当代农民书画研究会会员、江苏省诗词协会会员、菱花馆艺文社荣誉理事、常熟诗协理事。著有《艺道杂陈》。

他的《合肥包孝肃墓园碑廊征稿》：『往事依稀昨日同，爷爷最爱说包公。黄昏不惜挑灯火，清早还连落帽风。浊世良臣无欲去，青天故事有心通。光阴一霎自身老，复向儿孙续祖翁。』区区八句，叙写五代故事，条理清晰，主题自见。

他的《丙戌除夜有感》：『碌碌忙忙又一年，良田霎眼变新城。农耕百代自兹歇，欢乐声中叹息声。』社会发展中的复杂心态，三言两语就表达清楚了。

汪瑞璋，号扫叶山人，本邑书画家。曹大铁弟子，中国书协会员、菱花馆艺文社常任理事、上海张大千大风堂艺术中心学术委员会会员。生活经历曲折，作品内涵丰富，艺术形象深刻。有诗集《南冠草》《扫叶集》。

他的《永别老屋》：『老屋将消失，今生梦魂长。推窗人独自，一片瓦砾场。忆昔老桂树，花开满巷香。树下石栏井，朝暮汲琼浆。更忆楼窗外，塔影明月光。阿母持蕉扇，儿歌乘风凉。慈颜今何在，骨灰置中堂。堪奉骨灰盒，永别生我房。今宵再一宿，无寐夜未央。』老马恋栈，热土难离，任何事物，当要失去的时候，顿显其不可替代的价值。诗句娓娓道来，平易如诉家常，正是此种平易自然，紧紧抓住读者之心。

《野梅》：『野村梅一棵，偏向破窗横。你有凄凉色，我无美好名。相歌欢乐颂，共作苦寒行。今日逢除夜，不算太伶仃。』梅乎，人乎？写梅，梅中有人；写人，人中有梅，这便叫诗。『相歌欢乐颂，共作苦寒行』，读诗至此，悲从中来。

《春望》：『岁月何心又韶光，丹徒田作仰空苍。弊襟见肘沾泥促，好鸟引喉歌野长。独向陇头怜嫩草，只从人隙窥娇娘。清明过后是谷雨，日脚于今慢慢量。』特殊的岁月、特殊的境遇、特殊的情感，题为『春望』，应是『望春』，我见汪先生，一位谦谦君子、好好先生，读其诗，方知其丘壑波涛。

查韵法，书画家，曹大铁先生弟子，中华诗词协会会员、中华楹联协会会员、菱花馆艺文社副社长、常熟诗词协会副秘书长、上海张大千大风堂艺术中心艺术委员会会员，出版有《韵法诗选》。

他的《西川行》：『风引雨云吹壁暗，巴渝霾幕几时休？早怜身世浑如梦，只为湖山作此游。曾羡长林招白鹿，无缘幽谷约青牛。大江东去西来我，白帝猿啼问汉丘。』为生活奔波，眼羡长林白鹿，幽谷青牛而不得，且赏巫山云雨，白帝古丘。

他的《暮游三峰》：『暮压三峰独上游，可怜秋色怯霜收。千松但抱阴云合，孤水犹随曲涧流。古刹钟罢山寂寂，退心倚石岁悠悠。荣枯入眼凝惆怅，且发长歌在岭头。』季节的交替、草木的荣枯、山林的动静、人生的得失，这首『长歌』引景入理。

徐克明，一九四六年生，红豆诗社副社长。一九七二年发表文学作品，新旧体诗、散文、对联发表于各地数十种报刊。著有《翁同龢对联选》，与韦梁臣合著《对联》。

他的《暮春游木渎严家花园》：『旷世风流足可夸，深庭倦语数春华。灵岩曾识青云路，对境无声听落花。』三句盛赞后，笔锋一转，『对境无声听落花』，摹景写态，不尽之意溢于言表，饶有情趣。

他的《乡思》：『一抹残阳槛外收，几声孤雁晚来秋。水凝琴韵七弦冷，山聚眉峰千结愁。顾影当怜诗对酒，倚窗只待月垂钩。霜风何处送长笛，缕缕乡思吹白头。』一串『愁』形象，最后把『乡思』点出，瓜熟蒂落，水到渠成。

周向东，书画家，常熟诗词协会理事，青年诗人。诗词格律严谨，气韵生动，风格雄浑，前继牧斋之文人诗风，后开虞城青少年写实抒怀的风潮。向东主持菱花馆诗词沙龙讲席，围拢了一批青少年诗词发烧友，为明日的常熟诗词创作积蓄了力量。

他的《隅山听雨》：『听风听雨老潘郎，笔渐随心墨渐香。已为吟松游五岳，还因写竹到三湘。梁朝大士争烟寺，鲁国诸生斗画堂。欲学忘言凭雀语，云深谁可觅行藏！』感慨于行行业业的圈子，进出圈子，凭潜规则，与技艺无关。

他的《己丑春日湖州游太湖及苕溪作》：『潮生潮落不知年，湖上人家近月眠。不见鸱夷浮海去，但听鱼浪自鸣舷。』与李白『人生在世不称意，明朝散发弄扁舟』不同，诗中着力描绘江湖的逍遥情趣。这种大白话的绝句，要写得如此圆转自如，有形象、有意味，很不容易。

崔以军，教师，一九三四年生，苏州市诗词协会理事、常熟诗词协会副会长、江花诗词学会名誉会长、《江花诗刊》名誉主编，有诗集《望江吟》《江南草》《秋水篇》。

他的《人生驿站》：『客地乡情一笑逢，月台话别又匆匆。风驰电掣人生路，一站冰山一站虹。』火车月台比作人生驿站，揭示人生哲理，『一站冰山一站虹』，艰难与灿烂交替呈现。

他的《世路履痕》：『一双足迹印天涯，世路谁能辨正邪？昨夜盈盈深雪里，留人铁证抑梅花。』批评世俗偏见，以昔日之不堪来否定今日之芳华。

顾敏燕，本邑女诗人，常熟理工学院图书管理、苏州沧浪诗社理事、常熟诗词协会副会长。轻拈斑管图山水，细折银笺写心扉，以细腻敏感的笔触，采撷生活，剪裁花絮。

她的《疏影》序曰：『今岁春寒，梅含苞不开，曾园看梅未遇。父知我意，日日园中察看，终见一两花形，急递消息。余爱之不去，尤喜梅艳篁竹旁，绿意红情，隽永耐读。』词曰：『年来卜得，待一枝烂漫，呵退寒色。守着窗扉，守着心扉，凝眸独味清寂。三番两次寻他去，又怎许、空成追忆。约蝶媒、破茧何时，半点也无消息。 春夜听风听雨，奈何月梦远，影读心迹。半日晴光，半日风柔，惹你暗香轻逸。还从俊骨倾情看，倚瘦竹，静吹心笛。莫问我、为甚低眉，向晚为谁痴立？』早春探梅，绘画春到梅未开的意境，春梅晚开，如美人迟暮，句句以梅寄托，字字吟人心曲，思也悠悠，情也悠悠。

她的《壬辰春日倾听啼鸟感怀》：『花开花落由时序，情浅情深只自知。过雨悄然千梦绿，经寒未许寸心移。尚能诗里流连醉，哪管人前忘我痴？双鸟枝头相媚好，此时驻足正神驰。』春日春鸟，最是撩拨心绪。枝头相媚，驻足神痴，怎一个情字了得？字词反复，韵味悠长，技巧纯熟。

当前海虞诗坛，诗人技巧渐趋成熟，上乘作品不少，限于篇幅，不能一一枚举。红梅报春，预示海虞诗词又一个创作高峰期即将到来。

（六）常熟的诗话著作和诗歌理论探索

健康的文学创作，得有中肯的文学理论来支撑和指导。海虞诗词如此昌盛，诗歌评论也佳作迭出，争奇斗艳。

徐祯卿的《谈艺录》，这是一本广有影响的诗学著作。

钱谦益的《列朝诗集》，牧斋诗论，散见于各集散篇中。而《列朝诗集》无疑是最重要的一部诗学著作。其中的人物小传，后来的《明史》，大多直接移录去作史传。

冯班诗论散见《钝吟集》《钝吟杂录》《钝吟书要》和《钝吟诗文稿》各著作中。

王应奎的《海虞诗苑》，诗人小传，不同于史传，采录诗人生活趣闻，有关诗歌创作者，生动活泼，今日看来，如吉光片羽般珍稀了。

单学傅的《海虞诗话》，收清初至道光时同邑草根诗人及闺秀僧人五百余人诗作，巨公名卿，皆其所略，意在阐幽发微，存一家之作，与乾隆时的王应奎的《海虞诗苑》宗旨相同，相互呼应。诗歌评论简要而恰切。

瞿绍基的《海虞诗苑续编》，集王应奎《海虞诗苑》的遗漏，重在收录嘉道年间的作品。

孙雄的《道咸同光四朝诗史》，选编了清末四朝的诗人及作品，孙雄自榜书斋为诗史阁，以民国以来诗史第一人自诩。

陆宝树《醉樵诗话》，收『诗话词话二百余则，记述诸家创作，引录佳句，间以品藻。评章中肯，片言立要。以作者之博学多识，广交吟友，且以多年留神搜集，着意选录，遂使当时诸多诗人所创作佳句得以留传。泽被后学，厥功不浅』。（吴正明《序》）

宗白华的《美学散步》是其代表作。作者以充满灵性和诗意的文字、广博的艺术知识，打通了中西文化的壁垒，融会贯通地阐述了空灵、充实、意境、人格、祥意、形和影……涉及书法、舞蹈、雕塑、绘画、诗歌、园林、建筑等各个领域，是美学理论和美学表述的经典。

钱仲联的《梦苕庵诗话》。钱仲联先生是研究清诗文的大家。该书系统论述清代尤其是近代（晚清）著名诗人与诗作，介绍和考订大量有诗史价值的杰构。

钱仲联《清诗纪事》是其主编的大型清代诗歌纪事文献，收七千多位诗人的作品，约一千两百万字。

诗歌能陶冶情操，有教化功能。孔子云：『诗三百，一言以蔽之，思无邪。』历来社会管理者和知识界用之来移风易俗，倡导文明，敦和社会。于是，研究诗歌的诗话著作多得汗牛充栋。常熟徐祯卿的《谈艺录》、钱谦益和冯班的诗论、宗白华的《美学散步》、钱仲联的《梦苕庵诗话》是历代诗话中的扛鼎之作，影响巨大，王应奎的《海虞诗苑》、单学傅的《海虞诗话》是我们海虞诗歌的结集，我们要研究这笔遗产，理清常熟诗歌走向的脉络，以便继承发展。

四、小结

综上所述，虞山诗派其人其事，是海虞诗词的历史产物，是海虞诗词创作的一大巅峰，它建筑在海虞古往今来海量的文人墨客的基础之上，建筑在海虞众多的达官大吏基础之上。从远古到虞山诗派闪亮登场，经过了漫长的渐进过程，是水到渠成，是众星捧月。虞山诗派形成，就像从大平原登上了太行山巅，再往前行，一路高原比连，峰峦起伏，名人名诗不断涌现，形成一个个高地，延续到今，成就了海虞诗词这块国之瑰宝。

海虞诗词是中华诗词宝库的重要组成部分，是名城常熟的一张靓丽名片。『千金之裘，非一狐之腋』，面对整体海虞诗词，不管是古诗词的发烧友，还是热爱本土文化的乡亲，都有熟悉它的必要。

海虞诗词，最大特点是面广量大。常熟虽是个县级市，但人口可比州府，读书人多。古代读书人，从读《百家姓》《千字文》《千家诗》这些韵文启蒙，写作从对对子起步，所以，几乎所有读书人，都有写古诗词的基础，于是创作出了如此数量庞大的海虞诗词。

海虞诗词第二大特点是质量高。南朝常熟县令鲍照，他当父母官时，常熟还建县不久，水乡来了位大诗人，他为常熟诗歌的繁盛开了个好头。他是南北朝标志性诗人，杜甫称『清新庾开府，俊逸鲍参军』。唐代，《题破山寺后禅院》不但是我国五律中的典范，而且『曲径通幽』『万籁俱寂』定格成了成语。到南宋，世家大族纷纷移民江南，常熟人口激增，文化人口也激增。明代，海虞诗歌爆炸性发展，开朝之初，陈基的诗歌以其经历特殊、诗风激越慷慨、韵律严整而为人喜爱。明中期的徐祯卿为『吴中四才子』之一，以诗称著，又是前七子的中坚人物。明末，钱谦益迅速崛起，创建虞山诗派，执海内文坛牛耳，被称为一代宗师，其流风影响整个清代诗坛。清中后期的孙原湘，是性灵派中造诣最深的诗人之一。清末翁同龢又处于社会大动荡时期，其诗视野开阔，韵味悠长，登临至常人难以登临的境界。其后的黄摩西，诗歌出神入化，瑰丽奇肆，被人称作百年来诗界第一人。直至当今，钱仲联教授，诗界排座位，有人把他排为『及时雨宋江』，也就是诗坛盟主，影响之大，可想而知。而曹大铁先生，集书画家、收藏家、文物鉴定家、建筑师、诗人于一身，多能奇才，其诗其词，宏篇巨制，无一虚浮语，或感时忧国，慷慨悲歌，或述事写怀，铁板铿锵，或悼师怀友，情深词切，或悯弱怜香，回肠九转，海内外为之瞩望。

海虞诗词第三大特点是源远流长，延绵不息。它的流向发展，波澜高潮，综合分流，都有案可稽，脉络清晰，其中有师承关系，亦有家族传承。

海虞诗词第四大特点是风格多样，百花齐放。历数古今常熟诗人，他们人各一面，争奇斗艳。即使虞山诗派同一阵垒里的师徒，面目也不相同。。

此文管窥海虞诗歌的博大精深，试着对虞山诗派作个深层次理解，若有欠妥之处，恳请同好批评指正。

流俗相尊作党魁：略论钱牧斋与东林党

◎江苏省常熟市　陈晓江

说到东林党，不一定言及钱牧斋。但是，言及钱牧斋，却不能不说到东林党。东林党之于牧斋，是其于有明之世的一大关键。而从牧斋之于东林党，也可体味其立身处世之所在。

在清以前，党并不是一个好名词，它是结党立派、结党营私的『党』。而所谓东林党，始于顾宪成、高攀龙等罢斥官员在东林书院的讲学，其讲学，一时吸引了大批士子及同样被贬斥的官员士大夫，他们在论学之馀，品评人物、论议时政，一批在朝任职的官员，亦与之遥相应和，随着声势的逐渐壮大，其影响甚至及于宫闱秘事、官府之争以及内阁辅臣的任用、官员的黜陟，逐渐由一个学术团体，转变成一个相对松散的政治派别，其政治对手遂以东林党名之。虽然明末的党争，自万历十一年国本之争就已开始，但东林被称为党，在万历三十九年四月前后。其起因主要有二，一为万历三十七年末起始至明年二月以李三才罢官为结局的、关于总督漕运李三才入阁的论争，《明史·顾宪成传》云：『既而淮抚李三才被论，宪成贻书叶向高（首辅）、孙丕扬（吏部尚书）为延誉。御史吴亮刻之邸抄中，攻三才者大哗。而其时于玉立、黄正宾辈附丽其间，颇有轻浮好事名。徐兆魁（后为阉党）之徒遂以东林为口实。兆魁腾疏攻宪成，恣意诬诋。』二是万历三十九年三月初开始，为时一月，由孙丕扬主持的辛亥京察，结果是将汤宾尹（宣党首领）、王绍徽、徐大化（二人后为阉党）等拟为不合格，遂引起反对者的攻讦，《国榷》万历三十九年四月，引兵科给事中朱一桂论京察、攻东林的奏疏云：『东林一脉，人言颇不满。或谓其把持有司（指孙丕扬、王图），或谓其遥执朝政（指顾宪成等），旧岁顾宪成遗阁部书强辨李三才，致淆国是，今岁吴正志一书请处七人（即汤宾尹、王绍徽等），止漏徐兆魁。彼自悦刘季陵之高风，强项人事，此足定东林与参东林之断案乎？近公车之牍俱云起废，独今日一东林，明日一东林，即知时局。』谈迁于此附评论云：『时无锡顾宪成及高攀龙等修宋儒杨时东林书院，倡同志士大夫讲学，党名始矣。』牧斋在《顾母王夫人寿序》中回顾此段历史亦有云：『后数年，光禄（顾宪成）辟讲堂于东林（万历三十二年）。兰莸消长，朋徒云集。又数年，党议渐起，以谓裁量执政，品核公卿，有甘陵、汝南之讥（指论救李三才事）。』又《安邑曹公神道碑》云：『万历中之党议，播于庚戌（即指李三才入阁之争及庚戌科场案）而煽于辛亥（指辛亥京察之争），二三小人，飞谋钓谤，以一网尽东南西北之君子。公以吏垣掌内计，佐太宰富平孙公，稍斥其渠率（汤宾尹等），其党相与磨牙争之，久之，公与富平相继引去，公退而班行一空，万历末年之党局成矣。』所谓党名之始、党局之成，皆指东林而言。是的，也许是巧合，也许是命中注定，就是在这风涛喧豗的万历三十八年，东林『建党』之时，牧斋第二次赴京会试，三月十五日，高中一甲三名进士，循例授翰林院编修，释褐进入了官场的旋涡。

党局既成，东林与对手的首次争斗，其结局之一，是孙丕扬、王图、曹于汴等正直大臣的被迫离朝。而牧斋也在仅仅立朝不足两月之后，接到父亲病重的消息，随即返乡侍疾。五月十六日，其父病卒，遂在家守孝。然而守孝期满，并未被召复官，而是被长期锢闭，直至万历皇帝驾崩，长达十一年之久。究其原因，固然一方面是由于万历长期怠政，朝廷大小职位，有位无人，是当时的普遍现象，辅臣虽有补官申请，但多被万历东之高阁。另一方面，在牧斋本人看来，小人从中作梗，阻止其入朝，方是主因。在泰昌登基，召命其起复，启程前所作《嫁女词》诗之四有句云：『丑妇憎明镜，众女疾蛾眉』，即是明证。又《列朝诗集小传》丁集中『侍郎徐公良彦』条亦云：『神庙末，党论纷起，公与余并有党魁之目，邅回仕路者久之。』由此可见，在万历末期的党局之中，牧斋已被划入东林一派，骎骎已被目为党魁。

由后文可知，牧斋是并不『心许东林』的，然而他是如何被『入党』的呢？可惜的是，牧斋于万历一朝的诗文，今所存者寥寥，对于李三才、京察被黜人员的是非，未见有何论争言词。对于汤宾尹越房取中其学生韩敬，卒中庚戌科状元而引发的哗然士论，亦未见有何言词与评说。寻绎瞿式耜在编纂《初学集》时，于卷七十九末所附的跋语，言及该集中书牍仅寥寥数章的缘由时说：『盖先生少而高节自命，无投知自炫之启。壮而登朝，所言大抵关于国是人材，不欲以先觉居己，不欲以私恩示人，故概从削稿。』瞿公之意，是说乃师的论说，多不幸而言中，结集时为避免自炫远见卓识，故略而削之。牧斋二十九岁考中进士，正是瞿公所说的壮年（十一年后还朝，虽也可称壮年，但其时常自诫谨言慎行，当非指此时），由此可见虽仅仅立朝两月，于国是朝政，牧斋多有高论，见于其与师友的书信之中。然而高论恐怕未仅仅发于书信，他在《家塾论举业杂说》中有自述道：『曹子建谓刘季绪（刘修，刘表之子）才不逮于作者，而好诋诃文字，掎摭利病。余少壮盛气，颇犯季绪之病。』自道颇犯刘修好作诋诃文字之病，然则牧斋于万历三十八年登朝之初，时当多事之秋，又富『少壮盛气』，恐怕书信之外，尚多有关于国是朝政的讥评论说，这虽是悬想揣摩，或当离事实不远。今检点其文集中删馀的诗文，再参考其行迹、心迹，对牧斋被『入党』的言行，略作一钩沉。

首先，删无可删，会试、廷试策论，发榜后广行天下，是删不掉的。在廷试策中，牧斋直指万历帝徒以中旨慰留、留中羁系，视群臣太轻，怠政懒政，致天下事几不可为。又称誉尚未平反的张居正，而蔑视其继任者云：『即皇上御极初，亦尝以优崇召对，倚毗重臣（张居正），而其人亦能以强力把持天下。盖六事疏中所称省议论、重诏令者，一时纲举目张，班班可考。则君臣同心之效，可见如此矣。自兹以后，诸庸辅之绍述者，但用其馀威绪谋，博击言路，牢笼私人，而未闻稍为社稷计。』其文章之美固不待论，首要者在于，文章之中充盈着凌厉风姿，让我们看到了牧斋曾经有过的意气风发、挥斥方遒，以一身系天下、直陈己见的另一面。而这一壮年时的意气，亦正可与后日自忆『方余之壮也，策足清华，驰骋皇路，余之身，非一人之身而天下之身也（《赠泾阳张仪昭序》）』相互印证。这一书生意气，其形迹恰亦正近于东林党人『裁量执政，品核公卿』之风，亦无怪乎申时行亦谓此策论有『有意立名』之嫌（这也正是后日牧斋批评东林，心未许之处）。牧斋在守孝期间，曾至苏州拜谒已『离休』家居的首辅申时行，他在晚年记述这次会面的经过，不无感慨、不无自愧道：『余为书生，好谈国政，大廷对策，极讼江陵受遗寄命，尊主强国之功，而后人绍述者，尽隳其综核之政，一切为颓陨姑息，以取悦于天下，纪纲不振，议论日烦，职此之故也。登朝后，以词林后辈，谒少师于里第，少师语次从容谓曰：「政有政体，阁有阁体。禁近之臣，职在密勿论思，委曲调剂，非可以悻悻建白，取名高而已也。王山阴（王家屏）诤留一谏官，挂冠而去，以一阁老易一谏官，朝廷安得有许多阁老？名则高矣，曾何益于国家？阁臣委任重责望深，每事措手不易。公他日当事，应自知之。方谓老夫之言不谬也。」德音琅琅，不耸不茹，实为余制策（会试、廷试策论）狂言而发。』（《列朝诗集小传》丁集中『申少师时行』条）此策论之『狂言』，若说不是『裁量执政，品核公卿』，恐怕牧斋也当百口莫辩。如此『硬伤』俱在，以小人诬诋顾宪成等在浒墅关一条小河滥收过河杂税，以供东林书院日常费用，以及吴之彦因赵用贤罢官，而欲悔婚，却反咬一口，诬妄是赵用贤悔婚，而致其罢职等高超手段，恐怕牧斋之『入党』，也是逃无可逃的。

其次，《明史·顾宪成传》有言及天启时划分东林党『成分』的标准，天启五年所出《东林点将录》的作者王绍徽，亦正是辛亥京察之后，主攻东林党者，故而这一标准的前半部分，当也即万历时期划分东林党的标准，其文云：『凡救三才者，争辛亥京察者，卫国本者，发韩敬科场弊者，请行勘熊廷弼者，抗论张差梃击者，最后争移宫、红丸者，忤魏忠贤者，率指目为东林。』前四者为万历年间事，有诗为证，今所能确认者，是牧斋为卫国本者之一。万历四十二年八月，在福王就藩，国本之争告一段落后，首辅叶向高在十数次上疏请辞后，终于获准还乡，途经苏州，门生牧斋拜见老师，有《吴门送福清公还闽》诗八首，其诗之三云：介圭争望锡河山，忍听优歌枯菀间。春尽亲王将就国，夜分御札尚封还。赤心自愬索千折，丹地频惊扣九关。羽翼已成商老去，汉庭容易点朝班。』首联，言朝议皆愿望福王就藩，而不忍太子朱常洛（泰昌）独自忧苦。颔联、颈联是说叶向高忧勤之苦，处身之难，也是誉美福王就藩，是叶向高忠心为国，力请于万历帝之后方成其功。尾联是说太子地位得以稳固后，向高方才退职离朝。《国榷》万历四十二年三月，谈迁云：『宠王就国，中外交为东宫幸，如释重负。』本诗虽然所咏者多是叶向高，但是字里行间，可以明确感知牧斋是希望福王就藩，以使朱常洛得以稳固太子之位，而与东林党人意见相同的。

再次，如上所述，牧斋慷慨激昂的策论，虽然申时行很不以为然，但是主考叶向高却是很以为然，并且是极为激赏的。而牧斋对其亦崇敬有加，万历四十六年，在为祝贺叶向高六十大寿所作《寿福清公六十序》中云：『今夫山之有台也，用以为簑笠草属之微者也。然而时雨将至，则簑笠之覆盖，不小于夏屋，何者，诚庇之也。……谦益对制策，公读卷为总裁官，而缪子昌期以癸丑举南宫，皆公门下士，荷公覆盖日久。』其言盖感激被叶向高庇荫多年，于此亦可见在万历末期，两人交往甚笃，师生关系较为和融密切。还有一位是王图，据金鹤冲所撰《年谱》：『十七岁（误，应为十八岁），补苏州府学生员。耀州王文肃公图，得先生行卷，遍告南中诸公，以谓半千。』半千，是指员义庆，典出《旧唐书·文苑传·员半千》：『员半千，本名义庆。……义方嘉重之，尝谓之曰：「五百年一贤，足下当之矣。」因改名半千。』是王图在牧斋还是青少年时，即已识其为五百年一出的人才，由此可见，二人之渊源更是深厚。或许是出于王图的知遇之恩，再加上又是会试的座师，牧斋在立朝两个月之中，常侍坐于王图之侧，在其《范勋卿文集序》中云：『余庚戌通籍，出吾师耀州王文肃公之门。公长身伟干，声如洪钟。每侍函丈，必为余诵说海内贤士大夫，盱衡扼腕，咨嗟慨慕，希风问影，如恐不及。』而王图正是辛亥京察后被攻击的主要对象，与叶向高一样，皆被认定为东林领袖。牧斋与两位领袖老师交游如此密切，在小人看来，被划入同类，正也是自然而然的。

其四，万历三十八年的庚戌科，恐怕在有明两百多年中，也可算是很特别的一次了。其时非仅有汤宾尹越房取中韩敬的科场之议，更重要的是正处于党争的风涛之中。牧斋在《贺东莞卢封君覃恩序》中记述其时的情形云：『庚戌之岁，士之举于南宫者，文采风流，照耀后先。未几而迸散分携，阴阳人道之患，交加并作，未有甚于吾党（指同科进士）

者。』又《太原府推官唐君墓志铭》云：『万历庚戌，进士举南宫者三百人，轩盖嗔咽，车尘人面，冥蒙合沓。』可见风云际会，适逢此时，牧斋等一旦高中进士，进入官场争斗的旋涡，便因种种原因，出自正义也罢，出自私怨也罢，不论你愿意，还是不愿意，也不必分你是自主，还是不自主，总之，大都被迫站队，或被站队，而卷入党局之中。牧斋身为其中的一员，既有上述前言往行，纵然其起始即对东林党人的立身行事很不以为然，但何尝能够独善其身？非我族类，其心必异，这历来是派系争斗时判别敌友的法则，所以即便牧斋历来反对立坛讲学，分门别户，但也由不得他，既有『硬伤』『劣迹』，自然被认定为『东林党员』。在《东林点将录》列名的一百零八人中，有三十馀人是牧斋的师友，而出身于这一科，且被『入党』的尚有六位，他们是：贺烺、张光前、夏嘉遇、张慎言、王象春、高弘图。牧斋与六人皆有交游，而与贺烺、王象春、张慎言三人尤为交好。同年，七人同被列名党籍，这一同等『待遇』，固然是他们的情性志趣所致，而或许也与万历三十八年这个年份，不无关系。

其五，时过境迁之后，后人对东林党的评价褒贬不一，这也正从另一面，说明了包括东林党在内，明朝末年党争的复杂性。不仅党派之间争斗激烈，即使是东林党人之间，也歧义间出，互相攻击嘲讽之事时有发生。而正史野史、小说稗类，又异见纷出，后人欲别白其是非，诚然是难上加难。但不论如何褒贬，东林党人多正直慷慨之君子，当是不争的事实。乡邦先贤赵用贤，就是一位忠烈刚强、骨鲠之臣，他曾因抗论张居正夺情，被杖戍除名，夺官归里。后又因极论三王并封，谏争国本，而遭小人诬陷，再次罢斥。赵公抗疏拜杖的风节，牧斋的祖母、父亲，在他少小的时候，即教诫其以之为榜样。后日他在《赵景之六十寿序》中，尚充满着崇敬之情云：『余儿时，受先宫保（指父亲）负剑之训，曰：「孺子如有闻也，必以赵先生为师。」』《赵叙州六十序》云：『余为儿时，颂慕文毅公之风节，如高山大岳，魁伟奇特，望而使人敬惮者也。』又《族谱后录上篇》云：『谦益为儿时，（祖母）教以古忠孝名节立身励世之事，负剑提命，声音落落贯心耳。』或许正是因为父祖的耳提面命，赵公的高风亮节、阳明刚大之气，激励着幼小的牧斋，播下了正直的种子，所以我们看到了在制策中忠正慷慨的牧斋的另一面。后日虽然在经历了东林起始的党争以后，牧斋即由『忠正者慷慨』，转而为『怀道者深默』

（袁宏《汉纪》语），但是正直之气，自少至老，是始终埋藏于其心的。在天启元年，主试浙江乡试期间，曾专门遣使致祭赵锦。赵锦，馀姚人，嘉靖末得罪严嵩而被削籍，万历初又因忤张居正而被罢官，牧斋致祭，非仅因为其是识拔乃祖之人，恐怕更多的是钦慕其人，诚如《祭文》所云『惟公明德，如岳如山』者。而在阉祸之后，直至入清，在他为死难的东林诸君子，如杨涟、缪昌期、左光斗、黄尊素、李应升、高攀龙、周朝瑞、顾大章（亦是乡先贤）等所撰行状、墓志铭、神道碑等文中，有感于东林君子的慷慨忠直、劲节贞心，其激昂慷慨、悃诚悲愤之情，充溢于言词内外。如崇祯三年，为高攀龙所作《忠宪高公神道碑铭》云：『呜呼！近代朋党之祸烈矣，其始则宣、政之碑也（宋徽宗时立党人碑，指北宋新旧党争，所谓党禁），其中则淳、庆之禁也（指南宋高宗绍兴至孝宗淳熙年的学禁、宁宗庆元年间的党禁），最后则延熹、建宁之狱也（东汉桓、灵之际，党锢之祸）。彼方立党籍，公则为温为蜀，其如公何？彼方禁伪学，公则为洛为闽，其如公何？彼方逞黄门若卢，公则为膺为滂，其又如公何？精金之锻百炼，良玉之火三日，张罗布网，蔓衍三朝，愈变而愈毒，适以完节畀公。彼小人者，冰山既倾，腐骨犹臭，徒为海内所咀嚼唾骂，传之无穷，令其转而自计，当亦知其不可也。』他对高攀龙金精百炼的浩然正气，给予了极高的评价。文章激荡着义愤之气，很显然，这种情感，假如没有同声相应、同气相感，即便是满腹诗书，所为文章之气，也是『自华』不了的。

其六，在万历三十五年，第一次赴京会试，二十六岁的牧斋即已有忧生之嗟。他在《陆母任夫人七十寿序》云：『余去东海（偕何允泓读书）数年，至丁未、戊申间（万历三十五、六年），余三人复聚首（何允泓、陆铣），又益以瞿（汝稷）、顾（云鸿）、龚（立本）、李（流芳）十馀曹，相得益欢。而头颅渐大，皆有忧生叹世之感。酒后耳热，纵谈少年事，每思陈同甫（陈亮）言「年十八九而胸中多事已如此，后将何以继之」，未尝不反复泣下也。』又《列朝诗集小传》丁集『顾先辈云鸿』条云：『丁未锁院对策，语及于朝政敝窳，天灾民隐，泪簌簌下，沾渍毕牍不能收。』可见少壮时的牧斋，即心忧天下，胸怀大志，思欲治国平天下，立功于当世，故初出世的牧斋，怀『驰骋皇路』之志，或尚未谙熟官场、人心的险恶，但凭书生一时意气，率性而行，多有直言，不意不知不觉之间，已被人划入另类。

其七，中年以后的牧斋，常忆及自己少壮时的意气，如《翔虞戴君墓志铭》云：『予少时气岸自负，所与游多豪举士，而君亦疏诞傲睨，无儿女态，故与余独相得。』《陆母任夫人七十寿序》云：『明年（万历二十八年）……当是时，余三人者（与何允泓、陆铣）如鸡之方距，如鹰之甫条，目在项而踵在目，不复知天下有谁子。』其壮豪意气也正所谓『如欲平治天下，当今之世，舍我其谁也』（《孟子·公孙丑下》）。少壮时的牧斋，非仅以文章名世，诚亦为伟人豪士，睥睨众人，壮怀激烈。他在《张孟恭江南草序》又云：『余少而肮脏，慕孔文举（孔融）、刘越石（刘琨）之徒，思与之驰骋上下。』所称举的二人，孔融是『自以智能优赡，溢才命世，当世豪俊，皆不能及。亦自许大志，且欲举军曜甲，与群贤要功。自于海岱结殖根本（时为平原太守），不肯碌碌如平居郡守，事方伯，赴期会而已』（《三国志·崔琰传》裴注引《九州春秋》）。而刘琨则恃才傲物，鸣剑从王，舞衣愤义，志气过人。牧斋钦慕二者，以之为楷模，很自然便有制策之『狂言』，亦很自然锋芒外露，自然亦很自然遭人忌恨，而与顾宪成、赵用贤诸贤为邻矣。

以上就牧斋现存的诗文，对其于万历三十八、三十九年间，即已被认定为『东林党员』略作耙梳。策论的慷慨直言、卫护太子之愿、与东林大老的交好，是其三大『硬伤』。而如果说牧斋恰好在万历庚戌这一年入仕登朝是偶然，那么，其少壮时思慕刚正、心忧天下、傲视公卿的书生意气，则是其被『入党』的必然，当然也是『硬伤』产生的本源。总之，戴上这一『桂冠』以后，终其一生，未曾『摘帽』。终有明之世，其命运也被迫与东林党形势的消长而随之升降。在万历末期沉沦十一年之后，泰昌元年七月，万历帝驾崩，遗诏：『内阁辅臣，亟为简任。卿贰大僚，尽行推补。两次考选并散馆科道官，俱令授职。』其时虽因红丸、移宫案，争论依旧喧豗，但朝廷大政，由刘一燝、杨涟等东林党人主持，借万历遗诏的东风，牧斋得以起废。其后随着叶向高入阁为首辅大臣，赵南星、孙慎行、邹元标、郑三俊等大僚立朝秉政，直至天启四年，是东林党人的全盛时期。而此时期，亦是牧斋一生之中仕宦的黄金时段，短短四年间，由翰林院编修（正七品），历任太子右中允（正六品）、左谕德（从五品）、侍读学士（从五品）、少詹事（正四品）。（其间，因天启元年浙江乡试舞弊案，作为主考，虽一身清白，然因『领导责任』受到牵连，虽只被罚俸了事，终不奈舆论压力，遂于天启二年冬，辞去太子中允，黯然回乡。在沉寂一年后，四年正月，即官升半级，以左谕德还朝。）然而，随着东林与阉党之争的白热化，东林党人纷纷受到打击，阉党迫害东林殆尽，天启五年三月初一日，被封为『浪子燕青』的牧斋被削籍为民。直至崇祯登基，打击阉党，作为受害者，自然重新起用，崇祯元年三月初八日，诏命以礼部右侍郎兼詹事起复（正三品），旋参与枚卜，因温体仁、周延儒的陷害，言其『佴然附于崔、魏摧折之人（指东林党），枚卜大典，一手握定』，深恶朋党的崇祯帝闻之震怒，以把持台省、结党操纵枚卜的罪名，革职除名，遂又伏处乡间，直至北都沦亡，而为『虞山老民』，长达十七年之久。前引《安邑曹公神道碑》后文又云：『泰昌元年，公以太常少卿起家，屡迁都察院佥都御史、吏部左侍郎，未几，逆阉之难作，公进而旋退，而天启之党祸烈矣。今上即位，召公为左都御史。未几，阁讼又起（即枚卜之役）。公据法守经，力为纠正。久之，以年至乞身。而公之生平，遂与党论相终始矣。呜呼！俯仰三十年间，党论三变，雄唱雌和，党同伐异，以官府为城社，以妇寺为窟穴，驯至于朝野震动，衣冠涂炭，而以人之国为孤注。然而丁卯之阉祸，即辛亥黜幽之伏戎也。戊辰之阁讼，即丁卯媚阉之遗种也。』所谓党论三变，俯仰三十年，与党论相终始，既是对乃师曹于汴的伤叹，也是顾影自怜、哀痛自伤之词。

『东林党员』这一『桂冠』，使牧斋终有明之世，锢闭于虞山，长达三十年之久。时当衰乱之世，对于一生以英雄自视，以宰辅自期，以拯危救乱、舍我其谁自矜的牧斋来说，无疑是苦闷而又悲愤的。而更为无语且无奈的是，自始至终对于党争误国有清醒历史认识、反对树党立派的他，还是被绕进了党争之中。对于东林党人的行为方式颇不认同的他，却被认定为『东林党员』。惨死于阉祸的缪昌期，是牧斋挚友，在为其所作《左春坊左谕德缪公行状》中云：『端文（顾宪成）与高忠宪公（高攀龙）开讲堂于东林，公退而语予：「东林诸君子，有为讲学，而有意立名，党锢道学之禁，殆将合矣。」公既登朝（万历四十一年），癸丑、甲寅（万历四十二、四十三年）之间，朝论攻东林甚急，还观其所为，壹皆便文养交，蝇营狗苟，附时相，走私门，恶清流清议为害己，欲锄而去之也。公未尝心许东林，而疾党人（指小人之党）滋甚。每叹曰：「吾惟恐人为伪君子，肯与人为真小人乎？」往往盱衡扼腕，形于言色。朝论遂以东林目公，公弗辞也。』所述虽皆是缪昌期所言，其实却也是夫子自道，这段文字，正可以概括而为牧斋之于东林的认知与态度。

有鉴于前朝历代的党锢之祸，有惩于南宋绍兴学禁是庆元党禁之始，所以牧斋对东林党人立坛讲学，聚徒设教，自始即保持着清醒的认知，是不以为然的。他在《钱湛如先生祠堂记》中，论及钱吾德（字湛如）的学行云：『周之盛世，君道盛而师道亦统于君。及其衰也，吾夫子设教于洙、泗之间，盖亦本师儒得民之职，而非敢以师道自贰于君也。师道之盛，昉于东汉，昌于河汾（王通），师道盛而君道或几乎熄矣。迨于宋，道学、儒林，分而为二，道学盛而儒道亦几乎熄矣。先王立教之本意，谁有明之者哉？先生之道，端粹而冲和，高明而博厚，其为学以强学力行为宗，其立身以孝友温恭为准，其教人以暗修慎静为的。居家而乡人式之，居官而兆人怀之，师儒之道备矣。不聚徒党，不立坛墠，教不出于《诗》《书》，化不越于里塾。师儒之名逊而不居，而况于道学乎！』其意是说，学者的讲学，其教书育人，所教者经典，所论说者性理之学，所探究者经国之道。其影响所及，当仅限于讲堂之内、乡邦一隅。师之道，在于传道、授业、解惑而已，而不可聚集党徒，树立坛墠，分门别户，更不可以三尺讲坛，自异于朝堂，甚至于分庭抗礼。聚徒党、立坛墠，以天子之师自居，『自贰于君』，则很容易招致学术之禁，渐而至于党锢之祸。党锢之兴，不仅使善道君子将惨遭祸殃，也是易世亡国之端。这一态度，同样也见于《题同学会言》一文，在此文中，牧斋将东林讲学之风与孙慎行的讲学作了比较，其文云：『自梁溪有东林之会，顾端文、高忠宪以明善为宗，力辟吴门无善无不善之宗旨，皋比之席，海内望风奔赴。忌者侧目，遂合道学、党锢而为一禁，迄于今未衰。毗陵孙文介公（孙慎行），生同时，讲同学，而其意旨有异焉。其论学以《易》为宗，其论《易》以艮背为宗。端居索处，穷理尽性，不聚徒，不设教，一二同人，布席函丈，覃思瞑目，相与疏通证明而已。』很显然，他是赞赏孙慎行『端居索处，穷理尽性』的学风，而反对东林学风的。东林的讲学，远远超出了书院的范围，由学术而走向现实政治争斗，至海内风趋，朝野震动，终而招致小人之忌，以东林为党。党祸渐兴，至天启朝，至于极点，东林党人多被阉党迫害，或惨死诏狱，或郁郁而终，随之天下之书院也皆毁坏殆尽，迁延二十余年，国家也随之而灭亡。上引缪昌期所云『党锢道学之禁，殆将合矣』，即是贤者深深的忧虑。

对于学禁党禁之忧，除了牧斋、西溪而外，黄尊素亦同此心。天启初，邹元标、冯从吾在北京创办首善书院，『集同志讲学其中（《明史·冯从吾传》）』，被小人谮毁，『而魏忠贤方窃柄，传旨谓宋室之已由于讲学，将加严谴（《明史·邹元标传》）』因之二人被迫辞官。牧斋在为黄尊素所作《山东道监察御史黄公墓志铭》云：『初入台（天启初，入为御史），即进规于邹（邹元标）曰：「京师非讲学地也。徐文贞（徐阶）已从议于盛世矣。」邹公卒用是去。群小之撼君子，自此始也。』黄公之规谏邹公，与西溪之语于牧斋者，皆是早见其机之言。所云『群小之撼君子，自此始也』，诚可玩味，除了对恶毒小人的憎恨以外，也饱含对邹、冯二公以讲学被祸深深的惋惜和痛楚之情。更有可论者，是牧斋在文章中，于诸如三大案等敏感、重大问题，往往引述他人之言，于言语之中，字词之外，细细品味，方能见其自己的褒贬与意见。细味上引二文中黄公、西溪之语，其实也就是牧斋之意。而之所以在文章中能见黄公、西溪的早见其机，而将自己的远见隐藏，这或者也就是前所引述《初学集》删削书信的原因。牧斋亦当于私信中劝诫有关人、有关事，只是结集时，对听从自己劝诫的人，『不欲以私恩示人』。对死难于党祸的诸友人，则更不忍而『不欲以先觉居己』。瞿公表述删稿之言，岂是虚来之笔，盖有此深意在焉。

在天启朝的阉祸、禁学之前，牧斋的言行，也都表明他对东林的讲学是保持着距离，对党锢道学之禁，是早见其机的。东林书院创始者之一顾宪成，是乃父友人，幼年时的牧斋，即随父亲数次前往无锡拜谒，少年时更从顾公游学。他在《顾端文公文集序》有云：『与高忠宪公讲学东林。已而侍公于讲席，裒衣缓带，息深而视下，醇然有道者也。』由此可知，当万历三十二年书院开讲以后，牧斋曾前往东林听讲。其后东林之风也及于常熟，万历三十四年，由时任知县耿橘主持，复建虞山书院，并请顾宪成为主讲。《明儒学案》卷六十『耿庭怀先生橘』略云：『耿橘，字庭怀，河间人。万历三十二年知常熟县，因袭东林书院之风，复建虞山书院，请顾宪成主教，苏州知府李右谏、御史左宗郢先后聚讲。』身为邑内才子，又是顾公的世侄、从游问业者，牧斋是否是虞山书院的听讲者、参与者，今所见史料有限，不能确知。但是我们或可从他拜师求学一事，见其端倪。他在为管志道所作《管公行状》有云：『谦益少游于梁溪（顾宪成），顾独喜读公之书，私淑者数年。丁未之秋（万历三十五年），执弟子礼，侍公于吴郡之竹堂寺。』管志道，字登之，太仓人。学者称东溟先生。隆庆五年进士，官至湖广提刑按察司佥事，万历十三年致仕，三十六年七月去世。是明末三教合一的倡导者。从目前的史料来看，除了少小时的塾师，乡、会试的座师以外，管志道是牧斋唯一所拜的老师，在万历三十五年即管公逝世前一年，得列于东溟门墙。所云『私淑者数年』，则拜师的三数年前，牧斋已心仪管志道。之所以向心东溟，首要者或在于少小即佞佛、壮年时憨山大师一见之即赞叹『法门刹竿，不忧倒却』的牧斋，其心性固然更倾心于三教合一之旨，但恐怕东溟先生的师儒之道，也是其向心之由。他在《管公行状》中，一如誉美钱吾德，而誉美乃师云：『世咸谓孔子以讲学树天下万世之师道，公独阐其终身居臣道不居师道，师道必逊于作礼乐之天子，此于梦见周公窃比老彭之案参之。』管志道『居臣道不居师道』，则『不贰于君』，但居乡曲一隅，讲学论道而已，此亦正异于东林『有为讲学，有意立名』之处。而牧斋拜师之前『数年』，亦正当东林肇兴、风气正盛之时，他不是继续问学从游于顾宪成，而自请求师于管志道，从中或可以概见牧斋并不向心于东林之学，对其聚徒讲学、参政议政是有异见的，是有意保持着距离的。纵然他曾往东林书院听讲，或也可能曾往虞山书院听讲，亦仅仅是听讲而已，并非是积极的参与者，也更不可能是有力的鼓动者。

上所及钱吾祖、孙慎行、管志道三人，都是或离职、或致仕，居于乡野的讲学，其『端居索处，穷理尽性』的师儒之道，固然是牧斋所钦慕者。而对于在朝为师儒，也即为国子教授等职时，牧斋在《钱湛如先生祠堂记》又有云：『及其为师氏保氏，三德六艺，不独以教养国之贵游子弟，而邦国之民亦与被焉。其教国子也，成均之法，掌于大司乐，其以贤得民，以道得民也，九两之系，掌于太宰。』文中之语，出《周礼·大司乐》与《周礼·太宰》，其意是说在朝师儒的讲学之道，亦只应以德艺育人，并以自己的德艺，教化影响而及天下之人。至于国子监的政令，是大司乐之职责，不应越俎代庖。至于选贤授能，是太宰（后世的冢宰，即宰相）之所职事，亦不可僭行。不难看出，牧斋此言，是对东林党人非其职守，而力挺李三才入阁、参与京察等意气、行为的微词。

牧斋之所以反对东林党人以局外之人论议、参与局内之事，是因为对小人来说，无中尚且会生有，今讽议既多，则是非生，极容易被政治对手抓住把柄，从而堂而皇之冠以各种罪名，削而去之。他在《兵部右侍郎叶公墓志铭》中云：『万历中，东林之君子，退而讲学，海内负清名者，争相引重，而党人则深恶其轧己，间执其一二瑕疵者，以相诋谰，指清议为横议，阴护其所抉擿之人，以箝天下之口。』其言或正是对顾宪成力荐李三才入阁，而致东林党议之起，贤人君子纷纷被逐一事而发。对于这种伺机摘发一二瑕疵，来攻击对手，从而拔茅连茹的做法，牧斋是洞若观火。很巧也很有趣的是，牧斋的同年，而且一直被其鄙视的杨嗣昌，在这一点上，两人却是英雄所见略同。稍有异者，牧斋是痛惜东林正人因之被逐，而杨督师则是冷静异常，作隔岸观火状。约在万历四十一至四十二年间，杨嗣昌劝乃父辞职，离开波谲云诡的朝堂，而作家书云：『年来国家一番嚣争，一番处置，宛转相寻，彼此代受，其势不已。向来攻击浙人（汤宾尹等），扬眉吐气侃侃言事者，西北人也（王图等），转眼之间，自受其敝。楚人今日之胜，又可为楚人幸乎？大人云同乡见识不济，不能持胜。儿谓胜地必不可处，处胜地者难乎其持之矣，此正楚人拔脚时也。目今楚中要路无人，犹可一朝居，一旦要路有人当权用事，前日秦、浙之敝，楚人坐受之矣。何则？前日撼楚人不动，以无可为题目耳。虽云杀人媚人，只数语可以破尽，一有大老根连枝接，只须寻得一事之瑕说起，先使大老不安其位，其馀不战而屈矣。以此言之，大人今日报满，明日便当去之，不可迟也。』督师所言争斗各方『宛转相寻，彼此代受』，也就是后人在评价明末党争时所说的『恩怨纠结，辗转报复』，这一论说的是非，又是一个极大题目，暂且不论。然而整人、杀人只须数语，诚然是深邃而又沉痛之言。

崇祯六年，在《文毅赵公神道碑》一文有云：『盖尝论之，公之见逐在癸巳（万历二十一年），而其械成于癸未（十一年）、甲申（十二年）两年之间，不独公生平用舍之局决于此，而壬午（十年）以后四十馀年之朝局亦悬于此。』肇始于万历十一年国本之争引发的，包括后来东林在内的水火不相容的党争，导致激烈的内耗、人才的凋零，无疑对国事朝政的影响是巨大的，甚至是致命的。正是对党争误国的深刻认识，所以牧斋是极力反对分门别户、有意立名、意气相争的。前引《吴门送福清公还闽》诗之五中两联云：『抗疏有人盈琐闼，顾名无阙省罘罳。恩牛怨李谁家事，白马清流异代悲。』诗之六中两联云：『自分朴忠要圣主，何烦激切拟先朝（自注：之国时，大臣相要伏阙，公不可）？丹墀虎豹纷相伏，白简鱼龙莽自骄。』『拟先朝』，牧斋自注，自然是指万历四十一年冬，孙慎行倡议伏阙抗争一事，《明史·孙慎行传》云：

『皇太子储位虽定，福王尚留京师，须庄田四万顷乃行，宵小多窥伺。廷臣请之国者愈众，帝愈迟之。慎行疏十余上，不见省。最后，贵妃复请帝留王庆太后七旬寿节（《国榷》系此事于十月），群议益藉藉。慎行乃合文武诸臣伏阙力请。』『抗疏』句，当也指此事。『自分』句，是说诸人争国本，坚持立长不立幼这一传统，自以为朴实忠诚，忧国奉公，因而纷纷抗疏、集体伏阙，造作强大声势，以要求、胁迫万历皇帝听从臣子劝谏（臣子要君，即上文所引的『贰于君』），从而遣福王就藩。诗言『朴忠』，于此也可见牧斋是认为福王应该就藩的。但是虽则赞同，他所反对的是采取这种过于激烈的劝谏方式，所谓『何烦激切』，即是此意。而牧斋以为，诸人之所以行为激切、劝谏过当，是在于『顾名』，即所谓『有意立名』之念。自党争开始，东林党人就以清流自居，当时竟然形成了以犯颜极谏、黜身去位为名高的风气。此类事在正史、野史中多有记载，如《明史·赵南星传》记述在万历二十一年，赵南星佐助吏部尚书孙鑨考察京官，因得罪小人，而被以『专权植党』的罪名，罢斥为民，『南星里居，名益高。与邹元标、顾宪成，海内拟之「三君」』，即是一例。『罘罳』，暗寓复思之意，是说诸人只顾名高，但逞意气，而不能三思而后行。『恩牛怨李』句，是说党争各方，分门别户，各执己见，恩怨纠结，转相报复，但以一家一派为事，而置国家安危于不顾。『白马』句，是说东林党人求声气，树风声，贵名节，而轻卫国，部党之气如此之重，恐昔日唐末党祸复将重现，非仅正人致祸，国家也将随之而亡。『虎豹』，喻乘间伺服的小人。『鱼龙』，喻东林党人。二句是说东林党人如此伏蒲廷争，意气用事，所言所行既过当，正是给予伺机打压正人的小人们予以口实，给他们以可乘之机，此亦即前文杀人只须数语之深忧。

对于这种举朝沸腾、意气相争的风气，此时期夹在居于深宫的皇帝，与群情激愤、争斗不已的朝臣之间的心力交瘁、『何其难也』的首辅大臣叶向高，也深深忧虑，叶向高无可奈何地批评道：『今天下必乱必危之道，盖有数端，而灾伤寇盗物怪人妖不与焉。廊庙空虚，一也。上下否隔，二也。士大夫好胜喜争，三也。多藏厚积，必有悖出之衅，四也。风声习气日趋日下，莫可挽回，五也。』（《明史·叶向高传》）福清所言前二者是说万历怠政，后三者是说士大夫自万历初年以来，多好胜喜争，意气用事，积渐以来，必有悖理过当之事出现。此风日甚一日，其遗祸

甚至将超过水旱天灾、寇盗人祸，而招致天下大乱，乃至于亡国。其语正可以与上引二诗合读。而牧斋在万历四十六年所作《史玉池太常六十序》，也正可移来作自为注脚，其文云：『余微窥先生，视益下，息益深，忧国恋主，盖低回不能置也。名节之盛，莫如后汉。当其时，树立风声，抗论惛俗，士有不谈此者，则芸夫牧竖，已叫呼之。夫所贵于名节者，以卫国也。而卒以殉国，则亦其为之魁者，自憙之意胜，而忧国之心微，朋徒部党之气重，而灵修美人之思薄与？今天下内无刑人腐夫，外无甘陵南北部。士君子之视名节也，如象之有牙、牺鸡之有尾，惟恐不锄而去之。亦无有刻石立墠，以激扬题拂为事者。而钩党之忧未歇，涣群（涣群散党，指不聚徒、不结党）之君子，卒不可期于世，此何故与？先生忧国忠公，犯颜极谏若彼，而深思易气，厚自尅责若此，岂犹夫世之君子与？天下当士气颓阤，国论峭急，譬之中流过风，舟中之人，叫号惶怖，而长年三老，不震不动，捩柁开船于怒风崩涛之中，乃克有济。今长年三老，叫号惶怖，比于舟中之人，其不沦胥（覆溺、沦陷）者亦鲜矣！时之谂讹噂沓（语出《诗经·十月之交》，指谗谮之言）、以钩党为事者，皆叫号惶怖之人也。』牧斋此文，借东汉末年的党锢之祸，对其时东林党人『顾名』勿复思的意气之争、门户之见，提出了尖锐的批评。自『名节之盛』至『灵修美人』为一节，大意是说士大夫之所以砥砺名节，其最终目的是为护持国体、保国安民。如果单为一己之高名，好胜喜争；为求一事之胜利，而逞一时之意气；为图一党之小利，而置国家忧危于不顾，如此则如东汉党锢之祸，小人必将伺机兴起党祸，党祸一旦兴起，其后果是将导致国家沦亡，不仅『为之魁者』，包括贤人君子，也将身被其祸，为国殉葬。身既不能存于世，将何有于治国平天下？自『刑人腐夫』至『此何故与』为一节，『内无刑人腐夫』，就东汉阉党而言。『无甘陵南北部』，虽是说朝廷已无党争，但这是微讽之语，实暗寓东林被攻，朝中善类已为一空。所谓锄名节而去之，并非说不要功名、节气，而是诫喻党人当以此为诫，不可徒以名节以自高。下文云史孟麟（也为东林党人）由国本之争、万历二十一年癸巳京察时的『犯颜极谏』，自经历党争、被攻去位之后，反思自责，虽『忧国恋主』犹然，然不再慷慨激昂，终而『视益下，息益深』，抱道守贞，而为『世之君子』，即承此旨。『无刻石立墠，以激扬题拂为事者』，是说朝野的东林大老，已被逐斥殆尽。『钩党之忧未歇，涣群之君子，卒不可期于世，此何故与』，是说党局既成，党祸不已，为之领袖者既去，而小人拔茅连茹，党人遂被一网打尽。而真正并无聚徒立党之意的贤人君子，也被祸及而不能立功当世。而这一切，都是党争之所引起。牧斋视当时之人，以为继叶向高之后，王图、孙承宗两人，是少数可以挽救衰颓国势的人物，然而都因党祸而被迫去位。后日牧斋慨叹二人既去，『事愈无可为矣』，也就是感愤因党祸连结，而使涣群君子不能出于世的馀绪，其中当然也包含自伤之意。『长年三老』，指掌舵者，犹今之船长。自牧斋策论开始，即是他习用的比喻，以之喻秉国者。长年三老于怒风崩涛之中，不震不动，是比喻秉国政者，当党论喧豗、国势危蹙之时，当镇静自若，兀自独立，不可纠缠于党争之中，而随波逐流。若秉国者也湮没于党争之中，不能持正独立，则朝廷之中但有争斗，国家必将随之而颠覆沦亡。

牧斋固然痛惜于顾宪成、高攀龙等以聚徒讲学，而至于党禁，更痛恨的，是其追随者们但凭意气的盲从乃至于起哄。上文云舟中『叫号惶怖』之人，是指党争各方的群从者，既指谗谮小人一方，同时也包括东林党人。他在为王元翰所作《王君墓表》中，对王元翰因党争致祸，终穷窘而卒，感愤道：『呜呼！当难发之初，小人之辈语诋谰，尽力而排君者，数人而已。君子之盱衡搤拳、尽力而援君者，亦数人而已。此数人者，皆知君之深者也。自兹以往，吠声之小人，交口詈君，而不知其所以然。循声之君子，亦交口惜君，而不能知其所以不然。悠悠惘惘，耳语目论，遂使君之一生，如入雾雺，如罥荆棘，展转悔蒙，而卒以穷死客死。然则知君之深者固在君子，而未必不在小人。其卒至于穷且死者，虽阨于吠声之小人，而尤困于循声之君子也。』所谓循声吠影，也就是『叫号惶怖』之人，牧斋之深恶小人群起而攻讦君子固不待论，而他更痛惜、也更深邃地意识到的是『循声君子』，他们的耳语目论，盲目跟风，却起到了推波助澜，使斗争升级，使恩怨愈发不可化解的反作用。与小人一样，同样是使涣群散党、有道有为君子被以祸害的祸根。上文所引缪昌期所云『吾惟恐人为伪君子』，之所以『恐』者，即是为此。所谓『伪君子』，即指『循声君子』，也即指但激于一时义愤，持门户之见的人。对于这一点，《四库提要》在为顾宪成所作《小心斋札记》有评论云：『宪成里居，与弟允成修宋杨时东林书院，偕同志高攀龙、钱一本、薛敷教、史孟麟、于孔兼辈讲学其中。朝士慕其风者，多遥相应和。声气既广，标榜日增，于是依草附木之徒，争相趋赴，均自目为清流。门户角争，递相胜败，党祸因之而大起。恩怨纠结，转辗报复，明遂以亡。虽宪成等主持清议，本无贻祸天下之心，而既已聚徒，则党类众而流品混。既已讲学，则讲论多而是非生。其始不过一念之好名，其究也流弊所极，遂祸及宗社。春秋责备贤者，宪成等不能辞其咎也。特以领袖数人，大抵风节矫矫，不愧名臣，故于是书过而存之，以示瑕瑜不掩之意云尔。』这段责备贤者的论说，其实也就是牧斋之意，所别者一为直白，一则不忍以先觉自居，语多隐微而已。所云『党类众而流品混』『依草附木之徒』，即指『循声君子』而言。他们的『争相趋赴』『门户角争』，终使『恩怨纠结，转辗报复』（即『恩牛怨李谁家事』），其流弊将至人才凋零，而终至亡国。

崇祯元年，瞿式耜先期被召还朝，牧斋修书，教诫其弟子立朝之道，瞿公述其略云：『凡人立朝，先于布局。有为数十世之局者，有为数十年之局者。递而降之，有为不终朝之局矣。欲速见小，进锐退速。无论营身家保妻子之徒，即果有志于功名气节，而见不出目睫，志不在久远，亦所谓为不终朝之局者也……若其他不关宗社利害，不系善类消长，有可以功名驱使，可以名义摄持者，一一当涣群散党，引而归之大道。如此则仕路日清，人才日富，元气日厚，此为国家数十世之局也。』很显然，牧斋的立朝之概，是在于为国家数十世之局，所谓深谋远虑、图长治久安者。所云不终朝之局，是指『顾名』的东林党人，囿门户之见，逞一时意气，图一事之胜，无长远之虑的行为。而谋求长远之局，又『当以辨别人才邪正为第一义』，对不忠国家、口舌澜翻的小人，锄而去之。对但贵名节，逞意气的『君子』，当敬而远之。而对有功名之心，但也知大义所在之人，当与之为友，涣群散党（即不能结党之意），引导他们共同营造国家的数十年之局。

综上所述，牧斋显然是坚决反对结党的。因为一旦树标立帜，必将招致对手的攻击，如此则党局成，争斗兴。争斗的结果，必将使有德有能的股肱大臣也随之而锢闭沉沦，人才既不能出于世间，尽其所用，则国家的命运，也必将每况愈下，由小乱而至大乱，由大乱而至社稷颠覆。然而一向反对结党的他，却被『入党』，所谓『朝论遂以东林目公』，对此，牧斋无奈地说，是『流俗相尊作党魁』，这句诗出自崇祯元年作《奉严旨革职待罪感恩述事凡二十首》之十，其表面之意，固然是自我申辩，在枚卜中自己并未结党，所谮诬自己把持枚卜，操

纵朝政的罪名，都是流言而已。其实更深更广的一层含义，正是在说自己与东林党的关系。所谓『流俗』，是指吠声之小人与循声之君子，自己并未『心许东林』，是流俗之人逐声寄论，随俗毁誉，随声是非，他们不能真正知道理解自己的内心思想与抱负，但凭片言只语，将自己坐实而为东林党魁。而牧斋对此认定之所以『弗辞』者，固然在于他不愿与小人为伍，也在于虽然也恶东林党内的『循声君子』，但毕竟党内亦多赵用贤、顾宪成、王图、孙承宗等正直有为的君子，他们忧国恋主之心、立功当世之志，正与之相通相感，欲与之澄清同党同志的关系，别说何以待人，更何以自待？更何况舆论既已如此，即使想澄清，又何以能？

万历四十三年，乡试时的座师徐良彦因谗言被罢四川巡抚任，牧斋有《绣斧西巡歌四首为徐季良先生作》诗，其诗之三云：『清时指佞岂途穷，眊笔看他御史骢。莫道一鸣都斥去，能言鹦鹉在上头。』明朝时巡抚一职，多兼副都御史衔，故诗意皆切御史而言。前两句，是说若是清明之世，御史直言极谏，指斥时弊，排击奸佞，是不会招致祸殃的，实则暗寓今时是无道乱世，故后两句承此，其意是说于今日淆乱的朝局之中，不要说仗义执言者，马上会被逐斥，即使你不言不语，能言善辩、无中生有的小人也会制造祸端，加害于有道君子。牧斋诗意，是劝诫老师还朝复职时不可多言，以免致祸，其诗之四云：『监察由来比蜀椒，不应开口在中朝。迁官解道如甘子，甘子心头苦自绕。』前两句，承诗之三，则更是明确而言，借《监察本草》中以监察御史比喻为开口椒，劝诫老师在朝廷中当闭口不言。后两句，以『迁员外郎为甘子，可久服』的典故，建议老师当安于迁谪，即便有牢骚，也不能形之于言行，一时不能有立朝建立功名的机会，也只宜独自忧愁，自苦独贤，如此权量轻重，抱道守贞，伺机而动，方是君子安身立命之道。又天启六年，当阉祸正烈之时，有《休休歌示禅人汉月》诗，其首句云：『休休休，咄咄咄。莫问胡天与汉月。多开口，饶败阙。正好拈来一笔刷。』汉月，即开创『三峰宗』的三峰汉月禅师。其诗虽然乍一读，似乎满篇是调笑和尚的戏谑之词，但是在调笑中，却深隐着沉痛。『多开口』，正好被人利用来制作罪名，以一笔勾销自己。这诚实是『忠臣沮心，智士杜口』的自诫自伤之意。

如此类自警谨言慎行的诗句，所在尚多，不烦遍举。但由上述所引三首诗，便可得知，在经历了万历三十八年的风涛，被认定为『东林党员』而无奈接受之后，虽然党争的涛声依旧，直至于明朝灭亡方随之消弭，但是最晚在五年之后的万历四十三年开始，此后的牧斋已不再有『狂言』，更加无涉于党派之争，是『并不合格』的『东林党员』。他把所有的忧国恋主之情、愤世嫉俗之感，皆隐匿于艰深晦涩、意思之外复有意思的诗歌之中。反之，这也是牧斋诗歌之所以号称难懂的原因之一。了解了牧斋与东林的关系，以及他对东林党的看法与态度，实在也是解读其诗文的一把钥匙，同时，也便对他所经历的诸如辛酉乡试舞弊案、母丧后所持的诗戒、枚卜之役、丁丑之狱、投身福王朝等几件大事，以及纠缠他一生的伏处与入仕的矛盾，还有作为贰臣的他在有明之时是以气节有名于世等，都能有更切实的解读与更为深刻的理解。

从一首挽词看曹大铁先生与沈重烟先生的忘年『交亲』之谊

◎江苏省常熟市　张雪良

朋友相交是不在乎年龄的，如果年龄相差很大的两个人成为好友，便可称为忘年交，而当朋友间的友情更达到交亲的程度，那么，可想而知朋友间的友情会是一个什么样的境界？所谓交亲是指无血缘关系的人交好到类似亲人一样亲密无间的程度。近阅曹大铁先生《梓人韵语》，看到其中有一首挽常熟名画家沈重烟先生的词作《鹧鸪天·挽沈重烟》，其词中与附记短语中都很明确地透露了曹沈之间的这种友情关系，其程度就达到了交亲的关系。那么，我们应该怎样去理解他们作为两代人又同为书画艺术家之间建立起的这种友情关系？因为除了与曹先生同时代人可能知道他们的生活情形，也许会了解他们之间的关系，对于我们好多晚辈来说，根本就不知道他们在那个年代是怎么生活的，也不知道他们周围的人事活动中会有哪些人或者哪些事情对于他们的生活或者艺术方面产生了影响。所以从他们的一些作品哪怕是片言只语中去寻找他们曾经的生活痕迹，理解他们当时的真实情感，是我们提高阅读兴趣的一种方法。一个艺术家的艺术成就，很多时候与他的生活情形是不成正比的，这首词就是在曹先生最困苦的时候写下的，沈老先生的去世于我看来，在当时的环境下给曹先生造成的是一种双重的打击，他留下的这首词作就是重要的证据。

词作的附记短文是这样写的：『丈与先父时共尊酒，忆四十年前尚蒙赠作残荷于《海内名家画荷册页》。今余借居，即其家花厅，因得时与往还。昨晚逝世，年八十五岁，近世邑中画史享大寿者，唯丈与季瀛山先生二人而已，并皆与余执手而逝，也艺林缘会也。』从这段短语里我们可以知道这首挽词是大铁先生在沈重烟先生去世后的第二天写的，从这段附记中，我们当不难看出曹沈之间的关系，他们不仅是忘年交，而且是几十年的老相识，他们最初的熟识主要是曹先生的父亲与沈重烟是老朋友，『时共尊酒』就是给曹先生少儿时代的留下的父辈与沈先生密切交往的美好印象，他们属于两代人，但是命运的安排成就了他们成为莫逆之交的这一缘分。

作为两个卓有成就的画家，他们之间的热切交往，对他们的艺术创作无疑是十分有益的，在我看来正是对于文化艺术的共同爱好，才让他们的交往超越了好友的关系，即在情感的角度从好友的关系进化到了父子一样的关系，那么，他们之间这种与众不同的友谊组建与进化，我们只能依靠进一步阅读分析这首悼念词作，才能看出端倪。

『册页芙蕖四十年』，其实是写出了曹先生对沈老先生最初也是最美好的第一印象，四十年来对于这个美好的印象一直难以磨灭。直到沈先生的去世曹先生才把他的心里话说了出来，在词的开头就这么开宗明义地提起这件令曹先生几十年念念不忘的事情，那它到底说的是什么？其实在曹先生还是青少年时期，由于其父亲常与沈重烟先生聚会喝酒，也就与沈先生相识了，并且出于对沈先生国画艺术的喜爱与崇拜，要沈先生为他画了一张荷花册页，后来，沈先生满足了年轻人的要求给大铁画了一张残荷，令他兴奋不已，甚至到了感激的程度。这里有至少两层含义，一是说明了沈重烟先生在当时已经非常有名，以至在年轻大铁的心目中已有了崇拜之心，而且年轻的大铁正在做一件艺术收藏工作，那就是他的《海内名家画荷集册》，能够进入这个册页的应该是他当时崇拜的大画家。几十年后，送别了老人，他第一时间就会想起它，并且从词作的第一句就提到它，就是最好的说明。其二，这件事也正是说明了曹先生与沈重烟先生从相识到相知的一个很好的起点，至此，屈指算来正好四十个春秋，多么漫长的岁月，时间可以荡涤一切，唯独不能荡涤美好的记忆，尤其是年轻时代留下的美好的记忆。按推算沈先生与曹先生相差一代人，那么四十年前，那时候大铁先生应该是二十五岁左右，正值青年，而沈先生是四十五岁，正是沈先生艺术的巅峰期，他无疑通过这件事也对年轻的大铁在艺术的憧憬中产生过深远的影响。

『高龄画史两人天』，这句词充分反映了曹先生对于老一辈书画家的尊重与敬仰。附记中也提到的季瀛山先生，他也是一位与沈先生一样享大寿而逝的画家。根据有关资料对于两人的记载是这样描述的：『沈重烟（一八九三—一九七七），近代国画家江苏常熟人。师从无锡名画家吴观岱先生，擅山水，工书法，为民国时期的中国画会会员，所绘山水苍茫有致，自有静穆气概。出入宋元，师古化新，他把自己的感受融于创作中，因此别有一番面貌。

季瀛山，原名厚焘，别号今啬。晚年作画，只写今啬二字。其人清秀玉立，是季文敏公的后人，少年进学（取中秀才）之后，好像在杭州有一小差使，因而得徜徉于湖山之间。又得吾邑名贤张雨生先生之教，艺益大进，其山水宗法墨井，但其用笔之柔和，大有恽南田的笔意。晚年回里居住，晨在新公园或枕石轩品茗，茗馀约二三知己，作竹林之游（打牌）。傍晚则至酒店小酌，平日似甚少动笔也。某年常熟城内某茶园，请来一位女弹词家，其名似为醉霓仙。瀛老排日往听，且曾集李义山诗，写小联赠之，一时传为佳话。

瀛老甚少作大幅，亦不作人物、花鸟、虫鱼之属。惟曾为先父作一扇，几张梧桐叶，遮映一个月亮，澹雅无俦，题为『旧时月色』，尚系早年之作。晚年索润甚高，且懒散不画，必再三催索而得之。以故为人所宝，然每件必精。渠作画时，用常熟三元堂特制之小羊毫。仅点皴时偶用硬笔，其他渲染勾勒，多用羊毫。与溥心畲先生以小楷狼毫钩勒树石，正反其道。可见艺术之道，各有所通，未能执一而论。瀛老晚年有几个学生，成就最佳者为屈尚渔，其次金易占、徐迁，还有一位女学生陆怀珠，后嫁金易占，早卒。徐尚渔外，怀珠之画，面貌极似乃师，惜早卒耳。

民国三十六年，曹大铁从天津南返，回至家乡，尚在街头遇见瀛老。其时彼年已八十六七矣。

曹先生在词作的附记里说他们两人『皆与余执手而逝』，更直接地表达了这种交谊已经到了交亲的情分上，在一般情况下，普通的朋友关系是不可能在这样弥留之际像自己的亲人一样站在老人的床前拉着手看着他离世的。

而要探明他们这种关系的建立，还是要在词作中寻找答案，因为作为后来人，我们没有更多的材料可以去寻找。

看到下面一句中有『悼伤父执』的说明，我们一下就可以明白，沈重烟先生是其父亲的好友，再加上在他家借住后，时常往还得到了沈老先生像父亲一般的关心与照顾，因而在认知上很容易让处在回乡后居无定所、落魄无助的曹先生把沈先生当作父辈一样产生情感上的靠近，这为他们忘年交友情的进一步发展奠定了基础。

在词后的说明中，曹先生写道，『今余借居，即其家花厅，因得时与往还』，证明两人之间更直接的密切交往，主要是借住在沈家的这段时间，他们的交流让彼此有了更深的了解和欣赏。而沈先生弥留之际，犹在为曹先生的生活而担忧，也可见沈先生同样把曹先生看作自己的家里人一样。这首词作中我们可以领略到他们时常交往的意馨，『同院宇，话云泉』，『惟斯泽雨润心田』，在同一院宇生活，他们无话不谈。很多时候，一个艺术家的成就与他实际的生活情形是不成正比的，很多美的事物往往在困难中诞生。如果我们深入读曹先生的词作会不难发现，读词就是在读史。从某种程度上来说，沈重烟先生不是一般的画家，他也是曹先生的精神导师，受到曹先生的格外尊重，所以在词的末尾会有这样凄然的感叹：『凄其瞌眼犹知我，后此晨昏孰与言？』由此可见，艺术家若是遇不到知己，其心也常是寂寞的。

柳如是、钱谦益、陈子龙人物关系综述

◎江苏省海安县　曹瑞冬

一、柳如是简介

柳如是是明清易代之际著名的歌妓才女，其文学艺术水平可媲美李清照，其内涵修养可完胜秦淮八艳，其存在的最大价值是折射出明清易代之际的女性民主思想的启蒙。

陈寅恪以『独立之精神』评价柳如是，曰：『虽然，披寻钱柳之篇什于残阙毁禁之馀，往往窥见其孤怀遗恨，有可以令人感泣而不能自已者焉。夫三户亡秦之志、九章哀郢之辞，即发自当日之士大夫，犹应珍惜引申，以表彰我民族独立之精神、自由之思想。』柳如是是江南佳丽荟萃的花魁人物，也是秦淮八艳的领衔角色，更是古代四大名妓中的特殊代表。中国古代女性从来不缺少烈女、才女甚至是民族志士，但也唯有柳如是是以中国第一位拥有独立精神和自由意志的进步女性身份存在于与世俗礼教不合的明末江南。

作为一个女人，她生错了时代，她生于封建社会的末期，更经历了南明王朝由盛转衰的全过程；但同时，她又生对了时代，她的一生被人爱着，也几近率性而活。有人说，她是明末的交际花；也有人说，她是最好命的风尘女子。历史中真实的柳如是我们是无法得知的，但从有限的史料分析，这样一个女性以才华立足于江南，以气节传道于后世，以精神照亮着未来。

柳如是与陈圆圆、苏小小、李师师并入古代四大名妓之列，她的名字是她自己的杰作，也因此，我们始终对柳如是是缺乏足够的关注度。苏小小得益于人们对于初恋以及爱情的最美好幻想，李师师发迹于人生的戏剧性，陈圆圆立足于倾国倾城的绝世容颜和红颜祸水的妓女命运。但也只有柳如是是在以生命来书写着女性的独立自由道路。

柳如是所留给后世的是她那问鼎妓女桂冠的文学艺术才华和那遍布于江南各地的人生足迹和风流韵事。她作为中华历史中第一位有人为其做正传的妓女，其作者陈寅恪一方面是为了『颂红妆』，另一个重要原因是借助柳如是的眼睛描绘出明末清初整个江南文人、妓女、平民百姓的生存状态。

『我见青山多妩媚，料青山见我应如是』替代了『对影闻声已可怜，玉池荷叶正田田』，从『杨影怜』到『柳如是』的转换，标志着柳如是不再是那个只会顾影自怜的秦淮歌妓，而是拥有自我、拥有与男性平等地位的女人。她个性中的独立自由一方面体现于对爱情婚姻执着与不懈的追求，一方面彰显于『风月背后的天地江山、家国天下』。柳如是的人生，既包含了明末江南社会女性对爱情生活和婚姻生活的认识和感受，同时也涵盖了女性发扬母教优良传统、培养家族文化氛围的重要作用，如怎样于家宅内部组成有母女姊妹等参与构成的文学社团，如何逐渐步入社交场合产生影响。柳如是不是现代女性，更不是大家闺秀，她出身贫穷，如简·爱一般，但她却没有像林黛玉那样自怨自艾自己的卑贱人生，她一生在追求着人格的独立与自由。

时代不允许柳如是这样的独立女性存在，因此，柳如是她一直在对抗命运与时代。而历史又将其置放在民族危亡、国家危难的时刻，使她憧憬的盛世江南遭受了毁灭性的打击。就这样，自由终究是一场幻梦，柳如是伴随着明末清初江南的风风雨雨淡出了历史舞台。

柳如是的一生，与秦淮挂钩，与江南共生，与南明交叉，匆匆四十几载的光阴，所震撼的是前人，所感动的是今世。柳如是和她那个时代世界发展的节奏是同步的，都是在民主思想启蒙时期的女性争取独立主权的运动，只不过柳如是的同盟军太少，所活动的区域也很局限。

二、钱谦益、陈子龙简述

钱谦益和陈子龙都是明末江南的代表人物，也曾在南明的历史舞台上有过一笔掠影。

明末最繁华处是江南，而江南最奢靡处是秦淮。秦淮河上，永远在发生『新人来，旧人去』和『才子佳人』的故事。钱谦益和陈子龙都是江南豪绅和才子的代表。

著名明史专家吴晗在其《『社会贤达』钱谦益》一文中这样评价钱谦益：『年轻是浪子，中年是热衷的政客，晚年是投满的汉奸；居乡时是土豪劣绅，在朝时是贪官污吏。』这也折射出钱谦益所具备的复杂人性，他的身上，不乏晚明文人纵诞的习气，但又时时表现出维护传统道德的严肃面貌；他本以『清流』自居，却为热衷于功名而屡次陷入政治旋涡，留下谄事阉党、降清失节的污名；他其实对忠君观念并不执着，却又在降清后从事反清活动，力图在传统道德观上重建自己的人生价值。这种

进退维谷、反复无常的尴尬状态，给自己造成心理的苦涩，虽取得南明诸王及明遗民的谅解，但仍被后世清朝皇帝所憎厌。

钱谦益的降清、仕清反映出明末清初一部分江南文人的心态，然而他的行为又与洪承畴的降清、仕清略有不同。洪承畴属于如袁世凯那样的反动官僚，而钱谦益的反清举动是为了寻求心理上的安慰，谋求后世人对自己名声的认可。这样一个文坛领袖、东林党首领在凄凉中度过了一生。钱谦益的复杂性格和人生代表了明末江南文人的思想状态，一方面彰显其对民主独立、文化共融的初步思想，另一方面又存在着对传统道德观念和民族观念的依恋，这也是明末江南和中国近代史，甚至是中华历史的主要矛盾——不断与旧事物对抗，谋求新事物的发展。

钱谦益是封建社会丑陋的代表，不过在奢靡腐败的江南秦淮温柔乡里只是一种惯例。但从其一生可观察出晚明官僚迅速腐败和南明覆灭的弊端，他本身是大地主，而中国近代史的重要表现是『打击地主』，也因此，他不可能反自己，他的复杂人生折射出其想通过比较缓和的方式来实现与明末江南平民阶层矛盾的缓解，如同洋务运动中的李鸿章、曾国藩之流。

而明清易代之际，陈子龙以其突出之才情文章与铮铮之民族气节成为当时文人之代表、明末清初江南风云人物、文坛盟主。陈子龙在明末清初与钱谦益、吴伟业齐名，他也是距今两百年写词作者中文学艺术成就最高者之一。

陈子龙具备如钱谦益一般的文学才华，但在家世方面则不如钱谦益。陈子龙以死明志，投水殉节，其民族气节迄今被后人景仰，但在今日，国人对其坟墓的瞻仰越发少了。陈子龙是以时代的傲骨而存在着的，更是以激进的改革者而名扬于后世的。

陈子龙作为明末江南文人年轻一代的代表，与黄宗羲、顾炎武等明末清初民主思想启蒙者相类似，促使一批忧国忧民的知识分子对王阳明后学的空谈误国产生了强烈的不满，大声疾呼『经世致用』，以改变残酷的社会现实。陈子龙的思想境界中既包含着对昏庸腐朽王朝的不满，也涵盖了对外来民族侵略的愤恨。他投笔从戎的壮举以及宁死不屈的民族气节将其上升到历史的高度。

陈子龙与钱谦益的身份并不是站在对立面的，只不过是在挽救民族危亡与人民苦难与水火之中面前选择了不同的道路。但孰是孰非，今日仍难以论断，不过在历史面前，陈子龙是以康有为、梁启超那样的改革激进派而存在的，并且带有着不妥协的反抗精神，这样的人物不会有钱谦益那样的复杂性格，也体现了时代需要发展的方向。

但钱谦益和陈子龙他们最本质的目的始终是使明末江南这样一个特殊时代的特殊地区能够在封建制度下继续走向兴盛繁荣。

三、三人人物关系综述

钱谦益是柳如是的丈夫，陈子龙是柳如是的情人，这是他们的关系。

钱谦益和陈子龙是柳如是的老师和挚友，但在身份地位上彼此却是极端对立的敌人。但婚姻与爱情超越了阶层。

陈子龙与柳如是的爱情犹如雏菊一般，代表着所有女人最美好的初恋，可这初恋最终也只能成为人生最美好的光景，不会成为一生的相依。相较之下，钱谦益给了柳如是一个梦寐以求的家园，给了她一个自由独立的身份，给了她一个可以虽不能白头偕老但能相濡以沫的丈夫。

陈、柳二人的爱情轰轰烈烈，在陈子龙及其交友眼里，晚明婵娟大可谓『情』与『忠』的中介：心中佳人乃艳情的激励，也是爱国的凭藉。胸中无谓，『露才扬己』，又是晚明人士理想的女性形象，也深合时代氛围。而陈子龙的柳如是是才女与神女的结合，也是艳情与忠贞的合二为一。陈子龙的女性视野观突破了『女子无才便是德』的传统伦理道德，将知识女性放到了理想的层面，将爱情放到了人性面前。这种『晚明诸子绝少以为情忠不两立』的思想虽然在明末清初昙花一现，在后来的清廷加强君主专制的背景下缓慢发展，但至少一部《红楼梦》中的『大观园』再度展现了明末江南的女儿国盛景。

陈、柳二人的爱情是在灵魂平等的基础上展开的，他们有共同的梦想追求。陈子龙对柳如是产生了很多积极的作用，既包括了对柳如是文学艺术修为的培养，也深入到柳如是在追求女性自由和民族复兴中的灵魂探索。但是，他们的爱情始终是经不起世俗推敲的，柳如是所希冀的平等婚姻在陈子龙面前无法实现。

这个时候，钱谦益进入了柳如是的生命里。因一句『桃花得起美人中』而结缘，因一间『如是我闻』的我闻室开始了爱情的道路，这场跨越三十六岁的鹤发红颜恋以芙蓉舫中的『买回世上千金笑，送尽平生百岁忧』完满地延续下去了。二人度过了生命中最美好的光阴。可是，在时代浪潮推进的清统治者入侵下，他们的爱情与婚姻遭受到严重挫折，钱谦益北上做官，柳如是南下寻找抗清军队。繁华过后，他们破镜重圆，二人在红豆山庄度过了人生最后的岁月。

陈子龙适合做情人，却无法给柳如是一个完整的家。钱谦益或许并不是柳如是的最爱，但会提供一个青楼女子遮风挡雨的家园。柳如是是林黛玉和薛宝钗的共同存在，既有对爱情执着不懈的追求，也有对平等婚姻自主尊重的追逐，更有对相濡以沫的人生期盼。

柳如是是最好命的风尘女子，不同于其他中国古代名妓，她自由地追寻爱情，在初恋后，有一个男人陪伴她在漆黑的夜里到天明。

但柳如是虽以正妻身份成为钱谦益的夫人，却始终改变不了其是身处社会底层的妓女身份。她和钱谦益、陈子龙这些士大夫、地主阶级是相互对抗的敌人身份，而剥削是他们之间的最大联系。柳如是以知识女性的身份成功进入地主阶级的范围中，一方面可以说是明末江南社会思想的变迁，也可以称得上明末江南开始呈现出近代化趋势。

后记

二〇一五年的九月末，炎威未退。在菱花艺文社的推动下，在常熟市文化广电新闻出版局的大力支持下，『诗咏虞山』全国诗词大赛正式启动了。

环视当今中国，诗赛多如牛毛，除了文化部、中国文联组织的已延续几届的诗词中国、百诗百联等大型赛事外，其他地方性比赛也都各呈其妍。其中最引人关注的是两个比赛：首届湘天华杯全球诗词大赛和第一届荣昶杯新国风诗词大奖赛。不知是有意还是偶然，这两个比赛和『诗咏虞山』是同一天截稿，所以，『诗咏虞山』全国诗词大赛实际上是去年启动延续至今年的第三大赛了！

虞山，作为常熟的地标和代名词，不仅风光秀丽，而且人文荟萃，被称为『吴文化第一山』。从吴国先祖仲雍、周章，到文开吴会的言子；从文人画的关键性人物黄公望，到虞山画派的创始人王石谷；从三百年来琴重虞山的虞山琴派代表人物严天池，到延承革新的吴景略；从草圣张旭，到人称『同光书坛第一人』的翁同龢；从开虞山印风的林臯，到名扬印坛的赵古泥……可谓宗师名家，群星璀璨。特别值得一提的是明末清初的虞山诗派，以家国情怀，演绎了一段波澜壮阔的诗坛盛事。为此，此次大赛以『诗咏虞山』为主题，意在借描绘常熟的人物、山水、风俗等，以抒发对江南鱼米之乡及其历代先贤的热爱或敬仰之情。

在近体诗中，七律是块试金石。虞山诗派的创始人、一代文宗钱谦益，他的步韵杜甫《秋兴八首》的《后秋兴一百零四首》，是七律创作的巅峰，

被陈寅恪誉为『明清之际的诗史，较杜陵犹胜一等，乃五百年来之绝大著作也』。此后三百多年，一脉如缕，绵延不绝，钱曾、钱陆灿、瞿式耜、冯舒、冯班、杨云史、黄摩西、沈石友、张鸿、徐兆玮、曹大铁……无不秉承前旨，又发扬光大。本邑另一巨擘，国学大师、著名诗词大家钱仲联先生跨越数十年，也步韵了五叠四十首，可见虞山人文之深厚和《秋兴八首》对于虞山的重要性。为此，此次大赛，诗，只征七律，每人不超过八首，以步韵杜甫《秋兴八首》合一组为优先。因为写作具有虞山诗派特质的七律，是一件真正富于挑战性的创作活动，是检验、驰骋诗才的绝佳方式。我们期望昔日的虞山诗派能提供今日的虞山甚至全国诗坛更多启发和营养。

虞山诗派当代传人曹大铁先生除能诗之外，更以词名世。钱仲联先生赞其『可补史事之不足，且事中又有大铁之人在焉，斯足当‘词史’而无愧矣！』一九八七年曹大铁先生被中国作协评为『中国当代旧体诗词十大作家』之一，大铁先生对于诗词界的重要性可见一斑。词牌『贺新郎』，古来也是填者众多，名篇纷呈。大铁先生以宏丰的腹笥独赋七十二首，家国故事穿插其间，其篇制之大，在我国词史上自陈维崧作此调一百三十三首后，未曾有过，可谓『虞山诗派』的一种延拓。因此，此次诗词大赛提倡以词牌『贺新郎』为模本的创作，是对传统文化的又一次深度挖掘。二〇一六年适值曹大铁先生诞生一百周年，此项活动也是对这位虞山诗派优秀的传承者和践行者最佳的纪念方式。

古人长已矣。今天，传统的复兴已势不可挡，一个确认文化个性的年代正在形成。传统不是纯粹的复古，它是一条漂泊游子的归乡之路，只有在家中重新积聚能量，调整方向，我们才会走得更远。这是我们今天『诗咏虞山』的时代背景。

纵观这次诗词大赛，正如评委之一王蛰堪先生云：『初评后稿件仔细看了几遍，水平之高，为十年浩劫后各种赛事之冠，令人欣慰！诗以和杜八首论，词以「贺新郎」三首论，皆非易事，而作者多能得题得体。今欲甲乙次第，伯仲后先，颇感棘手。勉为决出一二三等者，亦未必即是，其汰去者每每心有不忍，只得如此耳。』而另一评委周秦先生则认为：步韵《秋兴八首》，『佳作不少，杰作难逢。大多貌袭，殊欠老杜、牧斋沈酣淋漓之气耳』。相比之下，『《贺新郎》词总体水平较高』。总之，文章千古事，诗词水平高低是检验一个地方文化实力的重要标准。这次又是全国大赛，我们故而更加慎重地对待。文无第一，我们纵然勉力为之，也只能说得奖者未必最佳，落选者也未必不佳。正因如此，如有辜负诗友热情之处，还望大家谅解。

我们将优秀作品结集出版，希望通过这本诗选，能让人窥见当今诗坛的实力和抱负，同时也希望借此看到虞山人的热情和品位。值得一提的是，这样高难度的诗赛，常熟籍的作者表现优异，在总计六百多名作者、近四千首诗中，常熟参与人数达三十六人，步韵《秋兴八首》二十六组、词二十六首，居各大省市县之首，充分证明了虞山文化底蕴之深厚。这次诗赛的参赛诗人来自世界各地，海外有美国、法国、委内瑞拉等，国内有广东、上海、湖南、湖北、安徽、浙江、四川、辽宁、贵州、黑龙江、新疆、香港等。令人感动的是，上海、广州、贵阳、南京、常州、苏州、如皋等地的一些诗友，甚至专程前来常熟访友探胜。虞山美景和虞山文化随着诗人们的足迹，又一次进入了全中国的视野，三百年前独领风骚的虞山诗派，又一次让人领略了它的高度。以此来看，这非但是成功的诗赛，更是物超所值的文化活动。由衷感谢所有参与『诗咏虞山』比赛的诗人们和各位辛勤工作的评委。

在此要特别鸣谢：『诗评万象』的梅关雪，『天涯』的种桃道人，菊斋的飘然，『中华国风』的穿越梅岭，吴门诗社的董学增、谢良喜，虞山风论坛的王晓明诸先生和虞山尚湖度假区管委会。

《诗咏虞山》编委会

二〇一六年八月

玉露凋伤枫树林，巫山巫峡气萧森。江间波浪兼天涌，塞上风云接地阴。丛菊两开他日泪，孤舟一系故园心。寒衣处处催刀尺，白帝城高急暮砧。

夔府孤城落日斜，每依北斗望京华。听猿实下三声泪，奉使虚随八月槎。画省香炉违伏枕，山楼粉堞隐悲笳。请看石上藤萝月，已映洲前芦荻花。

千家山郭静朝晖，日日江楼坐翠微。信宿渔人还泛泛，清秋燕子故飞飞。匡衡抗疏功名薄，刘向传经心事违。同学少年多不贱，五陵衣马自轻肥。

闻道长安似弈棋，百年世事不胜悲。王侯第宅皆新主，文武衣冠异昔时。直北关山金鼓震，征西车马羽书驰。鱼龙寂寞秋江冷，故国平居有所思。

蓬莱宫阙对南山，承露金茎霄汉间。西望瑶池降王母，东来紫气满函关。云移雉尾开宫扇，日绕龙鳞识圣颜。一卧沧江惊岁晚，几回青琐点朝班。

瞿塘峡口曲江头，万里风烟接素秋。花萼夹城通御气，芙蓉小苑入边愁。珠帘绣柱围黄鹄，锦缆牙樯起白鸥。回首可怜歌舞地，秦中自古帝王州。

昆明池水汉时功，武帝旌旗在眼中。织女机丝虚夜月，石鲸鳞甲动秋风。波漂菰米沉云黑，露冷莲房坠粉红。关塞极天唯鸟道，江湖满地一渔翁。

昆吾御宿自逶迤，紫阁峰阴入渼陂。香稻啄馀鹦鹉粒，碧梧栖老凤凰枝。佳人拾翠春相问，仙侣同舟晚更移。彩笔昔曾干气象，白头吟望苦低垂。

乙卯立夏后二日晨起读杜少陵秋兴八首率尔书之 曹大铁

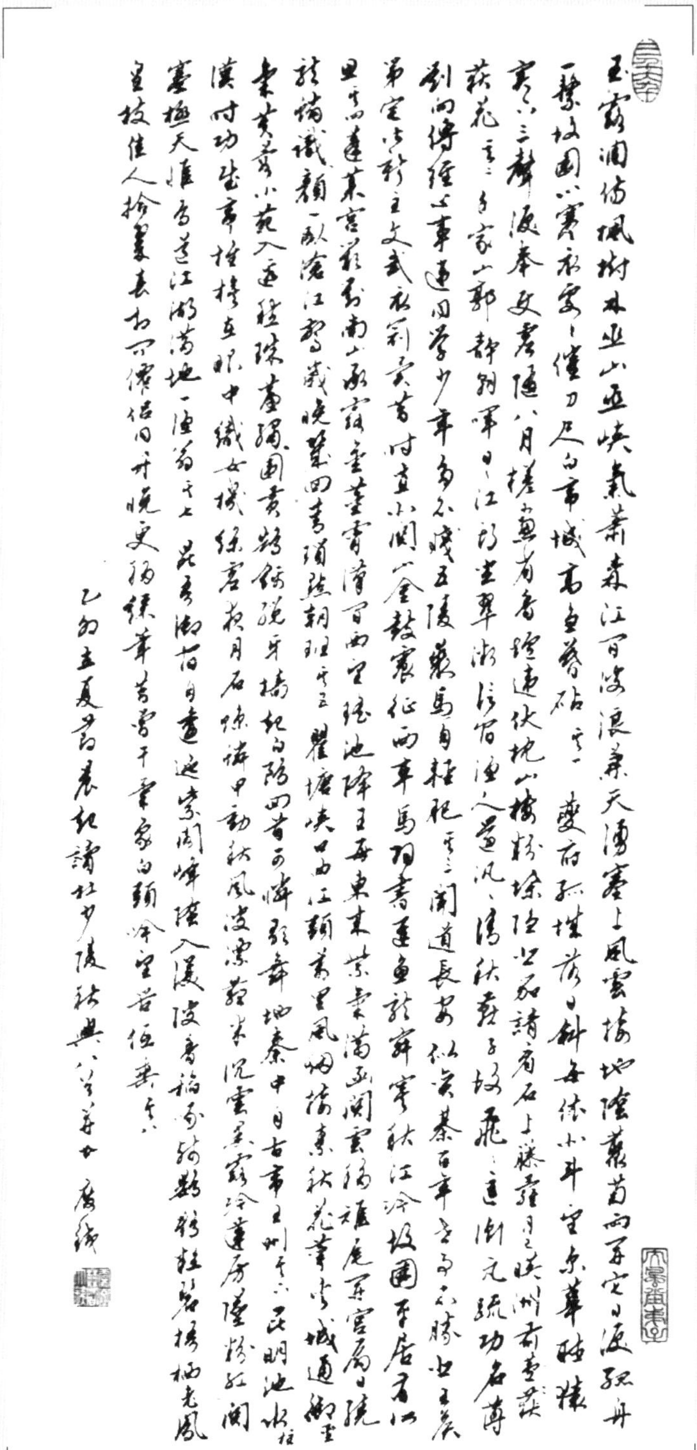